Literatur TANDEM letterario

2023

zweisprachige Anthologie
mit Kurzgeschichten in Deutsch und Italienisch

antologia bilingue
con racconti in tedesco ed italiano

Herausgeber
Heimann Stiftung für Völkerverständigung

Bibliografische Information der Deutschen Nationalbibliothek:
Die Deutsche Nationalbibliothek verzeichnet diese Publikation in der
Deutschen Nationalbibliografie; detaillierte bibliografische Daten sind
im Internet über http://dnb.dnb.de abrufbar.

Herstellung und Verlag: BoD – Books on Demand, Norderstedt

ISBN: 9783756801503

VORWORT
LITERATURTANDEM

Deutsche und italienische Autoren und Autorinnen haben eine Kurzgeschichte in ihrer Landessprache geschrieben. In einem deutsch-italienischen Tandem haben sie dann die Kurzgeschichte des fremdsprachigen Partners in die eigene Landessprache übertragen. Die AutorInnen übertrugen die Texte auf ganz verschiedene Arten: von der semantischen Übersetzung, zur freien Übersetzung mit der Neufassung von Textteilen oder dem kreativen Nacherzählen der Texte mit eigenen Worten.

Mit dem Literaturtandem soll der intellektuelle und interkulturelle Austausch zwischen deutschen und italienischen AutorInnen gefördert werden.

Der Sammelband ist das Ergebnis eines gemeinsamen Projektes der *Heimann-Stiftung*, des *Italienisches Kulturinstitut Stuttgart* und der Buchhandlung *Eulenspiegel* in Wiesloch.

PREFAZIONE
TANDEM LETTERARIO

Autrici e autori tedeschi ed italiani hanno scritto un racconto breve nella propria lingua nazionale. Nell'ambito di un tandem tedesco/italiano, hanno poi trasposto il racconto del partner di lingua straniera nella propria lingua nazionale. Gli autori hanno trasposto i testi in modi molto diversi: dalla traduzione semantica alla traduzione libera con la nuova versione di parti del testo, oppure tramite la rinarrazione creativa dei testi con parole proprie.

L'obiettivo del tandem è quello di promuovere scambi intellettuali e interculturali tra autori italiani e tedeschi.

L'antologia è il risultato di un progetto congiunto della *Fondazione Heimann,* dell'*Istituto Italiano di Cultura Stoccarda* e della libreria *Eulenspiegel* di Wiesloch.

Inhaltsverzeichnis

TANDEM
CLEMENS BÖCKMANN
GIACOMO CAVALIERE

Kommentar von Clemens Böckmann

Der Text LERMONTOW 43 oder FATALISTEN DER OSTFRONT von Giacomo Cavaliere zwingt mich hinein in den Kopf einer Person, deren Innenleben ich Zeit meines Lebens immer auf größt mögliche Distanz halten wollte. Ob die Person real war oder nicht, spielt spätestens ab dem zweiten Satz keine Rolle mehr. Ich bin bei ihr und sie ist mit mir. Weder im Laufe des Textes noch danach wird sie mich verlassen, vielmehr muss ich ab diesem Moment alles, was ich zuvor als Vorstellungen meines Selbst hatte, verteidigen. Die Geschichte ist in mir und die Möglichkeiten der Identifikation lassen mich als Leser an mir zweifeln. Mehr noch: ich beginne den Duktus der Figur zu sprechen – sofern ich mich nicht vollständig dem Lesen verweigere. Ich folge dem Ich-Erzähler durch den Krieg, über die Gesichter der Fremden hinweg und hinein in seinen ideologischen Wahn.

Werde ich als Leser sonst oft an die Hand genommen und durch eine Handlung geführt, geradezu begleitet, wird es hier meine Hand die schreibt, die versucht ist wegzuwischen, was sich zwischen ihren Fingern ereignet. Gleichzeitig konfrontiert mich der Text mit der Konkretion des Weltkrieges: auf Seiten der Täter begegnet mir eine Vielzahl von Kollaborateuren, die an den Verbrechen der Nationalsozialisten beteiligt waren – ob aus ideologischen oder monetären Gründen oder wegen dem Wahnsinn eines Gewaltfetisch.

Commento di Giacomo Cavaliere

The Killing è una storia per frammenti, ciascuno con stile e ritmo propri. Le sequenze dialogiche serrate, i cambi di punti di vista e di scena, e, infine, uno stralcio di articolo giornalistico, servono a innescare un meccanismo di tensione e ad attirare chi legge nell'indagine in corso. Chi è davvero Irmtraud Kirschner, criminale nazista? Clemens Böckmann ha architettato un gioco di prospettive tra personaggi e ambienti, che variano dalla Germania del nord a una Trieste contemporanea o del 1943. La sua narrazione è scandita e asciutta, con passaggi descrittivi brevi ed efficaci che sono stati preservati nella traduzione italiana, così come una sorta di cinismo di fondo per i "soliti" meccanismi della giustizia e l'attenzione che si riserva al disvelamento dell'inganno, quando la verità è interesse di pochi (anziani, deboli o già morti).

Lo stile dell'autore è calibrato sulla storia e ho scelto di rispettarlo, limitandomi a interventi puntuali per ampliare alcuni passaggi del testo secondo quello che la lettura mi suggeriva. Ci sono immagini impattanti, che esprimono violenza – uno dei temi centrali del testo, a tratti potenziale, in altri deflagrante – con dettagli che si fanno corporei, crudi, ma che non esplicitano mai l'atto concreto. Una scelta che permette all'autore di evitare il rischio di banalizzare la narrazione di una vicenda storica trattata spesso in letteratura e la tradizione stessa del modo in cui si parla del male. Clemens Böckmann ha intrapreso una via autonoma, e nella restituzione in italiano ho cercato di valorizzarla scegliendo con cura le parole, una voce altra, in un'altra lingua, che gli somigliasse il più possibile.

LERMONTOV 43
ovvero
FATALISTI SUL FRONTE ORIENTALE
GIACOMO CAVALIERE

La prima cosa che vidi fu una mano che affiorava dal ghiaccio. Il tifo seguiva l'armata da quando aveva lasciato Kiev. La primavera avrebbe restituito i morti tutti interi, e sarebbero stati costretti a bruciarli. Nel magazzino era stata allestita una specie di taverna, con panche, sedie e tavoli, e un oste che rabboccava acquavite e minestra scolorita. Quasi tutto ciò che si mangiava, doveva essere bevuto. Davanti a noi niente russi, dietro di noi niente rifornimenti – telegrafò il generale von Kleist alle porte del Caucaso. Ero diventato tenente della *SS-Standarte Kurt Eggers* alla fine di giugno del quarantuno. Primo francese dell'unità. *Das Schwarze Korps,* la rivista ufficiale del corpo, mi commissionò un reportage sul reclutamento dei volontari stranieri. In francese.

E così, mi mandarono avanti, e avanti ancora, alle porte del Caucaso e nelle steppe sterili della Calmucchia, dove l'impeto dell'avanzata era andato disperso. L'arruolamento volontario di ventimila tra ceceni, calmucchi, ciuvasci, georgiani e kirghisi aveva squilibrato l'organico; la crescita dei musulmani irritava i cristiani, i cattolici irritavano gli ortodossi e gli ortodossi irritavano gli ufficiali protestanti, benché lì, di tedeschi, quasi non ce ne fossero. L'Asia era piena di popoli che non ne avevano neanche per le palle di sentirsi chiamare russi. Imporre l'ordine tra i ranghi era spesso più complicato che imporlo ai civili. Il generale Erich von dem Bach-Zelewsky dovette firmare di suo pugno l'ordine di decimazione dell'*Osttürkischer Waffen-Verband* per grave insubordinazione. Settantotto militi azeri, ceceni, turkmeni e tatari del Volga, disertori musulmani dell'Armata Rossa, furono messi al muro. Avevo sentito fosse stato a causa della morte un tenente austriaco che li aveva puniti per la distruzione di un cimitero asburgico della Grande Guerra, durante l'addestramento in Galizia.

Un atamano del Dniepr, vestito con tutti i paramenti del *Kosaken-Kavallerie* – dolman scorticato all'altezza dei polpacci, colbacco con Totenkopf, baffoni bianchi alla moda degli ussari prussiani, scudo divisionale con scimitarre incrociate in campo viola –, venne verso di me profondendo una scia di stalla. Aveva i capelli lunghi e nessun dente in bocca, ma parlava tedesco meglio di me. L'eccesso di pulizia offendeva i veterani. Come le mie narici furono prese d'assalto dal fetore della guerra, così le loro subirono l'insulto del bucato della mia lavanderia. Riconobbi i turbanti bianchi della Brigata del Turkestan, la mezzaluna ottomana sullo scudetto della Legione Azera e i fez verdi dell'*Handschar*. Quello che somigliava di più a un ufficiale tedesco era un vecchio spagnolo con effige dell'*Azul* e la divisa da falangista.

«Tu non sembri tedesco» esordì l'atamano. Si presentò come il comandante della 2. *Kosaken der Waffen-SS* in Calmucchia.

«Sono bretone» risposi, pentendomi subito d'essermi mostrato piccato. «Robert Duschesne, tenente della *SS-Standarte Kurt Eggers*, divisione corrispondenti di guerra».

«Tenente delle SS?». Allungò le dita sudicie per tirarmi l'angolo del colletto dove era appuntata la mostrina. «Adesso fanno tenenti anche i francesi?».

«Per sopravvivere si fa di tutto».

«Come fare di un francese un tedesco».

«Come fare di un russo, un tedesco».

«Sono ucraino» grugnì, anche più piccato di me. Era già voltato quando mi raccomandò di stare lontano da quelli che dormivano a ridosso delle pareti, divorati dalle pulci. Gli andai dietro e gli chiesi notizie dei calmucchi. «Metà di loro hanno disertato il giorno dopo l'incorporamento. Quelli fanno la guerra a modo loro».

«E come?».

«A cavallo, con arco e frecce». L'atamano andò a sedersi con lo spagnolo.

Ero lì da un paio d'ore quando avvicinai il naso a una scodella di minestra fin quasi a pucciarlo. Storsi il naso, assalito dal lezzo di cherosene e putrescina. Comunque, ero lì da troppo poco per riuscire a deglutirla. Impiegai qualche giorno per rassegnarmi al veleno cotto alla fiamma nella neve. Mentre la guardavamo bollire, l'atamano mi chiese se sapessi qualcosa di nuovo. I rinforzi non sarebbero arrivati, l'avanzata non avrebbe mai raggiunto il Caspio, erano andati troppo avanti. Ma questo già lo sapeva.

«Tra poco inizieranno le manovre di ripiegamento».

«Problemi vostri» bofonchiò lui, versandosi un'avida colata di brodaglia incandescente nell'esofago.

«Non siamo tutti dalla stessa parte?».

«Io volevo solo uccidere i russi. I tedeschi avevano bisogno di qualcuno che uccidesse i russi per loro. Anche voi francesi siete venuti qui per lo stesso motivo».

Rificcai lo sguardo inebetito nella poltiglia bollente, affondato da tanta spigolosa verità.

«Tu credi in dio, tenente?».

«Penso di sì».

L'atamano emise un ringhio di compiacimento. «E scommetti?».

«Qualche volta».

Combatteva contro i comunisti dalla rivoluzione. Aveva ucciso austriaci per lo zar, aveva ucciso comunisti per i Bianchi e poi ancora per i polacchi – l'unica guerra che gli avesse fatto saggiare un vago senso di vittoria. Aveva ucciso polacchi, russi ed ebrei per la Repubblica Popolare Ucraina, e ora uccideva russi per i tedeschi. Tre sorelle, tre nonni e sua madre vennero condannati a morte da un soviet durante la rivoluzione del novecentocinque. La crocifissione scritta in volto, come avesse la certezza che la sua vita non sarebbe potuta andare in nessun altro modo. Di vizio ne aveva uno solo: adorava scommettere. Mi raccontarono di una bisca che fece allestire dentro alla pancia di un Tupolev abbattuto. Accesero un fuoco all'interno e, per due settimane, scommisero a *durak* e al *tarocco sloveno* tutto quello che erano riusciti a prelevare dalle tasche dei morti fino a lì. La carcassa sforacchiata del bombardiere giaceva in una macchia di alberi a tre chilometri dal fronte. Proseguirono per altre tre mani anche dopo che gli obici russi s'accorsero di loro.

Di otto giocatori ne rimasero tre, uno dei quali era ferito e non poteva muoversi; gli altri erano schizzati fuori come saponette sulla porcellana appena l'artiglieria cominciò a raggruppare i colpi, senza aspettare che la mano finisse. Eremèič l'atamano uscì per ultimo. «È uscito il sette!» gridò. Raggiunse il furiere tedesco in trincea, si tolse il colbacco e pescò tre rubli da consegnare al vincitore. Qualunque fosse il destino che gli era stato prescritto, non sarebbe morto coi debiti.

Eremèič Velentinovič Basaev era il più alto in grado, insieme al tenente colonnello spagnolo senza una gamba. Per quasi tutto il tempo non si faceva che rivangare storie d'infanzia e inventare aneddoti su ricchi saccheggi passati, piangere amici morti e trasformare stupri in passioni sfrenate. Ma soprattutto di religione, benché non ce ne fosse mai l'intenzione. O la coscienza. La questione era soprattutto la predestinazione, le Moire, le diverse interpretazioni abramitiche del libero arbitrio. Chi si macchia di orrendi abomini ama consolarsi con l'idea che tutto di lui sia già stato scritto e disposto da prima che potesse leggerlo. Viste da lontano, le religioni si somigliavano tutte. Lo spagnolo fu il primo a nominare esplicitamente il libero arbitrio. Una risposta gettata lì durante una delle lunghe pause di silenzio riflessivo che intervallavano i discorsi, allacciata a una qualunque delle sentenze vomitate in quei giorni. Ogni tre, quattro ore, si pugnalava la coscia della gamba mutilata attraverso la divisa, ma non voleva più sprecare il tiepido soccorso della morfina con qualche ora di sonno.

«Da sempre, la questione del libero arbitrio affanna gli uomini che pensano troppo I nostri camerati musulmani sono convinti che il destino di un uomo sia scritto negli astri, e che nulla possa essere stabilito o deciso senza che il Signore lo disponga. Per noi cattolici non è molto diverso. Colpa dei greci e delle Moire, ho modo di credere. Molti dei nostri problemi sono colpa loro. Quelli intangibili, quasi tutti. Cloto, giovane e bella, fila lo stame della vita. Lachesi, la mediana, gira il fuso, stabilisce quanto filo spetti a ciascuno, quanto filo d'oro per i giorni fasti, quanto filo nero per quelli nefasti. Infine, Atropo, la vecchia bastarda, che, ineluttabile, lo recide. Un ragazzino che muore al suo primo minuto di battaglia per essersi tolto l'elmetto, avrebbe potuto aspirare a un fato diverso? Inschallah, dite così, voi mori?». L'invalido spagnolo ci arringò con la sicurezza di un maestro che passeggiava per l'aula.

«Per me la vita è un tiro di dadi» dissi, «e nessuno decide niente».

«Per me anche, infatti sono pronto a scommetterci» intervenne Eremèič. «Per dimostrare al mio amico spagnolo che è nel torto o, meglio ancora, per scoprire se lo sono io».

«E come si scommette sui piani di dio?» domandai.

«Col fuoco». L'atamano deambulò accidioso verso la parete. Estrasse un revolver Mosin-Nagant arrugginito dalla fondina che penzolava da un chiodo. La ruggine aveva incastrato il tamburo e dovette pestarla più volte sul tavolo per farlo uscire. Mostrò alla platea gli alloggi vuoti e il proiettile. Lo bendai. Presi il proiettile, lo inserii nella camera e feci ruotare il tamburo. Allora gli tolsi la benda. Lo scatto del tamburo destò il pubblico, assente e denutrito, come un colpo di gong. Un azero saltò in piedi e fece rotolare su un tavolo cinque rubli d'argento, altri presero a rinfacciarsi a vicenda debiti non saldati coi quali coprire la puntata.

«Io scommetto dieci marchi che sarai morto» incalzai frugandomi le tasche. Un facile pronostico per un volto scolpito nel marmo di una lapide. Eppure, qualunque fosse l'esito dell'esperimento, non credevo ci avrebbe detto molto circa i piani di dio.

«Può darsi di sì, può darsi di no» replicò lui, scoprendo l'interno di una bocca presa a sassate. Molti erano convinti che il loro dio non l'avrebbe permesso – per quanto si riferissero a divinità diverse, sembravano condividere progetti simili, e si comportavano come ne fossero stati tutti messi a parte.

Il colbacco con testa di morto dell'atamano prese a girare tra i giocatori, riempiendosi di tutto ciò che potevano mettere sul piatto.

«Se solo esistesse qualcosa di più ghiotto della morte su cui scommettere» si rammaricò lo spagnolo stringendo la coscia rinsecchita tra le mani. I soldati dibattevano sulle possibilità che ci fosse il proiettile, ognuno nella sua lingua – l'azzardo abbatteva le barriere. Eremèič mi chiese di prendere una carta dal mazzo. Mi presi il tempo di sceglierla: *le pendu*, l'appeso. La lanciai in aria con uno schiocco del pollice, lui poggiò la bocca arrugginita del revolver sulla tempia. Lo spigolo della carta rimbalzò sul tavolo e cadde rovesciata.

Clac!

La platea si produsse in un miscuglio di esultanze e lamenti. E subito qualcuno si lanciò al contrattacco per reclamare il dovuto. Qualcuno obiettò che il revolver fosse dell'ottocentonovantuno, magari non sparava da cinquant'anni. Non se lo fece ripetere. Stavolta si tenne la pistola alla tempia per sveltire il secondo giro di puntate. Lanciai la carta: *clac!*

Il risultato non fu diverso, ma, stavolta, il pubblico si disse per la maggior parte soddisfatto d'aver puntato come voleva dio. Per placare i dubbi, chiese di fare spazio e cominciò a tirare il grilletto contro la parete finché il colpo non partì. Poi, raccolse quel che restava del piatto e si mise al polso due orologi.

«Dunque» domandai, «abbiamo dimostrato che esiste un destino a cui nessun uomo può sottrarsi, a dispetto di ogni probabilità?».

«Per ora abbiamo dimostrato che hai perso, francese».

M'incamminai per il villaggio sotto una gelida notte di luna nuova. La coperta di ghiaccio opacizzava la notte e la svuotava di ogni astro. Seguii il percorso segnato dai lumini accesi sui davanzali fino alla casa del fattore a cui avevo chiesto di ospitarmi. Solo per godermi la vista di sua figlia Nàstja al mattino. Cercavo di pesare il meno possibile sul loro bilancio e gli portavo tutto quello che potevo per ricompensarlo d'aver messo al mondo una creatura tanto deliziosa solo perché io la incontrassi. Lungo la strada ghiacciata inciampai in qualcosa di grosso. Non distinsi l'animale finché non venne illuminato dalle lanterne di due volontari della *Turkistanische*. Un cinghiale domestico, scotennato da spalla a coscia. Mi chiesero se avessi visto passare il loro amico Hadji. Aveva quindici anni, anche se era un bestione. Era cresciuto in una famiglia di ismailiti rigidissimi, e non aveva mai assaggiato l'alcool. Ogni volta che si divertivano ad allungargli il latte con la vodka impazziva e iniziava a uccidere tutto quello che incontrava in preda a deliri religiosi. Al momento, la questione non m'interessò molto. Nàstja mi aspettava sulla porta. Le carezzai la guancia arrossata dal gelo, le diedi la buonanotte e imboccai le scale esterne verso la mansarda.

Non erano passate due ore quando sentii pestare sull'unico vetro sano della finestra. Scossi la coperta irrigidita dalla brina e aprii la porta alle due reclute del Turkestan. «L'atamano è stato ucciso» balbettarono, più per il freddo che per lo sconforto. Avrei dovuto dire qualcosa. «Ucciso!» continuò uno dei due. «È stato il nostro amico pazzo Hadji, dice di essere un *mujāhid* e di voler uccidere tutti i *kuffār*. Era lui che sgozzava i maiali, quel pazzo, vuole farci morire tutti di fame. L'atamano gli ha chiesto perché lo facesse, e gli ha bucato lo stomaco. Prima di morire, il comandante ha detto di dirle che ha vinto».

Il ceceno s'era barricato in una stamberga fuori dal paese. L'intero villaggio si assiepò tutt'intorno: soldati, briganti, vedove, vecchi, bambini. Aveva sbarrato le finestre e pregava a voce alta, più alta che poteva, quasi volesse assicurarsi che anche in cielo lo sentissero. Il ragazzo non era di quel villaggio, ma le donne piangevano come ne avessero partorito un pezzetto ciascuna.

Mi avvicinai e spiai da una crepa nelle imposte. Aveva smesso di pregare. Giaceva a terra, la testa stretta tra le ginocchia per non dover guardare qualunque sciagura stesse causando. Nessuna arma se non la vecchia scimitarra turca sul pavimento. Feci presente che non c'era minaccia. Il tenente del Turkestan confabulò col primo ufficiale kirghiso di Eremèič – ora nuovo comandante dei cosacchi – prima di dirigersi verso la finestra.

«Hai peccato, fratello, non ti resta che affrontare il giudizio di dio».

Un colpo frantumò i listelli delle imposte, sfiorando la guancia del comandante. Avevo visto male. Mi strattonarono verso lo steccato, mentre un drappello di donne in cappe nere lo supplicava di uscire. Qualcuno sparò contro la porta, io feci per afferrare una canna arroventata dallo scoppio e mi sbatterono a terra. «Lo porto fuori io. Vivo». Chiesi all'ufficiale di attaccare di nuovo bottone e di mettere qualche cosacco fuori dalla porta. Feci il giro della casa e m'accucciai dietro una delle finestre sul lato opposto. Poggiai a terra il fucile e tirai il carrello della Walther. Scrutai all'interno da una fessura, troppo piccola per discerne qualcosa più di un'ombra, ma le assi erano sottili. Con un calcio le feci saltare e finii a cavalcioni sul davanzale. L'intonaco eruttato dal colpo del ceceno m'accecò. La mano armata era con la metà del corpo all'interno della casa – e sparò. Una, due, quattro volte, finché non mi sbilanciai e caddi nel soggiorno. Lo trovarono a terra, preso al fianco. Lo incaprettarono con una corda e lo trascinarono fuori, a sgocciolare sangue nella neve. E morire, in tutta calma.

Se anche avevo avuto ragione sulla sorte di Eremèič, il destino e i suoi capricci mi apparivano non meno nebulosi. Non mi ero mai interrogato un secondo sull'esistenza di dio, e non lo feci spesso in futuro. Ma, dentro di me e nemmeno tanto nel profondo, speravo si sbagliassero tutti. Solo l'arbitrio degli uomini può addentrarli così a fondo nell'incomprensibile. Possiamo sperare di essere diversi da ciò che siamo? Io, una possibilità sentivo d'averla avuta. E di averla mancata.

Mi chiedevo, però, se avessi davvero vinto la scommessa. Comunque, il cadavere dell'atamano era già stato spogliato.

LERMONTOW 43
ODER
FATALISTEN DER OSTFRONT
GIACOMO CAVALIERE
Aus dem Italienischen von Clemens Böckmann

Das erste, was ich sah, war eine Hand, die aus dem Eis auftauchte. Der Typhus hatte die Armee verfolgt, seit sie Kiew verlassen hatte. Der Frühling würde die Toten zurück an die Oberfläche bringen, und sie würden gezwungen sein, sie zu verbrennen.

Im Lager war eine Art Taverne eingerichtet worden, mit Bänken, Stühlen und Tischen, und ein Wirt schenkte verblassten Schnaps und Suppe aus. Fast alles, was es zu Essen gab, musste getrunken werden.

Vor uns keine Russen, hinter uns kein Nachschub - telegrafierte General von Kleist vor den Toren des Kaukasus. Ich war Ende Juni einundvierzig Leutnant der "SS-Standarte Kurt Eggers" geworden. Der erste Franzose in der Einheit. Das "Schwarze Korps", die offizielle Zeitschrift der Truppe, beauftragte mich, einen Bericht über die Anwerbung ausländischer Freiwilliger zu schreiben. Auf französisch.

Und so schickte man mich weiter und weiter, bis vor die Tore des Kaukasus und in die karge Steppe von Kalmückien, wo sich der Schwung des Vormarsches verlaufen hatte. Die Rekrutierung von zwanzigtausend Tschetschenen, Kalmuktschiern, Tschuwaschis, Georgiern und Kirgisen hatte die Einheit aus dem Gleichgewicht gebracht; die Zunahme der Muslime irritierte die Christen, die Katholiken, die Orthodoxen und die protestantischen Offiziere, obwohl es dort kaum Deutsche gab. Asien war voll von Völkern, die es nicht einmal wagten, sich Russen zu nennen. Ordnung in den Reihen zu schaffen, war oft komplizierter als in der Zivilbevölkerung. General Erich von dem Bach-Zelewsky musste den Dezimierungsbefehl des Osttürkischen Waffen-Verbandes wegen groben Ungehorsams eigenhändig unterschreiben.

Achtundsiebzig aserbaidschanische, tschetschenische, turkmenische und wolgatarische Milizionäre, muslimische Deserteure der Roten Armee, wurden an die Wand gestellt. Ich hatte gehört, dass dies wegen des Todes eines österreichischen Leutnants geschah, der sie für die Zerstörung eines habsburgischen Friedhofs aus dem Ersten Weltkrieg während ihrer Ausbildung in Galizien bestrafen wollte.

Ein Ataman vom Dnjepr, gekleidet in alle Gewänder der Kosaken-Kavallerie - Dolman in Wadenhöhe, Sturmhaube mit Totenkompf, weißer Schnurrbart nach Art der preußischen Husaren, Divisionsschild mit gekreuzten Krummsäbeln auf violettem Feld -, kam auf mich zu aus der Masse der Soldaten. Er hatte lange Haare und keine Zähne im Mund, aber er sprach besser Deutsch als ich. Übertriebene Sauberkeit beleidigte diese Veteranen vergangener Kriege. So wie in meinen Nasenlöchern der Gestank des Krieges festhing, so litten sie unter der Beleidigung durch meine saubere Wäsche. Ich erkannte die weißen Turbane der turkestanischen Brigade, den osmanischen Halbmond auf dem Schild der aserbaidschanischen Legion und die grünen Fes der Handschar. Derjenige, der von ihnen allen am meisten wie ein deutscher Offizier aussah, war ein alter Spanier mit dem Abzeichen der Division Azul und einer Uniform der Falangisten.

"Sie sehen nicht deutsch aus", sagte der Ataman. Er stellte sich als Kommandeur des 2. Kosakenkorps der Waffen-SS in Kalmückien vor.

"Ich bin Bretone", antwortete ich und bereute sofort, dass ich mich pikiert gezeigt hatte. "Robert Duschesne, Leutnant der SS-Standarte Kurt Eggers, Abteilung Kriegskorrespondenten."

"SS-Oberleutnant?" Er streckte seine schmutzigen Finger aus, um an der Ecke meines Kragens zu zupfen, wo das Abzeichen feststeckte. "Werden die Franzosen jetzt sogar Leutnant?"

"Sie tun alles, um zu überleben."

"So, wie man aus einem Franzosen einen Deutschen macht."

"So, wie man aus einem Russen einen Deutschen macht."

"Ich bin Ukrainer", grunzte er, noch pikanter als ich. Er hatte sich bereits abgewandt, als er mir riet, mich von denen fernzuhalten, die an den Wänden schliefen und von Flöhen zerfressen waren. Ich ging hinter ihm her und fragte ihn nach den Kalmücken. "Die Hälfte von ihnen ist am Tag nach der Eingliederung desertiert. Diese Kerle führen den Krieg auf ihre eigene Art und Weise."

"Und wie?"

"Zu Pferd, mit Pfeil und Bogen." Der Ataman setzte sich zu dem Spanier.

Ich saß noch ein paar Stunden bei ihnen, bis mir jemand eine Schüssel mit dampfender Suppe vor das Gesicht hielt. Ich rümpfte die Nase und wurde von dem Gestank nach Paraffin und Fäulnis übermannt.

Aber ich war bereits zu lange dort gewesen, um es zu abzulehnen. Es hatte ein paar Wochen gedauert, bis ich mich mit dem über der offenen Flamme gebackenen Gift im Schnee abgefunden hatte. Während wir dem Koch zusahen, fragte mich der Ataman, ob ich etwas Neues wüsste. Die Verstärkung würde nicht kommen, der Vormarsch würde niemals das Kaspische Meer erreichen, sie seien zu weit vorgedrungen, erläuterte ich. Aber das wusste er schon.

"Die Rückzugsmanöver werden bald beginnen."

"Dein Problem", murmelte er und schüttete sich gierig einen Schluck der heißen Brühe in den Mund.

"Stehen wir nicht alle auf der gleichen Seite?"

"Ich wollte nur Russen töten. Die Deutschen brauchten jemanden, der die Russen für sie tötet. Ihr Franzosen seid doch auch aus demselben Grund hierher gekommen."

Ich blickte berauscht zurück in den kochenden Brei, überrascht von so viel klarer Wahrheit.

"Glauben Sie an Gott, Leutnant?"

"Ich schon."

Der Ataman gab ein Knurren von selbstgefälliger Zufriedenheit von sich. "Und wetten Sie?"

"Manchmal."

Seit der Revolution hatte er gegen Kommunisten gekämpft. Er hatte Österreicher für den Zaren getötet, er hatte Kommunisten für die Weißen getötet und dann wieder für die Polen - der einzige Krieg, der ihm jemals ein vages Gefühl des Sieges gegeben hatte. Er hatte Polen, Russen und Juden für die Ukrainische Volksrepublik getötet, und jetzt tötete er Russen für die Deutschen. Drei Schwestern, drei Großväter und seine Mutter waren während der Revolution von einem Sowjet zum Tode verurteilt worden. Die Kreuzigung stand ihm ins Gesicht geschrieben, als ob er sich sicher war, dass sein Leben keinen anderen Verlauf hätte nehmen können. Er hatte nur ein einziges Laster: Er liebte das Glücksspiel. Man erzählte mir von einer Spielhölle, die er im Bauch einer abgestürzten Tupolev eingerichtet hatte. Sie zündeten ein Feuer an und setzten vierzehn Tage lang alles, was sie aus den Taschen der toten Männer herausholen konnten. Sie spielten Durak und slowenisches Tarot. Der verstümmelte Kadaver des Bombenschützen lag drei Kilometer von der Front entfernt in einer Baumgruppe. Auch nachdem die russischen Haubitzen auf sie aufmerksam geworden waren, machten sie weiter.

Von acht Spielern blieben drei übrig, von denen einer verwundet war und sich nicht mehr bewegen konnte; die anderen waren wie Seifenstücke auf Porzellan aufgesprungen, sobald die Artillerie ihre Schüsse zu gruppieren begann, ohne das Ende der Runde abzuwarten. Eremèič, der Ataman, kam als letzter aus dem Flugzeugwrack. "Sieben sind herausgekommen!", rief er. Er erreichte die übrigen deutschen Kämpfer im Graben, nahm seinen Hut ab und zog drei Rubel, um sie dem Sieger zu übergeben. Welches Schicksal ihm auch immer beschieden sein mochte, er würde nicht mit Schulden sterben.

Eremèič Velentinovič Basaev war zusammen mit dem einbeinigen spanischen Oberstleutnant der ranghöchste Soldat. Die meiste Zeit tat er nichts anderes, als Kindheitsgeschichten aufzuwärmen und Anekdoten über erfolgreiche vergangene Plünderungen zu erfinden, tote Freunde zu betrauern und Vergewaltigungen in ungezügelte Leidenschaft zu verwandeln. Meistens aber ging es um Religion, obwohl das nie die Absicht war. Oder um das Gewissen. Es ging vor allem um die Prädestination, die Moiren, die verschiedenen abrahamitischen Auslegungen des freien Willens. Wer sich schrecklicher Gräuel schuldig macht, tröstet sich gern mit dem Gedanken, dass alles über ihn schon geschrieben und gesagt ist, bevor er es lesen konnte.

Aus der Ferne betrachtet, sahen die Religionen alle gleich aus. Der Spanier war der erste, der ausdrücklich den freien Willen erwähnte. Eine Antwort, die er in einer der langen Pausen der nachdenklichen Stille, die die Reden unterbrachen, einwarf und die mit einem der Sätze, die in jenen Tagen aufgeworfen wurden, verwoben war. Alle drei, vier Stunden stach er sich in den Oberschenkel seines verstümmelten Beins. Dabei wollte er die lauwarme Linderung des Morphiums nicht länger als für ein paar Stunden Schlaf verschwenden.

"Unsere muslimischen Kameraden sind davon überzeugt, dass das Schicksal eines Menschen in den Sternen steht und, dass nichts ohne den Willen des Herrn festgelegt oder entschieden werden kann. Für uns Katholiken ist das nicht viel anders. Ich bin zu der Überzeugung gelangt, dass die Griechen und die Mauren schuld sind. Viele unserer Probleme sind ihre Schuld. Die immateriellen Probleme, fast alle. Klotho, jung und schön, spinnt die Staubgefäße des Lebens. Lachesis, die Mittlere, spinnt die Spindel, bestimmt, wie viel Faden jedem zusteht, wie viel goldener Faden für die guten Tage, wie viel schwarzer Faden für die schlechten. Schließlich Atropos, der alte Bastard, die ihn unweigerlich abschneidet. Hätte ein kleiner Junge, der in der ersten Minute des Kampfes stirbt, weil er seinen Helm abnimmt, ein anderes Schicksal anstreben können? Inschallah, wenn du das sagst, stirbst du?". Der spanische Invalide sprach zu uns mit der Zuversicht eines Lehrers, der durch das Klassenzimmer schlendert.

"Für mich ist das Leben ein Würfelspiel", sagte ich, "und niemand entscheidet etwas."

"Für mich auch, ich bin sogar bereit, darauf zu wetten", mischte sich Eremèič ein. "Um meinem spanischen Freund zu beweisen, dass er im Unrecht ist, oder besser noch, um herauszufinden, ob ich es bin."

"Und wie wetten wir um die Pläne Gottes?", fragte ich.

"Mit Feuer." Der Ataman schlenderte träge auf die Mauer zu. Er zog einen verrosteten Mosin-Nagant-Revolver aus dem Holster, das an einem Nagel baumelte. Der Rost hatte die Trommel verklemmt, und er musste mehrmals auf den Tisch schlagen, um sie herauszubekommen. Er zeigte dem Publikum die leeren Trommel und die Kugel. Ich verband ihm die Augen, dann nahm ich die Kugel, führte sie in die Kammer ein und drehte die Trommel. Dann setzte ich ihm die Augenbinde wieder ab.

Das Klicken der Trommel weckte das abwesende und unterernährte Publikum wie ein Gongschlag. Ein Aserbaidschaner sprang auf und rollte fünf silberne Rubel auf einen Tisch, andere warfen sich gegenseitig unbezahlte Schulden zu, um die Wette zu decken.

"Ich wette zehn Mark, dass du tot sein wirst", sagte ich und kramte in meinen Taschen. Eine leichte Vorhersage für ein Gesicht, das in den Marmor eines Grabsteins gemeißelt ist. Doch egal, wie das Experiment ausging, ich glaubte nicht, dass es uns viel über Gottes Pläne verraten würde.

"Vielleicht ja, vielleicht nein", antwortete er und entblößte das Innere seines zahnlosen Mundes. Viele waren überzeugt, dass ihr Gott das nicht zulassen würde - so sehr sie sich auch auf verschiedene Gottheiten beriefen, schienen sie doch ähnliche Pläne zu haben und taten so, als wären sie alle für sich allein.

Der mögliche Tod des Atamanen begann die Soldaten zu elektrifizieren und sie warfen alles auf in die Waagschale, was ihnen zum Wetten geblieben war.

"Wenn es doch nur etwas Köstlicheres als den Tod gäbe, um das man wetten könnte", bedauerte der Spanier und umklammerte seinen verschrumpelten Schenkel mit den Händen. Die Soldaten diskutierten über die Möglichkeiten der Kugel, jeder in seiner eigenen Sprache - das Glücksspiel überwand die Grenzen. Eremèič bat mich, eine Karte vom Stapel zu nehmen. Ich wählte sie in aller Ruhe aus: le pendu, der

Gehengte. Ich warf sie mit einem Schnippen meines Daumens in die Luft, er setzte die rostige Mündung des Revolvers an seine Schläfe. Die Kante des Papiers prallte vom Tisch ab und kippte um. *Klack!* Das Publikum stieß eine Mischung aus Jubel und Stöhnen aus. Und sofort setzte jemand zum Gegenangriff an, um sein Recht einzufordern. Jemand wandte ein, der Revolver stamme aus dem neunzehnten Jahrhundert, vielleicht sei er seit fünfzig Jahren nicht mehr abgefeuert worden. Er ließ es sich nicht zweimal sagen. Diesmal hielt er sich die Waffe an die Schläfe, um den zweiten Schuss zu abzugeben. Ich warf die Karte in die Luft: *Klack!*

Das Ergebnis war nicht anders, aber dieses Mal war das Publikum größtenteils zufrieden, dass er so gezielt hatte, wie Gott es wollte. Um die Zweifel zu zerstreuen, bat er um Platz und begann, den Abzug gegen die Wand zu drücken, bis der Schuss losging. Dann hob er den Wetteinsatz vom Tellers und legte zwei Uhren an sein Handgelenk.

"Also", fragte ich, "haben wir bewiesen, dass es ein Schicksal gibt, dem niemand entkommen kann, trotz aller Widrigkeiten?"

"Erst einmal haben wir bewiesen, dass du verloren hast, Franzose."

Ich ging durch das Dorf in einer eisigen Neumondnacht. Die Eisdecke trübte die Nacht und ließ jeden Stern verblassen. Ich folgte dem Weg, der durch die brennenden Kerzen auf den Fensterbänken markiert war, bis zum Haus des Bauern, den ich gebeten hatte, mich aufzunehmen. Nur um am Morgen den Anblick seiner Tochter Nàstja zu genießen. Ich versuchte, ihren Haushalt so wenig wie möglich zu belasten, und brachte ihm alles, was ich konnte, um ihn dafür zu belohnen, dass er ein so entzückendes Geschöpf auf die Welt gebracht hatte, nur damit ich sie kennenlernen konnte. Auf der vereisten Straße stolperte ich über etwas Großes. Ich konnte das Tier erst erkennen, als es von den Laternen zweier turkistanischer Freiwilliger beleuchtet wurde. Ein Hausschwein, von der Schulter bis zum Oberschenkel gehäutet. Sie fragten mich, ob ich ihren Freund Hadschi vorbeigehen gesehen hätte. Er war fünfzehn Jahre alt, auch wenn er ein Ungetüm war. Er war in einer Familie von strengen Ismaeliten aufgewachsen und hatte noch nie Alkohol getrunken. Immer, wenn sie sich einen Spaß daraus machten, seine Milch mit Wodka zu versetzen, drehte er durch und tötete in seinem religiösen Wahn alles, was ihm begegnete. In dem Moment interessierte mich ihre Angelegenheit nicht besonders. Nàstja wartete an der Tür auf mich. Ich streichelte ihre vom Frost gerötete Wange, sagte "gute Nacht", und nahm die Außentreppe zum Dachboden.

Es waren noch keine zwei Stunden vergangen, als ich ein Klopfen an der einzigen heilen Fensterscheibe hörte. Ich schüttelte die vom Frost steif gewordene Decke ab und öffnete den beiden Rekruten aus Turkestan die Tür. "Der Ataman wurde getötet", stammelten sie, mehr aus Kälte als aus Verzweiflung. Ich hätte etwas sagen sollen. "Getötet!", fuhr einer von ihnen fort. "Es war unser verrückter Freund Hadschi. Er sagt, er sei ein Mujāhid und wolle alle Kuffār töten. Er war derjenige, der die Schweine geschlachtet hat, dieser Verrückte. Er will uns alle verhungern lassen. Der Ataman fragte ihn, warum er das tue. Daraufhin stach er ihm in den Bauch. Bevor er starb, sagte der Kommandeur, ich soll dir sagen, dass er die Wette gewonnen hat".

Der Tschetschene hatte sich in einer Hütte außerhalb des Dorfes verbarrikadiert. Das ganze Dorf drängte sich darum: Soldaten, Räuber, Witwen, alte Männer, Kinder. Er hatte die Fenster verbarrikadiert und betete laut, so laut er konnte, als wolle er sicherstellen, dass man ihn auch im Himmel höre. Der Junge war nicht aus dem Dorf, aber die Frauen weinten, als hätte jede von ihnen ein kleines Stück von ihm geboren.

Ich näherte mich und spähte durch einen Spalt in den Fensterläden. Er hatte aufgehört zu beten. Er lag auf dem Boden, den Kopf zwischen die Knie geklemmt, um nicht auf das Unglück blicken zu müssen, das er verursacht hatte. Keine Waffe außer dem alten türkischen Krummsäbel, der auf dem Boden lag, war zu sehen. Ich sagte den Anderen, dass er keine Bedrohung sei. Der turkestanische Leutnant unterhielt sich währenddessen mit Eremèičs kirgisischem Ersten Offizier - dem neuen Kommandanten der Kosaken -, bevor er zum Fenster ging.

"Du hast gesündigt, Bruder, du musst dich nun dem Urteil Gottes stellen."

Ein Knall zertrümmerte die Lamellen der Fensterläden und streifte die Wange des Kommandanten. Ich hatte falsch geschaut. Jemand zerrte mich hinter den Zaun, während eine Gruppe von Frauen in schwarzen Mänteln darum bettelte, dass der Junge einfach rauskomme. Jemand schoss auf die Tür, ich griff nach dem Gewehr, das noch glühte und warf es auf den Boden. "Ich bringe ihn raus. Lebendig."

Ich bat die Soldaten sich abzuregen und stellte ein paar Sachen vor die Tür. Dann ging ich um das Haus herum und hockte mich hinter eines der Fenster auf der rückliegenden Seite. Ich legte mein Gewehr auf den Boden und zog meine Pistole hervor. Ich spähte durch einen Spalt ins Innere, zu klein, um mehr als einen Schatten zu erkennen, aber die Bretter waren dünn. Mit einem Tritt brachte ich sie zum Zerspringen und sie splitterten zur Seite. Der Putz löste sich vom Aufschlag des Tschetschenen und blendete mich.

Der Schütze lag mit der Hälfte seines Körpers im Haus - und schoss. Einmal, zweimal, viermal, bis ich aus dem Gleichgewicht kam und ins Wohnzimmer fiel. Sie fanden ihn später auf dem Boden, in der Tür eingeklemmt. Sie fesselten ihn mit einem Seil und schleppten ihn nach draußen, damit sein Blut in den Schnee tropfte. Und zu sterben, still und leise.

Selbst wenn ich mit dem Schicksal von Eremèič Recht gehabt hätte, erschien mir das Schicksal und seine Launen nicht weniger nebulös. Ich hatte nie eine Sekunde lang an der Existenz Gottes gezweifelt und würde dies auch in Zukunft nicht tun. Aber tief in meinem Inneren hoffte ich, dass sie alle falsch lagen. Nur die Willkür der Menschen kann so tief in das Unbegreifliche eindringen. Können wir hoffen, anders zu sein als das, was wir sind? Ich hatte das Gefühl, dass ich eine Chance hatte. Und dass ich sie verpasst hatte.

Ich fragte mich allerdings, ob ich die Wette wirklich gewonnen hatte. Jedenfalls war die Leiche des Atamans bereits entkleidet und seine Habseligkeiten verteilt.

THE KILLING
CLEMENS BÖCKMANN

- Ist ihr Name Irmtraud Kirschner?
- Ja.
- Sind Sie 1923 geboren?
- Ja.
- Sind Sie in Elmshorn geboren?
- Soweit es mir bekannt ist.
- Sie haben mit 16 die Schule beendet und sich
dann später freiwillig bei der SS gemeldet?
- Ja, so wurde es mir geraten.
- Von wem wurde ihnen das geraten?
- Es gab Werbeanzeigen in einer Illustrierten
für junge Frauen. Es wurde um Frauen geworben,
für einfache Schreibarbeiten.
- Sie hatten zuvor eine Ausbildung als
Schreibkraft in Elmshorn absolviert?
- Das war nicht notwendig.
- Nach ihrer Einstellung wurden Sie versetzt
ins sogenannte Generalgouvernement?
- Das besagen die Akten, ja.
- Können Sie sich daran erinnern?
- Mir sind nur die Sätze bekannt, die Sie eben-
falls kennen.
- Erfolgte diese Versetzung auf ihren Wunsch
hin?

– Ich hatte nichts dagegen einzuwenden.

– Waren Sie als Schreibkraft tätig in einem Ort bekannt als *Stutthof*?

– Ja, wenige Wochen oder Monate muss ich dort gewesen sein. Plötzlich befand ich mich in der Nähe dieses Lagers.

– Was bedeutet *Nähe*?

– Es war eine Stadt. Kurz darauf wurde ich versetzt, weiter nach Osten. Als dort die Arbeit erledigt war, kam ich nach Triest.

– Was heißt *die Arbeit war erledigt*?

– Unsere Aufgabe war beendet. Die letzten Vorgänge wurden ordnungsgemäß abgeschlossen. Danach sind wir gegangen.

– Hatten Sie vorher eine Vorstellung, was sich dort zutrug?

– Niemand hatte eine Vorstellung, was dort passierte. Und ich kann Ihnen auch heute kaum meine Eindrücke schildern.

– Versuchen Sie es.

Die Auswertung ihrer Handydaten ergab, dass sie über die Via Valmaura gefahren war. Sie war von Norden gekommen, aus dem Inneren der Stadt, dort, wo die Kontore leer am Wasser lagen und sich nur langsam die Pracht vergangener Reichtümer wieder an den Wänden aufblätterte. Am Stadio Nereo Rocco war sie vorbeigekommen, hatte ihren Leihwagen auf dem Parkplatz eines Supermarktes abgestellt und war einen Moment sitzengeblieben. Es gab keinen Schatten. Der Asphalt war trotz der frühen Stunde warm. Ab hier begann etwas, das man als Industriegebiet hätte bezeichnen können. Die Gleise der Züge aber, die in das Viertel führten, waren mittlerweile überwuchert. Auf der anderen Seite der Häuser hörte sie die Stadtautobahn. Dahinter lag noch immer der Güterbahnhof. Und daneben, bildete sie sich ein, roch sie das Meer.

Eher zufällig war sie auf die Geschichte gestoßen. Eine Freundin von ihr hatte erzählt, eine Gruppe junger Antifas habe eine NS-Täterin entführt und nach wenigen Wochen wieder freigelassen. Sie konnte keine Namen nennen, da es die Jungs mit der Geheimhaltung ihrer Aktion nur bedingt ernst genommen hatten. Es musste sich irgendwo in Norddeutschland ereignet haben. Von einem Versteck mit Aussicht auf das Meer war die Rede. Ein Bekennerschreiben oder eine Erklärung hatten die Entführer nicht verfasst. Das aber war es nicht, was sie aufmerken ließ: Die Jugendlichen mussten etwas herausgefunden haben, das ihr Entführungsopfer in jedem Fall unter Verschluss halten wollte. Es war zu keiner Anzeige gekommen.

Die erste Recherche war so einfach wie naheliegend. Es gab nur einen bekannten Fall einer ermittelten NS-Täterin im vergangenen Vierteljahrhundert, noch dazu hatte der Prozess in direkter Nachbarschaft zu ihr stattgefunden, am Landgericht Elmshorn, im Brachland vor der Küste. Nicht wegen der Opfer, wegen der Angeklagten war das Verfahren den örtlichen Behörden anvertraut worden. Aus Mangel an Platz, *fehlender Infrastruktur*, wie das Gericht schrieb, hatte man sich entschieden eine leerstehende Lagerhalle am Rande der Ortschaft kurzfristig für den Prozess zu nutzen. Der chinesische Großhandel für Suppengemüse, Reis und Leuchtbilder hatte vor zwei Jahren Insolvenz angemeldet. Mobile Trennwände, *Raumteiler*, wurden aufgestellt, um Zuschauer, Staatsanwaltschaft und Angeklagte voneinander unterscheiden zu können. Die Lagerhalle hatte einen Parkplatz und Anbindung an die Autobahn. So konnten auch die überregionale Presse, Schulklassen und Zeuginnen anreisen. Seit über sechzig Jahren lebte Irmtraud Kirschner in Elmshorn. Sie klickte sich durch die Artikel. *Als erste zivil Angestellte eines KZ wurde sie angeklagt wegen der Beihilfe zum Mord in über 11.000 Fällen.* Auch nach der Verhandlung blieb die Zahl der Opfer ein Annäherungswert. Für wenige Tage jedoch hatte es überregionale Berichterstattung gegeben. Im Archiv ihrer Zeitung fand sie vier weitere Artikel über den Prozess gegen Kirschner. Nach fünfunddreißig Verhandlungstagen hatte die Richterin des Landgerichts, die sichtbar mit dem Material überfordert war, die Angeklagte zu zweieinhalb Jahren Bewährung nach Jugendstrafrecht verurteilt. Die Revision war eingestellt worden, da die einzige Nebenklägerin wenige Woche nach dem Urteil verstorben war. Kirschner galt damit jetzt bereits schon nicht mehr als *vorbestraft*. Im Anschluss brauchte auch sie nur fünfundzwanzig Minuten bis sie die Adresse der ehemaligen Angeklagten herausgefunden hatte.

Zwei Wochen später fuhr sie über München mit dem Nachtzug bis ans Meer. Gegen 6:30 Uhr kam sie in Triest an. Das Gebäude, das sie interessierte, gab es nicht mehr. In der Biblioteca Civica Attilio Hartis fand sie Fotos. Die Unterkunft für die Wachmannschaft und die zivil Angestellten hatte auf der anderen Straßenseite gestanden, dort, wo jetzt der Parkplatz war. Allers hatte auch hier umgesetzt, was sie nach Katyn gelernt hatten. Beim Wiederaufbau zur Gedenkstätte waren die Lücken mit Beton versiegelt worden. Vom Parkplatz aus gesehen bildete die Risiera einen geschlossenen Block. Hoch geschossene Mauern, die sie einschlossen. Es wuchsen keine Kiefern, kein Ginster. Stattdessen hatten Jugendliche von Außen Graffiti auf die Wände gesprüht. *Anche dopo il lavaggio, la camicetta di Melanie è nera.* Über die Mauer hinweg ragte die dunkle Spitze der Skulptur. Den Friedhof hatten sie kurzerhand über die Stadt verlagert. Laut Zeugenaussagen war Irmtraud im November 1943 hierher gekommen, *im Winter*, kurz vor Weihnachten, als Nachzüglerin aus Lublin. Sie hatte im Gebäude in der Via Giovanni Palatucci in der dritten Etage einen Schreibtisch zugewiesen bekommen. Dort saß sie, mit dem Blick aus dem Fenster, den Monte Stena vor Augen. Am 5. Januar 1944 tippte sie die *Meldung über die wirtschaftliche Abwicklung* auf ihrer Maschine ab. Ein kurzes Schreiben, in dem Globocnik, *Himmler's ganze Welt*, ihre Zukunft bilanzierte. Von Triest wollte er weiter. Schon in Lublin hatte *Globus* von den Denkmälern gesprochen, die sie sich selbst im Boden verankern würden. So fielen auch hier die Feste. Oberhauser servierte. *Ihrem Reinhard* hatten sie damit ein Denkmal vorangestellt – und sich in dessen Dienst übergeben. *Das war ihre Mitte.* Nirgendwo aber war mehr Boden zu erblicken. Die Erde war versiegelt.

Sie lief quer über den Parkplatz, bis dahin, wo dem *Koloss von Triest* Fenster gegeben waren. Sie zählte die Etagen. Die Fenster blieben schwarz. Von Innen waren die Gebäude entleert, sie hatten alles gegeben. Die Etagen waren durchbrochen. Erst als sie im Inneren war, merkte sie, dass ihr Blick keinen Boden fand. Die schwarzen Streben, *aus Holz*, boten nur eine kurze Rast. Sie hörte ihre Augen bis unter das Dach rutschen. Die Wände flüsterten nicht. Plötzlich sah sie *die Hunde, die Musik, die Dieselmotoren* bei Nacht. Die Fenster blickten weiter.

Früher wurde hier Reis geschält. Die Böden waren gebaut für die Last schwerer Maschinen, für die Lagerung größerer Mengen Materials. Zwischen den Fugen fand sie noch Spelzen. Daneben waren mit Fingernägeln Zahlen in die Wände gekratzt. Sie konnte die Tage nicht zusammenzählen. Vielleicht waren es genau 11.000, *vielleicht Stunden*, vielleicht Angaben über den Himmel, *Wolkenverzug*. Im August '43 hatte *Globus* Lublin verlassen, seine Getreuen im Gepäck. *153 Mann*, schrieb er aus Triest, seine Familie. Die wollte er bei sich. Ihre Aufgabe war erledigt und offen. Er ließ sich Möbel aus Lublin nachliefern. Lorenz Hackenholt, Fahrer und *Fuhrparkmeister* in Lublin, später irrtümlich in der "Heckenholt-Stiftung" verewigt, ein *Konstrukteur* und *Organisationstalent*, hatte die Umleitung der Abgase ins Wageninnere mit handwerklicher Genauigkeit entwickelt. Er brachte Stühle, Teppiche und Bilder, an denen *Globus* gelegen war. Im Karst sollten sie Partisanen, und solche, die sie dazu machten, erschießen. Hackenholt breitete im *Maschinenraum* sein Handwerkszeug aus. Seit Oktober war auch Irmtraud Kirschner hier, zwischen Via Rio Primario und Via Valmaura, die wenigen Schritte vom Meer.

Sie trat raus in den Hof. Die Skulptur warf die Zeit als Schatten auf den Boden. Allers Sprengungen hatten den Vorhof neu justiert. Gegenüber war der Maschinenraum verzeichnet, als Notiz in der Fläche vermerkt. Jemand hatte es auf den Boden schreiben lassen, um die Risiera abzugrenzen gegen den Rest. Das Kunstwerk markierte die Stelle. *Riserva*, sagte sie zu sich um irgendwo zu sein. Das Wort verrutschte zwischen ihren Zähnen. Sie war jetzt Journalistin.

Was sie suchte, fand sie im Archiv. Irmtraud hatte ihre Bronzetafel nicht vergraben. Hier, im Büro der Kommandantur, hatte sie sich eingeschrieben. Auf der Spule ihrer Schreibmaschine reichten sie alle einander die Hände: Wirth schrieb an seine Familie [überprüfen], Oberhauser schrieb an Wirth [belanglos], Globus an die Prinz-Albrecht-Straße 8 und Allers schrieb nach Hause, in die Tiergartenstraße 4 [formal, liebevoll]. Sie alle schrieben vom Ende. Sie erzählten es nicht. Irmtraud übersetzte und sah wie die Reismühle sich entfaltete, herausschälte. Sie las weiter. Von Brack kam die eidesstattliche Erklärung: *Seine T4'er sollten zurückkommen*, sollten sich einpacken. Ihr Geheimnis brauchte sie noch. Sie hatten um ihr Leben spekuliert, sich selbst schon in den Buchten der Küste begraben. Im Warthegau hatte es Erschießungen gegeben, *Selbstexekutionen*. Nicht jede Kugel aber hatte ihr Ziel verfehlt. Irmtraud schoss nicht, kaum jemand tat es. Als Frau wurde sie ohnehin auf anderen Wegen verschickt.

Weder das Meer, Salzwasser, *mit über 38 Promille weit über dem Durchschnitt*, noch das Denkmal hatten etwas daran verändert. Aus den gesprengten, *abgetragenen* Häusern kam der Geruch von Sex. Die

Körper schrieben nicht nur, wenn sie in Ekstase waren, in Alltag, *in ihrer Haut*. Sie stutzte. In den Zeilen stand etwas von Liebe, ungebrochene Verbundenheit, *Nachsicht* und Rücksichtnahme [überprüfen]. Wirth hatte keine Zweifel: Sie würden alle hier bleiben. Sie blieben, doch nur er wurde beerdigt. *Für alle anderen gab es hier keinen Friedhof.* Wo war Irmtraud jetzt?

Im Januar 1944 war *ihr Heinz* an die Adria gekommen. Noch kannten sie einander nicht, doch trug sie bereits seinen Familiennamen. Er hieß immer noch: Heinz Kurt Bolender. Später, kurz nur, gab seine Tätigkeit ihm seinen Namen: Kurt Brenner. Als einer der letzten der 153 bezog er sein Lager in der Risiera. Hier waren seine *Sonnensteine*, die nicht endende Glut ihrer Hitze.

```
- Was ist dort passiert?
- Ich erinnere mich, wie sie verbrannten.
- Was erinnern Sie?
- Verbrannten
- Was genau erinnern Sie?
- Nur die Knochen.
- Nur die Knochen erinnern Sie?
- Was übrig blieb…
- Was wurde mit den Knochen gemacht?
- Eine Mühle.
- Die Reismühle?
- Sie kannten das von Hößler. Deshalb waren sie
da.
- Was geschah dann?
- Das [schluckt] Mehl wurde… Das Mehl wurde
verstreut.
- Verstreut?
- Das Mehl wurde in den Hafen geschüttet.
- In den Hafen?
```

– Die Kanalisation war nicht gut genug
ausgebaut dafür.
– Wie wurde das Mehl in den Hafen geschüttet?
– Sie brachten das Knochenmehl in Säcken zum
Hafen.
– Nachts?
– Wieso? Die Stadt sah auch am Tag die schwar-
zen Rauchwolken.

Kurzerhand erklärte sie ihren Ehemann für verstorben. Im Novem-
ber '45 kam die Bestätigung vom Amtsgericht Hamburg. Bolender war
jetzt verschwunden. Er nannte sich Kirschner und kam nach einer
Nacht im Hotel zurück ins Bett seiner Witwe. Sie heirateten ein zweites
Mal. Viele kamen nicht noch einmal zur Trauung. Sie waren in
Schwaikheim, Bielefeld, Tübingen, Wiesenbach, Arnstadt, Düsseldorf,
Altötting, Ansbach, Unterammergau. Sie schickten einen Plagio-
klas-Feldspat, den Kurt auf die Fensterbank ihrer Wohnung stellte,
Südseite, und der Himmel – oder sei es auch nur die Decke ihres Rau-
mes – spiegelte sich darin. Einzig Allers kam die wenigen Kilometer
von Kiel zur Hochzeit. Diese Freundschaft hatte Bestand und der Syn-
dikus der Deutschen Werft blieb anwaltlicher Beistand der Familie Kirschner bis Kurt all die Lästigkeiten der Fragen beantwortete.
    Oliver versuchte ihr in die Lippen zu schneiden. Seine Linke blieb
an ihrem Kiefer, der kaum mehr der Bezeichnung standhielt. Er nannte
sie um sicher zu gehen. Sein Daumen tastete. Ihre Zähne waren einzeln
ersetzt. Sie kippten aus der Backe in den Mundraum. Hatte sie vor,
sich durch Ersticken zu retten? Würde ihr die Prothese auch in diesem
letzten aller Fälle dienlich zur Seite stehen? Würde er ihr dabei zusehen, wie sie nach Luft rang? *Ihre Zunge tastete* kurz. Die Zähne floßen
stromlinienförmig ab, fast sanft glitten sie über ihren Kehlkopf hinweg.
Vielleicht würde es ihrem Succus gastricus gelingen den rosafarbenen
Kunststoff aufzulösen, andernfalls verblieb auch diese Prothese in
ihren Ausscheidungsorganen – *möglicherweise leichte Verletzungen ana-
ler Schleimhäute* – mehr gab es jetzt nicht zu erwarten. Oliver hoffte
nicht.
    Er sah nicht, dass sie für einen kurzen Augenblick zurückgegangen
war in die Via Giovanni Palatucci. Hier, in den Unterkünften der

Wachmannschaft, hatte sie auch geliebt, nach den *Festspielen des Sommers*.

Sie hatten sie nicht festlegen müssen. Einzig die Fenster waren verdunkelt. Irmtraud dachte, es wäre ein Keller, *liebevoll*. Im Flur gab es keine Fotographien, keine Touristen. Die Straße war weit entfernt vom Haus, nicht weit genug, um auffällig zu sein. Warum sollten sie auch nicht hier sein? Es waren nur ein paar Kilometer bis zu ihrem Wohnort, sie waren ohnehin *befreundet* und die drei Wochen würden ausreichen. Irmtraud schlief jetzt. Das war in ihren 97 Jahren ihre Rettung. Oliver hatte gekocht, mehr schwitzend über dem Herd gestanden, als hätte der Sud der Zwiebeln *seine Haut angegriffen*. Er entgiftete, ohne zu wissen, wo das Abfallprodukt zu entsorgen sei, unsicher in welcher Richtung die Trennung verlief. Er schaute auf die Wiese. Hinter der Baumreihe lag das Meer. Die Anderen kannten die Ostsee nicht. "Meine Welt," sagte er. "Höchstens, weil sich am Ende vielleicht ein anderes Land darin spiegelt." Sie lachten. Sie hatten Zeit. Es war nicht klar, ob sie Irmtraud im Sand vergraben würden, unterhalb des Marine-Ehrenmals. Sie hatten sich extra keinen besonders hässlichen Kurort für deutsche Rentnerinnen ausgesucht. Vielleicht würden sie ihr auch die 2,80 € geben für das Busticket, zurück in die Stadt. In allem war ihr Plan leichtsinnig, nicht aber unehrlich. Irmtraud röchelt im Schlaf. Noch hatte sie niemand angefasst. Bevor er sie aufweckte, schaltete er das Aufnahmegerät ein.

2017 hatten sie Manfred Künter in seiner Wohnung aufgesucht, nachdem er ein TV-Interview gegeben hatte. Sie nahmen Akten mit. Künter war auch in ihren Augen nicht mehr transportfähig. Oliver zerschlug ein paar Bilder, zwei Vasen. Bei Irmtraud würde es keine Akten geben. Er hatte die Recherche vor Ort übernommen. Sie war vor acht Jahren in das betreute Wohnen gezogen, eigene Wohnung mit Tagespflege, 8:30, 11:30, 14:00 und 18:30, ein paar Fotos, wenige Briefe von Heinz, *SS-Oberscharführer*, aus seiner Haft, aus Sobibor. Alles weitere musste in der Hohenstraße verblieben sein, bei Familie, Freunden, *Verwandtschaft*. Oliver kam und kontrollierte ihre Telefonleitung. Sie kochte Tee und stellte Gebäck. Er zählte ihre Schritte, ihre Atmung, ihre Pupillenbewegung. Sie würde auch beim nächsten Mal die Türe öffnen.

Ihm ging ihre Stimme nicht aus dem Ohr. Sie hatte erzählt, was sie aus den Dokumenten schon wussten. Als es vorbei war, warfen sie alles ins Meer. Oliver schaute den Sand an. Er hatte die Farbe von Beton, nur dass die Fußspuren nicht bleiben würden. Das Meer änderte seine Farbe nicht. Ein paar Fetzen hatte er behalten. Mehr war von den drei Wochen nicht geblieben. Die alte Frau mochte Zwiebelsuppe und Graubrot und weiße Schokolade. Sie hatte gelacht, weil sie wusste, dass sie es nicht tun würden. Jetzt sagte niemand mehr was. Sie hatten alles bekommen, was sie wollten – und nichts, was ihnen jetzt noch etwas war. *Kirschner war verschwunden,* das hoffte Oliver. Mit Linie 503 war sie zurückgefahren in die Innenstadt zum Hauptbahnhof. Von dort fuhr die Regionalbahn. In fünfundvierzig Minuten würde sie wieder Zuhause sein. Er hatte ihr eine Tüte mit Proviant gemacht. Kamillentee, wegen der Magenschmerzen, Graubrot mit Käse. 185 Reichsmark hatte sie als Monatslohn erhalten, *Sonderzahlung, Vergütungsklasse 8.* Einmal im Monat kamen zusätzliche Rationen Tabak, Alkohol, Essen und warme Kleidung.

Acht Wochen nach ihrem letzten Aufenthalt in Triest veröffentlichte sie ihren Artikel. Trotz ihrer Proteste erschien er nur auf Seite drei des Lokalteil. Für fünf Tage war der Artikel im Anschluss auf der Homepage der SHZ verfügbar. Danach verschwand er im Archiv. Die Klickzahlen blieben im unteren dreistelligen Bereich. Zwei Kunden hatten ihre Werbeanzeigen zurückgezogen. 300,- € wurden ihr für den Text gezahlt.

„Die erfundene Geliebte der Vernichtungsmaschine"
Irmtraud Kirschner, die als NS-Täterin vom Landgericht Elmshorn verurteilt wurde, ist eine Hochstaplerin.
Eine Recherche von Julia Loth

Die 97-Jährige, die 2014 sich mit schweren Schritten in das improvisierte Gerichtsgebäude am Vossbarg 1 geschleppt hatte, sitzt wieder gelassen auf der Terrasse ihres Seniorenstifts. Wie selbstverständlich empfängt sie zum Gespräch, lässt von den Pflegerinnen Tee und Gebäck servieren und begrüßt herzlich. In dem gegen sie geführten Verfahren wegen Beihilfe zum Mord in über 11.000 Fällen war sie 2014 für schuldig gesprochen worden. Die Richterin verurteilte sie damals zu zwei Jahren auf Bewährung nach Jugendstrafrecht, da die Angeklagte zum Zeitpunkt der Tat noch unter 21 war. Mehrfach hatte Kirschner versucht den Prozess frühzeitig zum Scheitern zu bringen. Immer wieder hatte ihr Verteidiger ihren Gesundheitszustand als kritisch bezeichnet und das Gericht aufgefordert von einem weiteren Verfahren abzusehen. Vier Jahre nach der Verhandlung scheint von dieser Gebrechlichkeit keine Spur mehr zu sein. Kirschner hatte auch während des Prozesses jede Aussage verweigert, einzig durch ihren Verteidiger hatte sie zwei Stellungsnahmen verlesen lassen, in denen sie jede Schuld und Verantwortung von sich wies. Was den Opfern der Nationalsozialisten widerfahren sei, sei schrecklich und sie bedauere das Leid dieser Personen, ließ sie in ihrem Schlussplädoyer verlauten. Jedoch träfe sie weder Schuld noch Verantwortung. Als Schreibkraft im KZ-Stutthof, und später in der Risiera di San Sabba in Triest, habe sie von den Verbrechen und ihrem Ausmaß nichts gewusst. Darüberhinaus habe sie als zivil Angestellte keinerlei Einfluss auf die Politik oder die Vorgänge des Krieges nehmen können. Reue könne sie daher keine empfinden. 2014 hatte ihr Fall kurzfristig für Aufsehen gesorgt, da die Angeklagte vor Beginn des Prozesses geflohen war. In einem offenen Brief an das Gericht hatte sie einige Tage zuvor ihr Untertauchen angekündigt. Wenige Stunden jedoch nach ihrer Flucht konnte die damals 93-jährige am Bahnhof Elmshorn aufgegriffen werden. Die Umstände und Hintergründe der Flucht sind bis heute ungeklärt. Auch vier Jahre nach dem Prozess sind weitere Fluchthelfer unbekannt. Es gibt Vermutungen, dass Kirschner sowohl Unterstützung durch ihre Familie erfuhr, als auch durch Aktivisten der rechten Szene. So ist bekannt, dass sie nach ihrer Verurteilung mehrfach von rechten und rechtsextremen Organisationen zu Veranstaltungen und Vorträgen eingeladen wurde. Erst im Herbst dieses Jahres hielt Kirschner, auf Einladung der Burschenschaft Alemannia-Königsberg, einen Vortrag in Kiel. Ebenfalls in diesem Jahr nahm sie an einem online-Gespräch mit dem ehemaligen SS-Mann Manfred K. teil, eingeladen von Nordulf Heise, einem thüringischen Rechtsextremen. Darüberhinaus ist bekannt, dass lokale Rechtsextreme aus Schleswig-Holstein und Hamburg mehrfach den Prozess als Beobachter besuchten. Angesprochen auf diese Verbindungen bestätigt Kirschner im Gespräch ihre Bekanntschaft mit Peter Borchert. Mit ihm sei sie bereits seit über zehn Jahren eng befreundet. Einen ihrer ersten Vorträge hielt sie in Borcherts Umfeld, dem 2014 geschlossenen Club 88, Szenetreff der Neonazis in Neumünster.

[unvollständig kopiert]

1961, bei seiner Verhaftung, fand die Polizei seine Peitsche mit den silbernen Initialen K.B., gefertigt von dem Sobiborhäftling Stanisław Szmajzner, in seiner Wohnung. Am 10. Oktober 1966 erhängte sich Kurt Bolender in seiner Zelle in der Untersuchungshaftanstalt Hagen. Am 20. Oktober, genau zwei Monate bevor im Prozess die Urteile gesprochen werden, wurde am Lago d'Iseo in Oberitalien, kurz hinter dem Ortsausgang Spiglia, der Leichnam einer Frau angespült. Die örtlichen Behörden gingen nach kurzer Überprüfung und auf Grund der Ergebnisse der Obduktion von Suizid aus. Offenbar hatte sich die Frau, mit mehreren Gegenständen beschwert, von der Fähre zwischen Carzano und Sale Marasino ins Wasser gestürzt. An ihren Armen und Beinen konnten die Behörden Haltevorrichtungen finden. Die Vermutung lag nahe, dass die Frau sich Aktenordner an Arme und Beine gebunden hatte und von diesen in die Tiefe gezogen wurde. Nachdem sie ertrunken war, löste das Wasser langsam das Papier auf und der Leichnam wurde an die Oberfläche gespült. Wegen des konstanten Ostwindes wurde der Körper an das gegenüberliegende Ufer geschwemmt. Als Hinweis für diese These wurden zwei Wochen später am nördlichen Ufer Teilstücke von Akten-

seiten gefunden, einzelne, teilweise zerstörte Zettel, auf denen unvollständige deutsche Sätze zu entziffern waren. Auf Grund der Dokumentfundstücke und wegen dem Mangel anderer Hinweise nahmen die italienischen Behörden Kontakt auf mit ihren deutschen Kollegen. Der Ermittlungseifer war jedoch auf beiden Seiten begrenzt. Die Ermittlungen wurden verschleppt, die Identität der Toten niemals einwandfrei geklärt. Im Archiv der Staatsanwaltschaft der Lombardei findet sich noch heute die Schmale Akte zur unbekannten Toten. Neben dem Bericht der Gerichtsmedizin, mit Angaben zu Alter und Geschlecht, und einem Vermerk der Polizisten vom Fundort, enthält der Ordner auch ein Röntgenbild ihres Kiefers. Röntgenaufnahmen in Zusammenhang mit einer Zahnoperation im Sommer 1956 am Universitätskrankenhaus Eppendorf belegen: Irmtraud Kirschner beging, wenige Tage nach ihrem Ehemann, Suizid. Sie starb offiziell am 20. Oktober 1966 im Lago d'Iseo. Warum sie über 1.000 Kilometer fuhr, um sich das Leben zu nehmen, bleibt Spekulation. Dabei fuhr sie nicht auf direktem Weg an den Lago d'Iseo. Recherchen haben ergeben, dass sich eine Hotelbuchung auf den Namen I. Kirschner im Hotel Al Garibaldino in Triest nachweisen lässt. Hier war Kirschner vom 15. - 19. Oktober 1966. Vorstellbar ist, dass nicht der Lago d'Iseo ihr eigentliches Ziel war, sie viel mehr die Nähe zum Soldatenfriedhof Costermano am Gardasee gesucht hat. An den Tagen vom 19., 20. und 21. 1966 Oktober jedoch fanden dort Umbaumaßnahmen statt in Vorbereitung der feierlichen Eröffnung am 6. Mai 1967. Wegen der guten Anbindung und der daraus resultierenden einfachen Erreichbarkeit für deutsche Touristen hatte man sich bereits 1955 entschieden in Costermano einen zentralen Soldatenfriedhof für deutsche Soldaten zu errichten. Auch Mitglieder der 'Aktion R', jener Einheit, der Kurt Bolender angehörte, wurden nach Costermano überstellt.

[unvollständig kopiert]

THE KILLING
CLEMENS BÖCKMANN
Traduzione di Giacomo Cavaliere

— Il suo nome è Irmtraud Kirschner?

— Sì.

— Ed è nata nel 1923?

— Sì.

— A Elmshorn?

— Per quanto ne so.

— Ha lasciato la scuola a sedici anni e si è poi arruolata volontariamente alle SS?

— Sì, è quello che mi è stato raccomandato.

— Da chi?

— C'erano annunci su riviste per giovani donne. Ci tentavano con un lavoro semplice, da scribacchine.

— In precedenza aveva svolto corsi di formazione come dattilografa? A Elmshorn?

— Non era necessario.

— Dopo l'assunzione, è stata inserita nel cosiddetto governo generale?

— Questo dicono gli atti, sì.

— Riesce a ricordare altro?

— Mi sono note solo frasi che sta ripetendo anche Lei.

- Questo inserimento è avvenuto su sua richiesta?
- Non avevo obiezioni, in ogni caso.
- Ha lavorato come dattilografa in un luogo conosciuto come *Stutthof*?
- Sì, devo essere rimasta lì per alcune settimane o mesi. All'improvviso mi sono ritrovata vicino a questi Lager.
- Che significa che era *vicina*?
- Che era una città. Ero in città. Poco dopo venni trasferita più a est. Finito il lavoro lì, sono andata a Trieste.
- Cosa intende dicendo che *aveva finito il lavoro*?
- Il nostro compito era terminato. Le ultime operazioni erano state completate secondo gli ordini. Quindi siamo partiti.
- Aveva idea di cosa stesse succedendo?
- Nessuno sapeva cosa stesse succedendo. E io riesco a malapena a descrivervi le mie impressioni, oggi.
- Ci provi.

L'analisi dei dati del suo cellulare ha riportato che ha guidato lungo via Valmaura. È arrivata da nord, dall'interno della città, là dove gli uffici si poggiano vuoti vicino all'acqua e lo sfarzo delle ricchezze passate si svelava lento dalle mura. Era passata davanti allo stadio Nereo Rocco, ha lasciato la sua auto a noleggio nel parcheggio di un supermercato e si è seduta lì un momento. Non c'erano zone in ombra. L'asfalto era rovente dalle prime ore del mattino. Da quel punto iniziava quella che si potrebbe definire una zona industriale. I binari dei treni che portavano in quel quartiere erano ormai coperti di vegetazione.

Oltre le case si sentiva il rumore dell'autostrada. Dietro, lo scalo merci; immaginava di sentire l'odore del mare.

Si era imbattuta nella storia per caso. Un'amica le aveva raccontato che un gruppo di giovani antifascisti aveva rapito una criminale nazista per rilasciarla dopo poche settimane. Non aveva nomi, poiché i ragazzi avevano preso molto sul serio la segretezza della loro azione. Doveva essere accaduto da qualche parte nella Germania del nord. Si diceva di un nascondiglio con una veduta sul mare. I rapitori non avevano scritto lettere di rivendicazione né altro. Non fu tanto questo ad attirare la sua attenzione, pensò invece che i ragazzi dovevano aver capito qualcosa che la vittima del loro rapimento voleva tenere nascosta. Non era stata sporta alcuna denuncia.

La prima ricerca era stata tanto semplice quanto ovvia. Nell'ultimo quarto di secolo c'era stato solo un caso noto di una criminale nazista, il cui processo per di più si era svolto nelle vicinanze, presso il tribunale distrettuale di Elmshorn, una terra desolata distante dalla costa. Il caso era stato affidato alle autorità locali non per tutela delle vittime, ma degli imputati. Per mancanza di spazi adeguati, per mancanza di infrastrutture, aveva scritto la corte con breve preavviso, era stato deciso di utilizzare per il processo un magazzino vuoto nella periferia del paese. Il grossista cinese di zuppe di verdure, riso e insegne luminose aveva presentato istanza di fallimento due anni prima. Sono stati predisposte pareti divisorie mobili per separare gli ambienti, per poter separare le aree tra spettatori, pubblici ministeri e imputati. Il magazzino aveva un parcheggio e un accesso comodo dall'autostrada. Quindi anche la stampa nazionale, le classi scolastiche e i testimoni hanno potuto raggiungerlo. Irmtraud Kirschner viveva a Elmshorn da oltre sessant'anni. Aveva cliccato sugli articoli che erano apparsi sullo schermo. *Come prima impiegata civile in un campo di concentramento, è stata accusata di complicità in omicidio in 11.000 casi.* Anche dopo il processo, il numero delle vittime è rimasto approssimativo. Per qualche giorno l'evento aveva ricevuto copertura nazionale. Nell'archivio del suo giornale aveva trovato altri quattro articoli sul caso Kirschner. Dopo trentacinque giorni di trattative, il giudice del tribunale regionale, che era di certo sopraffatto dal materiale in esame, aveva condannato l'imputata a due anni e mezzo di libertà vigilata ai sensi del diritto penale minorile. Il ricorso era stato interrotto, poiché l'unico querelante costituitosi parte civile era morto alcune settimane dopo il verdetto. A quel punto si considerava Kirschner esente da precedenti

45

penali. Le servirono appena venticinque minuti per scoprire l'indirizzo dell'ex imputata. Due settimane dopo aveva preso il treno notturno via Monaco, fino al mare. Era arrivata a Trieste attorno alle 6.30 del mattino. L'edificio che le interessava, non esisteva più. Nella Biblioteca Civica Attilio Hartis trovò alcune fotografie. Gli alloggi per le guardie e gli impiegati civili si trovavano dall'altro lato della strada, dove adesso c'era il parcheggio. Anche qui Allers aveva implementato quanto appreso dopo Katyn. Quando il memoriale è stato ricostruito, le crepe furono riempite col cemento. Vista dal parcheggio, la risiera formava un blocco chiuso. Salivano alte mura che la racchiudevano. Non crescevano pini né ginestre. Invece, qualcuno aveva lasciato graffiti: "anche dopo il lavaggio, la camicetta di Melanie è nera".

Dal muro sporgeva la punta scura della scultura. Il cimitero era stato spostato dall'altra parte della città, senza troppi indugi. Secondo testimoni, Irmtraud era arrivata sul posto nel novembre del 1943, in inverno, poco prima di Natale, in ritardo da Lublino. Le era stata assegnata una scrivania al terzo piano in un edificio in via Giovanni Palatucci. Eccola seduta, con uno sguardo alla finestra, il monte Stena davanti agli occhi. Il 5 gennaio 1944 digitò sulla sua macchina *la relazione sulla liquidazione economica*. Un messaggio breve, in cui Globocnick, fidatissimo di Himmler, valutava il loro futuro. Voleva continuare da Trieste. Già a Lublino *Globus* aveva parlato del loro ruolo, si sarebbero ancorati alla terra con le opere, i monumenti – i Lager. Così erano cadute anche le fortezze. Oberhauser era fondamentale. Veneravano *il suo Reinhard* e si erano messi al suo servizio. *Era il centro di tutto.* Ma da nessun'altra parte c'erano terreni da sfruttare. La terra era sigillata.

Attraversò di corsa il parcheggio, fino al punto dove davano le finestre del colosso di Trieste. Contò i piani. Le finestre erano rimaste nere. L'edificio era vuoto all'interno e i piani erano stati sgomberati. Quando fu dentro, si rese conto che il suo sguardo non trovava il fondo. Gli scuri gradini di legno, stretti, non le permettevano di fermarsi. Sentì i suoi occhi scivolare sotto il tetto. Le pareti non mandavano rumore. All'improvviso vide i cani, la musica, i motori a diesel di notte. Le finestre si affacciavano oltre.

Qui si sbucciava i riso. I solai sono stati realizzati per il carico di macchine pesanti, per lo stoccaggio di grandi quantità di materiale. Ha trovato delle bucce tra le fughe. Accanto, numeri erano stati incisi sulle pareti con le unghie. Non riusciva a contare i giorni. Forse erano circa

11.000, forse erano ore, forse indicazioni dal cielo. Nell'agosto del '43 *Globus* aveva lasciato Lublino con i suoi fedeli come bagaglio. *153 uomini*, scrisse da Trieste alla sua famiglia. Li voleva con sè. Il loro compito lì era terminato, da compiere altrove. Aveva fatto traslocare da Lublino anche i mobili. Lorenz Hackenholt, autista e capoconducente a Lublino, poi ricordato per la sua "fondazione Hackenholt"era un costruttore, un talento organizzativo che aveva sviluppato la deviazione dei gas di scarico dalle vetture con precisione notevole, nonostante i mezzi artigianali. Ha portato sedie, tappeti e quadri, a cui *Globus* era affezionato. Sul Carso dovevano fucilare i Partigiani e chi li arruolava come tali. Hackenholt dispose i suoi attrezzi nella sala macchine. Da ottobre c'era anche Irmtraud Kirschner sul posto, tra via Rio Primario e via Valmaura, a pochi passi dal mare.

Uscì nel cortile. La scultura proietta il tempo come ombra sul terreno. L'esplosione di Aller aveva scombussolato il piazzale. Di fronte c'era la sala macchine, appena evidente in superficie.

Qualcuno aveva lasciato le scritte sui pavimenti. Era un monumento, un'opera che segnava la città. *Riserva,* ripeté tra sé. La parola le scivolò tra i denti. Adesso era una giornalista.

Quello che cercava, lo trovò in archivio. Irmtraud non aveva seppellito la sua tavoletta di bronzo. Qui, nell'ufficio di comando, si era iscritta. Tanti si strinsero la mano sopra la bobina della sua macchina da scrivere: Wirth scriveva alla sua famiglia [verificare], Oberhauser a Wirth [banale], *Globus* a via Principe Alberto n.8 e Allers a casa, in via del giardino zoologico n. 4 [formale, pieno d'amore]. Hanno scritto tutti, anche alla fine. Non dissero nulla. Irmtraud ha tradotto e visto come la risiera resisteva, si esauriva. Lei continuava a leggere e scrivere. Da Brack arrivò la comunicazione ufficiale: *i suoi T4 dovrebbero tornare,* dovrebbe fare i bagagli. Era necessario mantenesse il segreto. Avevano speculato sulle loro vite, li sapevano già sepolti nelle baie sulla costa. C'erano state sparatorie nel Warthegau, *autoesecuzioni*. Non tutti i proiettili hanno mancato il bersaglio. Irmtraud non ha sparato, quasi nessuno l'ha fatto. In quanto donna, era stata inviata lì con altri mezzi.

Né il mare, con la sua acqua salata, *ben sopra la media con oltre il 38 per mille*, né il monumento avevano cambiato nulla. Dalle case fatte saltare in aria e consumate, usciva l'odore del sesso. I corpi quando sono in estasi non si limitano a scrivere, nella vita di ogni giorno, *sulla loro pelle*. Si fermò. Tra le righe c'era qualcosa sull'amore, le connessioni ininterrotte, *la tolleranza* e la premura [verificare].

47

Wirth non aveva dubbi: sarebbero rimasti tutte qui. Rimasero, ma solo lui fu sepolto. *Per tutti gli altri non era previsto un cimitero.* Dov'era Irmtraud?

Nel gennaio del 1944 il *suo Heinz* arrivò nel mare Adriatico. Ancora non si conoscevano e lei portava già il suo cognome. Si chiamava Heinz Kurt Bolender. Più tardi, per un breve periodo, la sua attività gli fece acquisire il nome di Kurt Brenner. Come uno degli ultimi dei 153 si trasferì nel suo lager, la Risiera. Qui c'era il suo *Sonnensteine*, e le braci che non smettevano mai di ardere.

- Cos'è accaduto laggiù?

- Ricordo come bruciavano.

- E ricorda altro?

- Solo che bruciavano.

- Provi a pensare se c'è altro.

- Solo le ossa.

- Lei ricorda solo delle ossa?

- Quel che ne era rimaneva.

- E cosa ne è stato delle ossa?

- C'era il mulino.

- La risiera?

- Sapevano della sua esistenza da Hößler. Ecco perché erano lì.

- Cosa accadeva dopo?

- La [rumore di deglutizione] farina veniva… La farina veniva sparsa.

- Sparsa?

- La farina si riversava al porto.

- Al porto?

- Il sistema fognario non era adatto a quel tipo di scopo.

– Come veniva versata la farina nel porto?

– La portavano in sacchi.

– Di notte?

– E perché mai? La città vedeva pennacchi neri di fumo tutto il giorno.

Senza tanti indugi, ha dichiarato morto il marito. Nel novembre del '45 è arrivata la conferma dal tribunale distrettuale di Amburgo. Bolender se n'era andato. Si faceva chiamare Kirschner e tornava nel letto della sua vedova dopo appena una notte in albergo. Si sono sposati una seconda volta. Molti non tornarono alle nozze. Sono passati per Schwaikheim, Bielefeld, Tübingen, Wiesenbach, Arnstadt, Düsseldorf, Altötting, Ansbach, Unterammergau. Gli regalarono un minerale, un plagioclasio feldspato che Kurt mise sul davanzale della loro finestra, *rivolto a sud*, e il cielo – o anche solo il soffitto delle loro stanze – vi si rifletteva. Solo Allers è andato al matrimonio, a pochi chilometri da Kiel. Un'amicizia duratura, e il sindaco della Deutschen Werft rimase il supporto legale della famiglia Kirschner finché Kurt non ebbe espletato tutte le fastidiose procedure burocratiche.

Oliver ha provato a tagliarle le labbra. La sua mano indugiò sulla mascella, a malapena degna di questa definizione. L'aveva chiamata così per andare sul sicuro. La palpeggiava col pollice. I suoi denti erano stati sostituiti uno per uno. Si riversarono dalla guancia alla cavità orale. Aveva intenzione di salvarsi soffocando? La protesi l'avrebbe aiutata anche questa volta? L'avrebbe guardata mentre lo faceva, ansimando per respirare? La sua lingua sfiorò il taglio. I suoi denti scivolarono quasi dolcemente sulla laringe. Forse i suoi succhi gastrici sarebbero stati in grado di dissolvere la plastica rosa, altrimenti la protesi dentaria sarebbe rimasta negli organi escretori – *possibili piccole lesioni delle mucose anali* – non c'era più niente da aspettarsi, ora. Almeno, Oliver lo sperava.

Per un attimo, lui non si accorse che lei era tornata in via Giovanni Palatucci. Qui, negli alloggi delle guardie, aveva fatto l'amore dopo *la festa dell'estate*.

Non c'era niente da spiegare. Le finestre erano oscurate. Irmtraud, *piena d'amore*, era convinta si trattasse di una cantina. Non c'erano fotografie nel corridoio, nessun visitatore di passaggio. La strada era lontana da casa, non abbastanza larga da essere visibile. Perché non avrebbero dovuto essere qui? Era a un paio di chilometri a casa loro, erano *amici* e tre settimane sarebbero bastate. Irmtraud ora dormiva. È stata questa la sua salvezza per novantasette anni. Oliver cucinava, in piedi davanti ai fornelli e ancora più sudato, come se il succo delle cipolle gli avesse *aggredito la pelle*. Era incerto su come stesse andando la sua impresa. Ora doveva smaltire il prodotto di scarto. Guardò il prato. Oltre la linea degli alberi c'era il mare. Gli Altri non lo conoscevano, il mar Baltico. „Il mio mondo", disse lui. "Al massimo, perché alla fine un'altra terra potrebbe riflettersi in questa". Avevano riso. Avevano tempo. Non era chiaro se avrebbero seppellito Irmtraud nella sabbia, sotto il memoriale della marina. Non avevano scelto un luogo particolarmente brutto per una pensionata tedesca. Forse le daranno anche i 2,80 euro per il biglietto dell'autobus e la rimanderanno in città. Tutto sommato, il loro piano era stato più frivolo che efferato. Irmtraud ansima nel sonno. Nessuno l'aveva ancora toccata. Prima di svegliarla, accese il registratore.

Nel 2017 hanno fatto visita a Manfred Künter nel suo appartamento dopo che aveva rilasciato un'intervista in televisione. Hanno portato alcuni fascicoli con loro. A opinione loro, Künter non era più trasportabile. Oliver ha rotto un paio di quadri, due vasi. Con Irmtraud non ci sarebbero stati documenti o cartelle. Aveva fatto ricerche: si era trasferita in una residenza assistita otto anni prima, un appartamento proprio con cure quotidiane alle 8:30, 11:30, 14:00 e 18:30, un paio di foto, alcune lettere di Heinz, *SS-Oberscharführer*, dalla sua prigione, da Sobibor. Tutto il resto doveva essere rimasto a Hohenstraße, presso la famiglia, gli amici, i parenti. Oliver era passato a controllare la sua linea telefonica. Lei mise sul fuoco del tè e preparò i pasticcini. Contò i suoi passi, il suo respiro, controllò i movimenti delle sue pupille. Gli avrebbe aperto anche la volta successiva.

Non riusciva a togliersi la sua voce dall'orecchio. Aveva raccontato quello che già sapevano dai documenti. Quando finirono, gettarono tutto in mare. Oliver guardò la sabbia. Aveva il colore del cemento, solo che le impronte non sarebbero rimaste. Il mare non ha cambiato colore, aveva lasciato solo alcuni frammenti. Questo era quanto restava di tre settimane. Alla vecchia signora piacevano la zuppa di cipolle, il pane di segale e la cioccolata bianca. Aveva riso perché sapeva che non l'avrebbero fatto. A quel punto nessuno disse niente. Avevano ottenuto quello che volevano – niente che contasse davvero. *Kirschner era andata*, aveva sperato Oliver. Con la linea 503 se n'era tornata in centro, alla stazione centrale. Da lì partiva il treno regionale. In quarantacinque minuti sarebbe tornata a casa sua. Le aveva preparato una borsa con delle provviste. Camomilla, per il mal di pancia, pane di segale e formaggio. Aveva ricevuto 185 *Reichsmark* di retribuzione mensile, *pagamento speciale, classe salariale 8*. Una volta al mese le arrivavano razioni aggiuntive di tabacco, alcol, cibo e vestiti pesanti.

Ha pubblicato l'articolo otto settimane dopo il suo ultimo soggiorno a Trieste. Nonostante le proteste, è apparso solo a pagina tre del quotidiano locale. Per cinque giorni è rimasto sull'homepage di SHZ, a disposizione. Poi è scomparso nell'archivio. Il conteggio dei click è rimasto nell'intervallo di tre cifre. Due clienti hanno ritirato i loro annunci. Per il testo, è stata pagata 300 €.

"La macchina dello sterminio e la donna immaginaria."
Irmtraud Kirschner, condannata come criminale nazista dal tribunale regionale di Elmshorn, è un'impostora.
Una ricerca di Julia Loth.

La novantasettenne che nel 2014 si era trascinata pesantemente nel tribunale improvvisato di Vossbarg 1 siede tranquilla sulla terrazza della sua casa di riposo. Ti dà il benvenuto con naturalezza, ti fa servire tè e pasticcini dalle infermiere, ti saluta con calore. Nel 2014 è stata giudicata colpevole dell'imputazione di complicità nell'omicidio di 11 000 persone. Il giudice la condannò a due anni di libertà vigilata ai sensi del diritto penale minorile, dal momento che all'epoca dei fatti aveva meno di ventun anni. Kirschner aveva più volte tentato di annullare il processo, nelle fasi iniziali. Il suo avvocato difensore ha ripetutamente descritto il suo stato di salute come critico e chiesto al tribunale di astenersi da ulteriori procedimenti. A quattro anni dal processo, di questa fragilità sembra non esserci traccia. Kirschner si era rifiutata di testimoniare al processo, limitandosi a far leggere dal suo avvocato difensore due dichiarazioni in cui negava ogni colpa e responsabilità. Quanto accaduto alle vittime del nazionalsocialismo è stato terribile e si rammaricava per le sofferenze occorse a queste persone, aveva dichiarato nel suo comunicato, in conclusione. Tuttavia, non avrebbe alcuna colpa né ne sarebbe in alcun modo responsabile. Come dattilografa nel campo di concentramento di Stutthof e in seguito presso la Risiera di San Sabba a Trieste, non sapeva nulla dei crimini in corso nè della loro portata. Inoltre, in quanto impiegata civile, non aveva avuto alcuna influenza sulla politica sugli eventi relativi alla guerra. Quindi non poteva provare alcun rimorso. Nel 2014 il suo caso aveva destato un breve scalpore perché l'imputata era fuggita prima del processo. In una lettera aperta alla corte ha espresso la sua intenzione di nascondersi pochi giorni prima. Poche ore dopo la sua fuga, però, l'allora novantatreenne è stata arrestata alla stazione di Elmshorn. Ad oggi le circostanze della fuga non sono chiare. Anche quattro anni dopo i complici della fuga rimangono sconosciuti. Si sospetta che Kirschner abbia ricevuto sostegno dai familiari e da attivisti di destra. È noto che dopo la sua condanna è stata più volte invitata a conferenze ed eventi da parte di forze politiche di destra e di estrema destra. Solo nell'autunno di quest'anno Kirschner ha tenuto una conferenza a Kiel su invito della confraternita Alemannia- Königsberg. Ancora, in quel periodo partecipò a un incontro online con l'ex uomo delle SS Manfred K. invitata da Nordulf Heise, un estremista di destra della Turingia. Inoltre, è noto che gli estremisti dello Schleswig-Holstein e di Amburgo avevano preso parte al processo come osservatori. Alla domanda circa questi legami, Kirschner ha confermato la conoscenza con Peter Borchert. Gli sarebbe molto amica da oltre dieci anni. Ha tenuto una delle sue prime conferenze nell'ambiente di Borchert, il Club88, un ambiente neonazista di Neumünster chiuso nel 2014.

[copia incompleta]

Nel 1961, quando fu arrestato, la polizia trovò la sua frusta con le iniziali d'argento, K.B, nel suo appartamento. Era stata realizzata dal prigioniero di Sobibor Stanisław Szmajzner. Il 10 ottobre del 1966, Kurt Bolender si è impiccato nella sua cella, nel carcere di Hagen. Il 20 di ottobre, esattamente due mesi prima della pronuncia dei verdetti del processo, il corpo di una donna è stato trascinato sulla riva del lago d'Iseo, nel nord Italia, nei pressi del paese di Spiglia. Le autorità locali, dopo un breve controllo e sulla base dei risultati dell'autopsia, ipotizzarono il suicidio. A quanto pare la donna, appesantita da diversi oggetti, si era gettata in acqua dal ponte del traghetto che collegava Carzano e Sale Marasino. Le autorità hanno trovato dispositivi di contenzione alle braccia e alle gambe. Si pensò che la donna avesse raccoglitori di documenti legati agli arti e che fosse trascinata verso il basso dal loro peso. Annegata, l'acqua ha disciolto la carta e il corpo è stato trascinato in superficie. A causa del vento costante da est, il cadavere venne trascinato sulla sponda opposta. Due settimane dopo, frammenti dei fascicoli vennero ritrovati sulla riva settentrionale del lago a prova di questa tesi, niente più che singoli pezzi di carta da cui si potevano decifrare frasi incomplete in tedesco. Per questa ragione, e in mancanza di altre informazioni, le autorità italiane hanno contattato i colleghi tedeschi. Ma lo zelo investigativo era limitato, da entrambe le parti. Le indagini subirono ritardi e l'identità della morta non fu mai del tutto chiarita. Nell'archivio della procura della Repubblica Italiana, in Lombardia, si conserva ancora il fascicolo riservato sul cadavere rimasto senza nome. Oltre alla relazione del medico legale, con indicazioni su età e sesso, e una nota dei carabinieri sul luogo di ritrovamento, la cartella contiene anche una radiografia della mandibola. Raggi X effettuati presso la clinica universitaria di Eppendorf nell'estate del 1956, allo scopo di valutare un'operazione dentistica: Irmtraud Kirschner si è suicidata qualche giorno dopo il marito. Morì ufficialmente il 20 ottobre del 1966 nel Lago d'Iseo. Perché abbia percorso oltre mille chilometri per togliersi la vita, è oggetto di speculazione. Ricerche hanno confermato che si ha prova di una prenotazione a nome I. Kirschner presso l'hotel "Al Garibaldino" di Trieste. Kirschner è stata qui dal 15 al 19 ottobre 1966. Si ipotizza che il Lago d'Iseo non fosse la sua vera meta, che cercasse piuttosto la prossimità col cimitero militare di Costermano, sul Lago di Garda, ma nei giorni del 19, 20 e 21 ottobre vi si svolgevano lavori di ristrutturazione in attesa della riapertura, il 6 maggio 1967. Infatti, per via dei buoni collegamenti con la Germania e la conseguente facile accessibilità ai turisti tedeschi, nel 1955 si decise di costruire un cimitero monumentale principale per i soldati tedeschi. Lì furono trasferiti anche i corpi di alcuni membri dell'Azione R, l'unità a cui apparteneva Kurt Bolender.

`[copia incompleta]`

TANDEM
LENA SCHÄTTE
GIULIA ORATI

Kommentar von Lena Schätte

Als ich zum ersten Mal in "I sospiri nascosti" von Giulia Orati hineinlas, starrten dutzende fremde Augen aus dem Text auf mich zurück. – Gottheiten und Fabelwesen, düstere Figuren der Mythologie, voller Symbolik und Geschichte, Antihelden, in dunklen Wäldern versteckt, durch Träume schleichend, allesamt an einem Feuer versammelt. Wir mussten einander erst einmal kennenlernen und das brauchte seine Zeit. Zeit, in der ich mich in die Herkunft dieser Kreaturen einlas, Bilder von ihnen betrachtete und Giulia unaufhörlich mit Fragen bombardierte, die sie mir mit engelsgleicher Geduld beantwortete. Und je mehr ich über diesen außergewöhnlichen Cast erfuhr, je tiefer stieg ich in diese fein gearbeitete Geschichte ein, entwickelte ein Auge für ihre Doppelbödigkeit, ihren Humor und diesen spezifischen Schmerz, der entsteht, wenn eine neue Welt eine alte ablöst. Ein paar Tage lang schien ich in der Zwischenwelt zu leben, die Giulia erschaffen hatte. Tippend in der Bibliothek hörte ich das Feuer knistern und am Esstisch beim Wenden der Worte stieg mir die Hitze dieser Augustnacht zu Kopf.

Am Ende dieser aufregenden Zeit tauschten wir unsere übersetzen Geschichten aus, – und selbst wenn wir die Sprache des Gegenübers nicht sprechen, sieht kaum etwas so schön aus, wie die eigene Prosa in einer anderen Sprache.

Commento di Giulia Orati

Lavorare alla traduzione del racconto di Lena è stato una delizia. Non solo perché leggere la sua storia è stato proprio un piacere personale, ma anche perché, tramite essa, ho potuto conoscere anche un po' la sua autrice. Durante questo periodo io e Lena ci siamo confrontate spesso, soprattutto di notte – tanto che avevamo iniziato a chiamare quelle ore i nostri "momenti da vampiro" – e abbiamo un po' imparato a conoscerci. Non solo per sapere con chi avessimo a che fare, ma anche per capire quanto di noi ci fosse nel nostro racconto: perché l'avessimo scritto, con quali intenzioni, che cosa volessimo esprimere, quale emozione ci ha suscitato scriverlo… Insomma, cosa rappresentasse per noi quello scritto. E mi sono in effetti così accorta – e penso che per Lena sia stato lo stesso – che la sua autrice era ben presente tra le righe della storia. Questa è stata la parte più bella. Apprendere le sfumature di una persona, del suo vissuto, del suo carattere tramite le parole di quello che potrebbe sembrare un racconto inventato e fine a se stesso, ma che invece così non è.

Nella traduzione, ho provato a essere più letterale possibile in una forma di rispetto del testo originale. Anche perché, visto quanto detto prima, non mi andava di stravolgere, modificando troppo il racconto, anche l'idea di Lena che potrebbe trasparire da quelle parole. Certo, qua e là qualche modifica è stata fatta, ma solo per far sì che in lingua italiana certi passaggi risultassero più fluidi. Lena ha infatti uno stile molto serrato, con frasi brevi, coincise. Parla molto per immagini e dettagli. Lo scricchiolio di una scala all'alba, la morbidezza dei cuscini in contrasto con il peso della persona che vi riposa sopra, la stranezza di un pugno di caramelle già scartate e infilate in tasca così come sono…

Senza voler anticipare nulla a futuri lettori, sono tutte immagini che rendono perfettamente lo stato d'animo della bambina protagonista, che non capisce bene cosa le stia succedendo intorno, ma che, giocando con le sue emozioni, percepisce perfettamente che però ci sia qualcosa che non quadra.

Il racconto di Lena mi è rimasto addosso come rimane addosso l'appiccicaticcio dello zucchero. Dolce, ma fastidioso. Non perché il racconto sia fastidioso – questo mai! – ma perché mi ha fatto pensare a come la vita di tutti i giorni sia spesso grigia, nonostante possano capitare anche cose straordinarie. Forse, da adulti, ci servirebbe un po' di più osservare il mondo con gli occhi di una bambina che, chiedendo al suo papà che cosa abbia la mamma, si senta rispondere che la stanchezza della donna è causata dal suo essere una sirena.

Serve un po' di magia per andare avanti, certe volte, e anche per ricordarci del nostro passato. Presi come siamo dal mondo, spesso ce ne dimentichiamo.

I SOSPIRI NASCOSTI
RACCONTO DARK FANTASY
GIULIA ORATI

La notte è calda. Ed è un po' una delusione.

Di solito, per sfuggire alla secchezza del sole, ci si rifugia all'ombra, nei posti più bui, in cui la luce può solo avvicinarsi, senza invaderli davvero, come fosse soltanto vigilante della strada: non arriva nei vicoli e nei cunicoli, e chi la rifugge lì può tirare un sospiro di sollievo.

Il buio è anche habitat dei furfanti e dei truffatori, certo, che agiscono indisturbati celati dall'oscurità. Ma... Ehi, almeno stanno al fresco.

Ora invece no: anche nell'ombra della notte, gocce di sudore sono pronte a colare lungo la nuca a ogni gesto inconsunto. Con che animo ti appresti a sederti accanto al fuoco, di lì a poco? Per un attimo, uscito dalla tua grotta nascosta nella parte più oscura dei boschi, hai avuto la tentazione di tornartene dentro.

Ma no, non si può rimandare.

È la notte tra l'ultimo giorno del settimo mese e il primo di quello successivo, quindi forse la temperatura potrebbe essere persino giustificata, ma ciò non toglie comunque il disagio. D'accordo che non ti curi mai di indossare vestiti e per questo sfoggi con tranquillità il petto scoperto e glabro, ma i peli dal bacino in giù rimangono spessi e folti e non aiutano.

C'è da dire che la foresta è silenziosa, e la cosa non ti dispiace. Per natura ami di più le feste e la musica, ma sono ormai secoli che ne vivi sempre meno; al massimo puoi osservarne a distanza, senza poterti prendere la briga di farti vedere – semineresti il panico – per cui hai anche imparato a crogiolarti nel silenzio, e a far rimanere la musica allegra un umile sottofondo della tua vita. Triste, essere relegato tra il fogliame e gli animali selvatici.

Non che per te non sia l'ambiente più congeniale: sono elementi che hanno sempre fatto parte di te, per cui è stato un po' un modo per riscoprire anche te stesso... Ma la cosa è iniziata secoli fa, e non sembra che questa relegazione possa trovare un suo adeguato finale. Avresti preferito evitare la costrizione improvvisa.

Mentre cammini, ti abbassi appena per passare sotto il ramo di un albero e per non incastrarti nelle sue foglie con le tue corna. Perlomeno incontrerai la fantasmina. Oh, ti piace da morire: con quell'espressione austera vuole essere una donna di ferro ma poi basta un complimento per farla arrossire. Questo misto di dominazione e brevi momenti di timidezza rischia sempre di fartelo venire duro, ma forse è meglio evitare, visto che l'ultima volta, l'anno precedente, non ti ha nemmeno più guardato in faccia.

La radura si fa sempre più folta, nel frattempo; ti stai addentrando così tanto che nemmeno gli animali sono arrivati da quelle parti. Non si sentono rumori di gufi o altre bestie notturne, solo quello del tuo respiro e dei tuoi zoccoli sulla terra secca per l'estate.

Poi, improvvisamente, un bagliore in lontananza. Vista l'oscurità del bosco, anche una tenue fiammella risplenderebbe come sole, figuriamoci adesso che si tratta direttamente del falò. È in quella direzione che dunque ti dirigi tu, e con un ghigno ti immagini che un essere come te, con le tue fattezze, con le corna e tutto il resto, a un falò potrebbe essere associato giusto se sta partecipando a una specie di sabba. Peccato che nel Lazio non ce ne siano mai stati granché, altrimenti ci avresti fatto un pensierino, negli anni, visto che si dice che siano sfrenatamente lussuriosi. Una strana versione dei baccanali a cui sei stato abituato in giovinezza.

Ma fatto sta. Non prendi parte da tempo a cose del genere, e quello a cui stai andando non è di certo un sabba – un vero peccato – anche se si tratta comunque di una sorta di riunione, questo c'è da dirlo.

Quando ormai dal fuoco ti separano solo pochi passi, lo scoppiettare della legna incendiata ti arriva alle orecchie accompagnato dal suono di un paio di voci, una femminile e una maschile.

La donna è sicuramente Pantàsema, la riconosceresti tra mille. Con la maschile fai molta più fatica, visto che il suo suono è più ovattato, come se sulla bocca l'uomo abbia qualche impedimento.

"Mi avrebbe fatto piacere incontrarti un po' di più, quest'anno," sta dicendo Pantàsema.

"Mmh," risponde l'altro.

Quando esci dai cespugli dietro i quali ti sei momentaneamente fermato, entrambi si voltano verso di te.

"Pantàsema, fantasmina mia!" esordisci nel salutare la donna, "Sei sempre uno splendore."

"E tu sei il solito fauno," ti risponde lei, bionda come sempre, con le fiamme che disegnano ghirigori rossastri tra i suoi lunghi capelli.

"Come stai?"

"Non c'è male."

Ti siedi accanto al fuoco acceso, proprio vicino a lei, e nel farlo emetti un verso di sollievo. Incrociare le zampe è un po' complicato, quindi ti sistemi piuttosto come meglio capita. Poi prosegui:

"Ho avuto le zecche fino al mese scorso, ma adesso la situazione sembra risolta."

"Credevo che le divinità queste cose se le risparmiassero, Floro," commenta l'uomo.

"Evidentemente non ho dei peli così divini. E comunque puoi pure non chiamarmi così."

"Floro? Perché? È il tuo nome."

Oh, la semplicità e l'ingenuità di Cristobal certe volte è disarmante, ecco perché non te la prendi.

Anche perché Cristobal ha già le sue, di problematiche, e ogni anno lo trovi sempre più depresso. Rimanere intrappolato dietro la propria maschera teatrale in effetti non deve essere una bella esperienza. Certo, perlomeno non deve mettersi a curare il suo aspetto, questo è un vantaggio. Considerato anche che, persino senza faccia, Pantàsema sembra ancora avere un debole per lui.

Per te la cosa è del tutto ingiustificata. Com'è che si dice nell'era moderna? Ecco, secondo te Pantàsema ha una pura e semplice sindrome della crocerossina. L'espressione triste della perenne maschera teatrale sul volto di Cristobal di certo non aiuta.

"È stata tanto lunga la strada da Frosinone, Cris?"

Lui si stringe nelle spalle. "Nulla di diverso dal solito. Mi è parso di capire che un paio di volte qualche passante mi abbia visto, però."

"Li hai spaventati o cose simili?"

"Io non sono cattivo. La vita lo è stata."

"Oh, Cristobal," dice Pantàsema in un sospiro, tutta protesa verso di lui.

Tu alzi appena gli occhi verso il cielo. Ah, attori.

"Avete notizie degli altri?" chiedi, allora, "Quanto ritardo hanno intenzione di fare, stavolta?"

"Meno del solito, in realtà," risponde una voce.

Possibile che tu non ti sia accorto della presenza di qualcun altro? Quanto sei stato abbagliato dalla bellezza di Pantàsema e dalla bruttura di Cristobal?

Beh, in verità... sei ingiusto: non sai che faccia abbia quel povero diavolo.

Quelli di un aspetto meno invitante sono quelli della razza di chi ha appena parlato, e per individuarlo sei costretto ad alzare il capo, guardando in alto, verso gli alberi.

Eccolo lì: appollaiato su un ramo, l'uomo, vestito di scuro, pallido come un morto. Perché mezzo morto è, effettivamente.

"Non hai il lumino," gli fa notare Pantàsema.

"E che me ne faccio, ormai? Come se qualcuno avesse bisogno di cercarmi," risponde dall'alto lui, "Piuttosto: *di chi è la notte?*"

"È mia, è tua e di chi non te lo dice. Sai che con noi i tuoi giochetti non funzionano."

Ah! Ma con chi crede di avere a che fare, comuni mortali? Come se, sbagliando voi risposta, l'altro potesse davvero trasformarvi tutti in Streghi come lui, poi.

Lo Strego – perché questo è, dunque – scende allora dall'albero con un balzo praticamente felino.

"Sei un guastafeste, Floro."

"Chiamami *Fauno*, come io ti chiamo Strego."

"Posso sempre chiamarti *Vecchio Permaloso*."

"E io *Pallido Rompicoglioni Stonato*."

"Troppo lungo."

"Ehi, ehi, per favore," interviene allora Pantàsema, "Non litigate, avanti. Facciamo in modo che sia una bella serata."

Oh, che abbia a cuore la vostra – la *tua* – serenità personale? Il fatto che Cristobal si sia accasciato teatralmente a terra per lo sconforto di vedere qualcuno litigare – non ha mai sopportato bene la pressione – speri non sia stato influente, almeno.

Anche se a dire il vero di speranza ne è rimasta ormai poca, proprio in generale.

Non c'è nemmeno tempo però di rassicurare o meno Pantàsema, perché un insieme di voci vi arriva alle orecchie. Poi un rumore di foglie, un cespuglio che vibra... e le forme demoniache fanno tutto il loro tenebroso splendore.

È allora probabile che sia mezzanotte: è arrivato agosto.

O, quantomeno, due su tre sono davvero figure demoniache. Il terzo è un po' un... *cattivo-wannabe*.

Succuba è alla testa del gruppo, con i capelli lisci, lunghi e neri che scintillano alla luce del fuoco e della luna. Lo sguardo involontariamente ammaliatore, i tratti affilati e i seni prosperosi, che non possono fare altro che attirare la tua attenzione. Nemmeno lo fai apposta, come è anche solo possibile pensare di evitarlo?

Certo, non le dici niente, non è come poter parlare con Pantàsema. Anche perché dietro di lei c'è Incubo. Seduttore a propria volta, compagno di Succuba, ma decisamente meno affascinante. Dopotutto ci sarà un motivo se ha bisogno delle paralisi notturne delle persone, se vuole andare a letto con loro.

"Ehilà."

Il primo a parlare, però, è l'ultimo della fila. Il folletto, che ultimamente gira soprattutto intorno a Velletri, quindi la strada da fare non sarà nemmeno stata tanta, per lui. Avrà incontrato i due amanti lungo il tragitto.

"Ciao, Lenghelo," lo saluta Pantàsema.

Tu fai un saluto con la mano e un bel sorriso in direzione di tutti e tre, e anche lo Strego sta per fare altrettanto, avvicinandosi al gruppo con le sue gambe affusolate. Sta proprio per compiere il passo, quando si blocca come congelato. Sta fissando Lenghelo.

O meglio.

Quello che tiene in braccio. Di cui sul momento non ti eri accorto nemmeno tu.

"Che ci fa *quello* qua?" chiede lo Strego, veleno puro che gli esce dalle labbra a ogni fiato.

'Quello' è il gatto che Lenghelo tiene tra le braccia, nero, grosso e peloso; si sta anche prendendo un sacco di carezze, a dir la verità. Dapprima miagola, e poi, voltandosi verso lo Strego, gli soffia contro mostrando i denti.

"Cos'ho detto prima sul litigare?" rimprovera Pantàsema, mettendosi in piedi, adesso, direttamente con le mani posate sui suoi fianchi larghi.

Sembra una mamma che riprende i figli.

Per Giove, in realtà un pochino la si potrebbe anche considerare tale, figurativamente parlando.

"Lo dite solo perché è un gatto," si lamenta l'uomo-lampione.

"A me sembra un motivo più che sufficiente," risponde direttamente il gatto mammone, leccandosi una zampa.

Quindi devi rettificare a mente l'elenco: *tre* creature demoniache; e in più Lenghelo che da una vita cerca di inserirsi nel gruppo.

Non pensi ci riuscirà mai. Sì, anche lui di notte spaventa le persone, ma si tratta di bambini che non seguono gli insegnamenti dei genitori, e come punizione organizza solo qualche scherzetto raro e qualche salto sulla pancia mentre i ragazzini dormono. Considerando le sue fattezze minute, quei balzi non devono nemmeno fare tanto male. Dovrebbe applicarsi un po' di più se vuole arrivare a livello di Incubo.

E magari lasciar perdere i bambini, altrimenti la situazione diventerebbe troppo disgustosa anche per una creatura demoniaca.

"Pantàsema ha ragione," interviene allora Succuba, inserendosi in quell'effettivo inutile principio di battibecco, "Non si litiga, adesso. Questo è un momento di unione e di unità, è la sera in cui dovremmo ricordarci chi siamo e cosa vogliamo. Stanotte," e nel dire l'ultima frase Succuba ammicca verso Incubo, "si celebra l'amore."

A queste parole gli occhi del compagno, finora vacui, non interessati affatto a tutto quello che stesse avvenendo attorno a lui, sembrano accendersi.

"Vuoi dire che…?"

Succuba annuisce, prima di aprire con un gesto fluido la piccola sacca che tiene legata ai fianchi. Ne estrae una fialetta, una di quelle ampolle che possono venire tanto usate nella scientifica chimica quanto nelle magiche pozioni – affascinante, il dualismo – piena di quello che sembra un liquido biancastro.

No, anzi. Ma quale 'sembra'. Lo è.

Disgustoso.

"Succuba," la chiami tu, e lei si gira verso di te per un breve istante, curiosa, "Potevi chiedere a me. Te ne avrei dato a litri."

Ti metti a ridere, subito dopo, specie all'immediata irritata espressione di lei. Oh, è più forte di te, non puoi farci niente.

"Falla finita, animale," interviene Incubo, prendendo la fiala per sé, osservandola addirittura in controluce, portandola in alto, davanti ai raggi pallidi della luna mescolati a quelli caldi del fuoco che ancora brucia.

"Ehi, lo stai per caso usando come insulto?" fa, risentito, il gatto mammone, scendendo a terra dalle braccia di Lenghelo, che invece sbuffa per la perdita del suo giocattolino.

"Che schifo," pronuncia però la voce disgustata di Pantàsema, "Proprio stasera dovevate deliziarci con questa… cosa?"

"Ma come," fa fintamente offesa l'unica altra femmina presente, "Ti stavo dando ragione, fino a un attimo fa."

Non sai, se tu fossi stato zitto, se la conversazione non sarebbe degenerata – forse sì, forse no – ma fatto sta che a quel punto Incubo ha iniziato a dire a Pantàsema che non si deve permettere, Succuba anche, e hanno giustamente tirato fuori il punto che la bionda fosse divinità della fertilità, cosa ha da scandalizzarsi tanto? Davvero si è rammollita a tal punto, con il passare dei secoli?

Dall'altra parte il gatto e lo Strego hanno continuato a rimbeccarsi, chi chiamava uno *Slenderman* e chi l'altro *Stregatto* – non sarete umani, ma conoscete comunque il mondo moderno, per necessità.

Lenghelo si è allora spostato vicino a te e a Cristobal, tre spettatori di battibecchi niente affatto eleganti.

"Di solito diamo noi stessi questa impressione, agli altri, con le nostre... cose?"

È Lenghelo, che parla, con la sua vocetta acuta, quasi da bambino, dentro quel corpo invece adulto e affusolato, quasi da far concorrenza allo Strego.

È anche la prima volta che parla, durante la serata, se non erri.

"Non lo so," rispondi invece tu, inclinando appena la testa di lato, tanto che quasi finisci con l'urtare Cristobal. A proposito di quest'ultimo, gli rifili una gomitata.

"Quindi diamo questa impressione? Sei tu il musone tra noi tre, puoi dircelo."

Lui volta la sua maschera verso di voi. Chissà che faccia sta facendo, là sotto.

"Sì," risponde semplicemente.

"Ah, ma che ne sai, tu. Sei *troppo* musone, *tutto* ti sembrerebbe *eccessivo*."

"Dici bene, Floro..."

"Fauno."

Nel frattempo Lenghelo ridacchia – potresti sempre pestargli il piede con lo zoccolo.

"... forse trovo molto spesso il tutto niente affatto divertente, anche quando gli altri ridono," continua poi Cristobal, "Ma *adesso* il sentimento che provo lo reputo adeguato."

"Se vuoi gettarli tutti nel fuoco, Cris, non sarebbe una cattiva idea."

"Non Incubo e Succuba, però," si intromette Lenghelo.

"Ancora che vuoi far loro da apprendista? Non hai ancora capito che non sei capace?"

Lenghelo sta per rispondere di nuovo, e forse potreste iniziare a litigare anche voi due, a questo punto, ma una voce tonante, tipica di chi a teatro era abituato a farsi sentire anche dal fondo della sala, si leva proprio da vicino a te.

"Fate silenzio! Tutti quanti! Massa di inetti senza dignità!"

Sì, è proprio lui, Cristobal. Dopo questa, a te viene quasi l'istinto di infilargli la lingua in bocca. Ma non lo fai, no, solo perché una bocca lui non ce l'ha, piccolo dettaglio. E forse anche perché ora lo stanno effettivamente fissando tutti, e non ti va di dare spettacolo.

... No, non è vero, che bugiardo che sei, ma tant'è, anche tu ti limiti semplicemente a guardarlo.

E ad ascoltarlo, vista la straordinarietà dell'evento.

Solo che avresti preferito che Cristobal continuasse a sbraitare da tutte le parti, a mostrare questo lato nascosto di lui, e invece sembra calmarsi. Prende un respiro, le sue spalle di abbassano e si alzano, e il petto gli si gonfia e gli si sgonfia. Che peccato.

"Parlate di unione, voi, di complicità. Di stare insieme... È lo scopo di queste riunioni, ma è palese che non vi sopportiate..."

"Nemmeno tu ci sopporti," ti ritrovi a dire, interrompendo il momento, tanto che vieni guardato male da tutti.

Bah, solo perché hai detto come stanno le cose.

"È vero," conferma infatti Cris, con tanto di cenno del capo, "Nemmeno a me fa piacere venire qui e sorbirmi le vostre lamentele. In fondo potreste pure starvene a casa, qualsiasi sia il posto che considerate tale. E invece no. Venite qui. Perché siamo rimasti solo noi. Soli."

Cris fa un attimo di silenzio, ma stavolta non parli nemmeno tu. L'unico rumore, per un momento, è quello dello scoppiettio del fuoco del falò.

Potresti ribattere con una battuta brillante, un aspro commento, un'infelice uscita a doppio senso. Ma invece taci. Non sono molte le occasioni in cui questo avviene, e il fatto che la causa sia addirittura l'uomo tristemente mascherato... Beh, è una sorta di affronto. Eppure non ti senti punto nell'orgoglio. O meglio... Sì. Ma non per via dell'ennesimo rimprovero. Cristobal ha ragione, per una volta; la causa del tuo silenzio – come quello degli altri – è piuttosto la consapevolezza riportata alla luce che la causa della vostra solitudine è l'abbandono.

L'abbandono da parte di coloro che, un tempo, erano quelli che con voi avevano le relazioni più strette. Legami fatti magari di adorazione, paura, terrore o venerazione divina. Ma c'erano. Eravate nelle loro menti.

Adesso... Adesso alcuni di voi non esistono quasi più nemmeno nei libri più di nicchia.

"Un tempo non ci trattavano così. Non eravamo in balia di noi stessi, potevamo contare sugli abitanti di questo mondo e sugli altri simili a noi. Adesso è diverso. Non parlo tanto di me... io sono solo pura curiosità di Frosinone, uno sfortunato teatrante. Ma voi. *Voi.*"

Cris si sta infervorando un po' di più. *Bene, la cosa gli fa un po' più d'onore.* Infatti si sposta da dove è rimasto in piedi e si avvicina ad ognuno di voi, uno per uno.

Il primo da cui va è Lenghelo.

"Tu eri una sorta di... giustiziere. Punivi chi non rispettava i genitori, chi si comportava male..."

"Con scherzi, però..." fa l'altro, lievemente perplesso.

"Sì, con scherzi, ma avevi uno scopo. I genitori stessi o le balie ti chiamavano in aiuto, e i bambini stavano un po' più attenti alla loro lingua, allora. Adesso? Non gliene frega più niente a nessuno. E quando vai a trovarli cosa hai davanti? Ragazzini insonni da dispositivi tecnologici che gli fottono il cervello. Non è forse per questo che vorresti che Incubo e Succuba ti portassero con loro? Perché ti sei stufato?"

"Beh..."

"Noi in realtà non è che abbiamo risentito più di tanto del cambiamento, questo c'è da dirlo."

È stato Incubo a parlare.

"E quanti di voi ne esistevano, prima? Centinaia. Io qui vedo solo voi due. Per non parlare che proprio tu hai metà del lavoro, adesso."

"Già..." fa il diretto interessato con una nota malinconica nella voce, "Possiamo sempre congiungerci carnalmente con chi dorme, ma adesso vanno tanto di moda medicinali, sonniferi, palliativi... chi si fa prima di dormire, poi... non riesco più a far entrare le immagini nella loro testa."

Succuba, alle parole del compagno, gli posa una mano su un braccio. "Non devi demoralizzarti per questo... Siamo ancora insieme."

"Naturale. Ma quanto era divertente elaborare durante il giorno le più raccapriccianti fantasie e farle sognare di notte a chicchessia? Ehi, ero un artista."

"Esagerato," dici, facendo finta di tossire, ma nessuno a quanto pare bada a te.

"Proprio tu, Succuba. Adesso non vieni più messa in mezzo per giustificare le erezioni notturne dei monaci, no?"

"No..." anche la voce di lei si fa un po' più triste, "Anzi, certe volte le mie visite nemmeno dispiacciano più di tanto. *Prima* era divertente."

"Beh, cara mia, vogliamo parlare davvero di chi ha perso credibilità in questo mondo?"

Tutti guardate verso il basso, verso la voce, ovvero verso il gatto mammone.

"E nessuno si avventura più nei boschi. Nessuno si perde e da me viene trovato. Con *internet*, il *gpg*-o-come-si-chiama..." gli dà man forte lo Strego – il che è strano, visto che i due sono nemici giurati.

"E tu, Pantàsema," continua Cristobal, andando dalla donna e prendendole direttamente le mani, cosa che la fa addirittura arrossire. Per Giove, cosa mai ci troverà in quest'uomo senza faccia lo sa solo lei. "C'erano feste intere dedicate a te. Questa stessa sera, secoli fa, saresti stata celebrata per tutta Roma."

"Ringrazio i nostri incontri solo per non restare poi così sola. Tutto l'anno a guardare come trattano la mia povera Terra..."

"Siamo reietti, ormai. Lasciati da parte, dimenticati. Vecchie credenze ritenute ormai solo favole antiche per vecchi impressionati o per appassionati del folclore. A incontrarci, nemmeno avrebbero paura: farebbero una foto."

"Ehi, parla per te," dici infine "Io un selfie me lo farei volentieri."

Tutti guardano te, adesso. Perlomeno, un paio di loro li vedi addirittura sorridere, dopo tutta quella malinconia.

"Non ti dà fastidio, Fauno," ti chiede direttamente Lenghelo, "che non ti invocano più per danzare? Prima c'erano i Lupercalia, no? La tua festa. Adesso non è diventata San Valentino? Avevi anche un tempio, uno solo in tutta Roma, sull'Isola, e adesso..."

"Sì, adesso ci sono una chiesa e due ospedali che si fanno concorrenza. Grazie, lo so. C'è pure un ristorante, che poi dicono che non sia nemmeno mal—"

"Floro!"

"Oh, ma cosa dovrei dirvi?! Ovvio che mi scoccia! Ovvio che vorrei che fossi ancora osannato come all'epoca! Sono tra i più vecchi, qui in mezzo, secondo voi non mi dispiace essere stato scordato?"

Ti sorprendi tu stesso dello sfogo che ti è venuto fuori. Non te lo aspettavi.

"Tanti altri sono stati dimenticati a tal punto che nemmeno esistono più."

"C'erano lupi mannari, in questi boschi. Ora no."

"C'era la caccia spettrale. Fantasmi a cavallo dietro ogni albero, mastini infernali con loro."

"A Roma dicono 'voi fatte ama'? Fatte sospira'," è Pantàsema a dire ciò – l'accento moderno non è nemmeno uscito troppo male, "Noi questo siamo. Gemiti. Sospiri nascosti. Ma anche a farci sospirare non verremo probabilmente amati più. Non come un tempo."

Cristobal le posa direttamente un braccio sulle spalle, allora. Un gesto di conforto che quasi-quasi vorresti anche per te. "Per questo ci incontriamo. Per questo accendiamo il fuoco. Noi esistiamo. E finché saremo uniti, finché ci incontreremo ogni anno... Allora forse la nostra esistenza avrà ancora un briciolo di senso."

Pensi che la fantasmina e l'attoruncolo abbiano scopato, una volta spente le fiamme del falò.

Probabilmente anche Incubo e Succuba, finalmente in possesso di quanto seme basta per cercare di procreare qualcuno della loro stirpe. Oh, non credi che funzionerà comunque: siete rotti. In balia di voi stessi, spezzati nello spirito. E come potrebbe un'anima – o qualsiasi cosa voi abbiate – malata creare qualcosa di buono.

... Non che forse una eventuale prole di quei due possa portare altro se non scompiglio, ma è solo un dettaglio che rimane nel fondo della tua mente.

Forse non siete destinati a continuare ad andare avanti. Forse, come sono spariti tutti gli altri, è solo questione di tempo prima che qualcuno di voi muoia di solitudine, che sia nel proprio letto o impiccato a un albero dalla propria stessa mano, mischiandosi poi definitivamente alle ombre della notte.

Stasera non ti va nemmeno di darti a un solitario immaginando le due coppie all'opera. Stasera, anche con il caldo appiccicoso che le ombre non riescono a mitigare, avresti preferito rimanere un po' di più attorno al fuoco. L'anno prossimo lo proporrai, se rimarrai con lo stesso spirito.

Ma va bene lo stesso, in fin dei conti. Perché stasera c'è stato un po' d'amore, sì, ma tra tutti; anche con un povero Fauno che ha la sfortuna di chiamarsi Floro.

Non dovete dimenticare. Non dovete dimenticarvi. Non tra voi.

Che lo facciano gli altri. Che vi scimmiottino, che vi umilino con le loro strane e moderne opere, che parlino di voi come di fantasie, quando invece, se alzassero tutti un po' di più il naso da quelle loro misere vite, si aprirebbe davanti ai loro occhi letteralmente l'infinito.

Piccolo. Ma infinito.

DIE VERBORGENEN SEUFZER
DÜSTERE FANTASY-GESCHICHTE
GIULIA ORATI
Aus dem Italienischen von Lena Schätte

Die Nacht ist heiß. Und es ist eine kleine Enttäuschung. Um der Trockenheit der Sonne zu entgehen, flüchtet man sich gewöhnlich in den Schatten. An die dunkelsten Orte, wo das Licht nahe kommt, doch nie einzudringen vermag. Als beschützte es nur jene auf den Straßen mit ihrem Licht. Es erreicht die Gassen und Tunnel nicht, und diejenigen, die dorthin fliehen, können aufatmen.

Die Dunkelheit ist die Heimat der Zwielichtigen und Kriminellen, die im Verborgenen unentdeckt ihr Unwesen treiben. Aber hey, - zumindest haben sie es dabei kühl.

Doch heute nicht: Selbst im Schatten der Nacht rinnen dir bei jeder unbedachten Bewegung die Schweißperlen den Nacken herunter. Wie fühlt es sich an, der Gedanke daran, gleich am Feuer zu sitzen? Als du aus deiner Höhle im dunkelsten Teil des Waldes kamst, warst du einen Moment lang versucht, umzudrehen und wieder hineinzugehen.

Aber nein, es lässt sich nicht aufschieben.

Es ist die Nacht zwischen dem letzten Tag des siebten Monats und dem ersten des achten Monats. Das ist der Hitze eine Rechtfertigung, doch nicht dem Unbehagen, dass sich in dir ausbreitet. Selten machst du dir die Mühe, dir etwas anzuziehen, zeigst stolz deine blanke Brust, aber das Haar abwärts deines Beckens wird dichter und lässt keine Brise hindurch.

Der Wald ist still und das stört dich nicht. Früher liebtest du die Musik, die lauten Feste, aber seit Jahrhunderten bist auf keinem mehr gewesen, höchstens aus der Ferne hast du gelauscht, wo sie dich nicht sehen konnten. Du wusstest, dein Anblick würde Panik schüren, - also hast du dich an die Stille gewöhnt und daran, dass die Musik nur noch dumpf von weit weg zu dir herüberschallt. Dass dein Platz im Laub zwischen den Tieren ist. Verbannt.

Doch es ist nicht der schlechteste Ort: Die Tiere und die Natur, ihre Elemente, waren schon immer ein Teil von dir und nun, da du wieder mit ihnen vereint bist, fühlt es sich an, als fändest du ein Stück von dir selbst wieder. Der Abstieg hat vor langer Zeit begonnen und es sieht nicht danach aus, als ob er je ein Ende fände. Du hättest es vorgezogen, auf all die Entbehrungen zu verzichten.

Beim Gehen bückst du dich, um unter den Bäumen hindurch zu kommen, ohne dass deine Hörner sich im Geäst verfangen. Zumindest triffst du die Göttin. Oh, du liebst sie. Mit ihrem strengen Blick, wie sie versucht eine eiserne Frau zu sein, doch dann reicht ein Kompliment, ein liebevolles Wort und sie errötet. In einem Moment dominant, im nächsten dieser Hauch Schüchternheit. Es droht dir jedes Mal einen Steifen zu verpassen.

Das letzte Mal, vor einem Jahr, hat sie dir nicht einmal richtig ins Gesicht gesehen.

Der Wald um dich herum wird immer dichter, du bist so tief in ihn eingedrungen, wie selbst die Tiere es nicht tun. Keine Eule ruft, kein Regen eines anderen nachtaktiven Tieres ist zu vernehmen, nur dein Atem und deine Hufe auf der trockenen Sommererde.

Plötzlich ein Licht in der Ferne. In der Dunkelheit des Waldes, würde selbst eine schwache Flamme wie die Sonne leuchten und so erkennst du das Lagerfeuer sofort. Du gehst darauf zu, denkst dir, würde man ein Wesen wie dich an so einer Feuerstelle sehen, würde man dir ein okkultes Ritual unterstellen. Du schmunzelst. Schade, dass es so etwas nie in Latium gab, in all den Jahren hättest du darüber nachgedacht, an einem teilzunehmen. Frivol soll es da zugehen. Wie eine seltsame Version der Bacchanalien, - den wilden Festen, die du aus der Jugend im antiken Rom kennst.

Doch in Wirklichkeit hast du schon eine Ewigkeit nicht mehr an so etwas teilgenommen und das was heute passieren soll, ist gewiss kein Ritual. Leider. Doch es ist ein Wiedersehen.

Als es nur noch wenige Schritte sind, hörst du das Knistern des brennenden Holzes, begleitet von zwei Stimmen. Einer Weiblichen und einer Männlichen.

Die Weibliche gehört Pantàsema, du würdest sie unter tausenden heraushören. Mit der Stimme des Mannes ist es jedoch schwieriger. Ihr Klang ist dumpf, als schirme etwas seinen Mund ab.

„Ich hätte dich in all den Jahren gern ein wenig besser kennengelernt.", sagt Pantàsema.

„Hmm..", raunt der andere.

Du trittst hinter dem Gebüsch hervor und beide drehen sich zu dir um.

„Pantàsema, meine Göttin!", wendest du dich zuerst der Frau zu. „Du bist wie immer eine Pracht!"

„Und du bist wie immer nur der Faun, der du nun mal bist!", antwortet sie. Die Reflexion der Flammen zieht rote Schnörkel durch ihr blondes, langes Haar. „Wie geht es dir?"

„Nicht schlecht."

Du setzt dich ans Feuer, direkt neben sie, seufzt erleichtert dabei. Du kannst die Hufe kaum überkreuzen, doch machst es dir so bequem wie es eben geht. Dann fährst du fort: „Im letzten Monat hatte ich noch Zecken, aber jetzt scheint das Problem behoben zu sein."

„Ich dachte, Götter blieben von diesen Dingen verschont, Floro?", sagt der Mann.

„Offensichtlich ist mein Fell nicht besonders göttlich. Und überhaupt, du musst mich nicht so nennen."

„Wie, Floro? Das ist doch dein Name."

Weil man sie ihm nicht ansieht, hat Cristobals Schlichtheit und Naivität etwas Entwaffnendes. Er hat seine eigenen Probleme und wird mit den Jahren immer depressiver. Hinter einer Theatermaske gefangen zu sein, scheint nicht zu den angenehmen Erfahrungen zu gehören. Dabei muss er sich wenigstens nicht um sein Aussehen sorgen, - zumindest ein Vorteil. Dennoch scheint Pantàsema noch immer eine Schwäche für ihn zu haben.

Du kannst das jedoch nicht nachvollziehen. Doch wie sagt man noch dazu? Pantàsema leidet deiner Meinung nach, an einem ausgewachsenen Helfersyndrom. Und der traurige Ausdruck auf Cristobals Maskengesicht macht es nicht besser.

„War es ein weiter Weg von Frosinone, Cris?"

Er strafft die Schultern. „Auch nicht weiter als sonst. Aber es haben mich wohl einige Passanten unterwegs gesehen."

„Hast du sie erschreckt?"

„Ich bin nicht schlecht. Das hat das Leben aus mir gemacht."

„Oh, Cristobal.", seufzt Pantàsema und schaut ihn eingehend an. Du siehst ihn nicht an. Dieser Schauspieler!

„Habt ihr etwas von den anderen gehört?", fragst du. „Wie spät werden sie wohl diesmal kommen?"

„Nicht so spät wie sonst!", antwortet eine Stimme.

Hast du jemandes Anwesenheit in dieser Runde übersehen? Wie geblendet warst du von Pantàsemas Schönheit und Cristobals Hässlichkeit! Ist das ungerecht von dir? Doch auch der Neue gehört zu der Sorte jener, die eher weniger einladend aussehen. Um ihn zu erkennen, musst du hoch schauen, den Kopf zu den Bäumen empor recken, ihn mit Blicken suchen. Da sitzt er auf einem Ast, der Mann, dunkel gekleidet, blass wie ein Toter. Halbtot ist er in der Tat.

„Du hast dein Licht ja gar nicht dabei!", stellt Pantàsema fest.

„Was soll ich auch damit? Wer sollte mich schon suchen?", antwortet er von oben herab. „Viel wichtiger: Wem gehört diese Nacht?"

„Es ist meine und deine, verdammt nochmal! Lass deine Spielchen. Sie funktionieren bei uns nicht."

Was glaubt er, mit wem er es zu tun hat? Mit einfachen Sterblichen? Als ob er uns alle in Kreaturen wie ihn verwandeln könnte, wenn wir nur ein falsches Wort von uns gäben. Er steigt mit einem katzenhaften Sprung vom Baum herab.

„Du bist ein Spielverderber, Floro."

„Nenn mich Faunus, so wie ich dich Hexer nenne."

„Ich kann dich einen weinerlichen alten Mann nennen."

„Und ich dich ein blasses Arschloch, das Unfriede stiftet."

„Zu lang."

„Hey, hey, ich bitte euch!", wirft Pantàsema ein. „Streitet euch nicht. Kommt schon! Machen wir uns einen schönen Abend."

Als würde er sich um Pantàsemas persönliche Gefühle scheren. Cristobal ist inzwischen beim Anblick des Streites vor seiner Nase in Unbehagen in sich zusammengesackt. Er konnte Spannungen noch nie gut aushalten, - hoffentlich hat es ihn nicht zu sehr erschüttert.

Es bleibt jedoch nicht einmal die Zeit Pantàsema zu beruhigen, denn ein Stimmgewirr nähert sich. Dann hörst du ein Rascheln aus den Büschen. Und plötzlich zeigen sich die Dämonen in ihrer ganzen düsteren Pracht.

Dann wird es wohl Mitternacht sein: Der August ist da.

Zumindest zwei der Dämonen machen ihrem Namen alle Ehre, nur der Dritte, scheint eher ein Möchtegern-Bösewicht zu sein.

Succuba steht an der Spitze der Gruppe. Ihr glattes, langes, schwarzes Haar glitzert im Licht des Mondes und des Feuers. Ihr unwillkürlich betörender Blick, ihre scharfen Züge und ihre drallen Brüste können nicht anders, als jeden Blick auf sich zu ziehen. Es geschieht nicht einmal absichtlich, doch wie könnte jemand auch nur daran denken, sich ihr zu entziehen?

Natürlich sagst du nichts zu Pantàsema. Es fällt dir ohnehin nicht leicht mit ihr zu sprechen. Auch, weil hinter Succuba Incubus steht. Verführer seines Zeichens und ihr Begleiter, aber entschieden weniger charmant. Es gibt einen Grund, warum er nur mit den Sterblichen schlafen kann, wenn sie vom Schlaf gelähmt daliegen.

„Hallo!" Der erste der spricht, ist der Letzte in der Reihe. Ein Kobold, der sich in letzter Zeit häufig in Velletri aufgehalten hat, - keine weite Anreise. Er muss unterwegs die beiden Liebenden getroffen haben.

„Hallo Langhelo!", begrüßt Pantàsema ihn.

Du winkst den Dreien zu und lächelst. Der Hexer will es dir gleich tun, macht einen Schritt auf sie zu, doch friert plötzlich in seiner Bewegung ein. Er starrt Langhelo an. Um genau zu sein, den, den er in seinen Armen hält und den du bisher noch nicht bemerkt hast.

„Was hat das hier zu suchen?", fragt der Hexer und es ist, als tropfe nach jedem Atemzug pures Gift von seinen Lippen.

Er meint den Kater, den Langhelo in seinen Armen hält und streichelt, schwarz, groß und pelzig. Gattomammone, wie sie ihn nennen, ein mächtiger Dämon. Erst miaut er, dann bleckt er die Zähne und faucht den Hexer an.

„Was habe ich vorhin über Streitereien gesagt?", schimpft Pantàsema, springt auf und stützt die Hände auf den ausladenden Hüften ab.

Sie sieht aus wie eine Mutter, die ihre Kinder zur Ordnung ruft. Um Jupiters Willen, in Wirklichkeit ist es wohl auch so, - bildlich gesprochen.

„Das sagst du nur, weil er eine Katze ist.", beschwert er sich der Hexer.

„Na, wenn das nicht Grund genug ist...", antwortet Gattomammone und leckt sich die Pfote.

Du berichtigst still die Liste in deinem Kopf: Drei Dämonen, plus Langhelo, der schon seit Ewigkeiten versucht Teil dieser Runde zu sein. Du glaubst nicht, dass er dabei jemals Erfolg haben wird. Auch er zieht nachts herum und erschreckt die Sterblichen, doch sucht er sich die ungehorsamen Kinder und bestraft sie mit kleinen Streichen und springt auf ihren kleinen Bäuchen herum. Angesichts seiner zarten Glieder, werden die Sprünge nicht einmal besonders weh tun. Er sollte sich ein wenig mehr anstrengen, wenn er Incubus Niveau der Bösartigkeit erreichen will. Und vielleicht sollte er sich Erwachsene suchen und die Kinder in Frieden lassen, das ist selbst für einen Dämonen erbärmlich.

„Pantàsema hat Recht.", wirft Succuba ein und mischt sich in das sinnlose Gezanke. „Keine Streitereien. Dies ist unsere Nacht, die uns daran erinnern sollte, wer wir sind und was wir wollen. Diese eine

Nacht." Und beim letzten Satz zwinkert sie Incubus zu: „Lasst uns die Liebe feiern."

Gerade schienen Incubus Augen noch ins Leere zu starren, sich für nichts und niemanden zu interessieren, doch nun leuchten sie plötzlich.

„Meinst du?", fragt er.

Succuba nickt und öffnet mit einer eleganten Geste den Beutel, den sie an ihrer Hüfte trägt. Sie zieht eine kleines Gefäß heraus. Eine dieser Ampullen, die sich nicht nur für wissenschaftliche Chemie eignen, sondern auch wunderbar für magische Tränke, - faszinierend, wie dieses kleine Fläschchen Gegensätzlichkeiten vereint. Sie ist mit einer weißlichen Flüssigkeit gefüllt. Aber was... ist das... Nein! Das... Ekelhaft!

„Succuba!", entfährt es dir und sie dreht sich neugierig zu dir um. „Du hättest mich fragen können. Ich hätte dir literweise davon geben können."

Du kannst nicht anders und lachst verschämt los, als du ihren irritierten Gesichtsausdruck siehst. Du kannst nicht anders, sie hat diese Macht über dich.

„Sei still, du Tier!", wirft Incubus ein, nimmt Sucubba die Ampulle aus der Hand, hält sie ins Licht, in die fahlen Mondstrahlen, den flackernden Flammen entgegen, und betrachtet sie.

„Was soll das? Willst du uns veralbern?", schimpft der Kater und lässt sich aus Langhelos Armen zu Boden gleiten, der enttäuscht schnaubt und sein Kuscheltier nur widerwillig loslässt.

„Igitt!", sagt Pantàsema angewidert. „Ausgerechnet heute Abend musst du uns beglücken mit diesem... was eigentlich?" In ihrem Blick liegt etwas Beleidigtes. „Und warum? Bis vor einem Moment war ich noch auf deiner Seite."

Niemand kann wissen, was passiert wäre, hättet ihr von nun an geschwiegen. Vielleicht wäre es friedlich geblieben, vielleicht auch nicht, doch dafür scheint es zu spät. Incubus fragt Pantàsema, was sie sich verdammt nochmal erlaubt und Succuba insistiert, dass Pantàsema schließlich eine Fruchtbarkeitsgöttin sei, was daran also nun so schrecklich skandalös wäre, - ein guter Punkt. Waren sie alle im Laufe der Jahrhunderte tatsächlich so sehr verweichlicht?

Der Hexer und der Kater pirschen zum Angriff bereit umeinander herum, beschimpften einander als *Slenderman* und *Grinsekatze*. - Wir mögen keine Sterblichen sein, doch wir kennen uns in ihrer Welt aus. Schon aus der Not heraus.

Langhelo, gesellt sich zu dir und Cristobal, die ihr etwas abseits steht, und still die unschönen Zankereien beobachtet.

„So ist es also um uns bestellt?", fragt Langhelo mit fast kindlicher Stimme, die kaum zu dem erwachsenen, drahtigen Körper passt. Fast könnte er es mit dem Hexer aufnehmen. Es ist das erste Mal, dass er an diesem Abend spricht, so scheint es dir.

„Ich weiß es nicht.", murmelst du, drehst den Kopf zu Cristobal, so nah, dass du ihn fast anstößt und drückst ihm den Ellbogen in die Seite. „So stehen wir da? Sag du es mir! Du bist doch der Schwarzmaler von uns Dreien, sprich es aus!"

Cristobals Maske zuckt. Wer weiß, welches Gesicht er darunter macht. „Ja", antwortet er schlicht.

„Ach, was weißt du schon? Du bist ein Griesgram, bei dir ist immer alles ein Drama."

„Gut gesagt, Floro."

„Faunus."

„Vielleicht lache ich oft nicht mit, wenn andere Dinge amüsant finden, doch in diesem Fall... kann ich meinem Gefühl vertrauen.", sagt Cristobal.

„Wenn du sie allesamt ins Feuer werfen willst, wäre das ein wunderbarer Einfall."

„Aber nicht Succuba und Incubus!", wirft Langhelo ein.

„Willst du etwa ihr kleiner Gehilfe und Lehrling sein? Hast du nicht verstanden, dass du nicht mal dazu in der Lage bist?"

Langhelo hat die Antwort schon auf der Zunge, will den Schlagabtausch in die nächste Runde führen, doch da erhebt sich eine Stimme. Eine dieser Stimmen, wie man sie im Theater selbst aus der letzten Reihe heraus, bis nach ganz vorne hören kann. „Seid still! Ihr alle! Ein Haufen sterblicher Trottel ohne jede Würde!"

Es ist Cristobal. Fast überkommt es dich. Instinktiv möchtest du ihn küssen, ihm überschwänglich die Zunge in den Hals stecken. Doch du lässt es, denn er hat keinen Mund, nicht mal die Andeutung einer Lippe. Und weil nun alle zu euch sehen und du befürchtest, dich bis auf die Knochen zu blamieren. Naja, nicht ernsthaft. Du bist ein Lügner. Du stehst auch bloß da und starrst ihn an.

Du hättest dir fast gewünscht, dass Cristobal sich noch ein wenig in Rage redet, diese neue Seite an sich noch ein wenig zeigt, stattdessen sammelt er sich sofort wieder. Er nimmt einen tiefen Atemzug, lässt die Schultern sinken, lässt die Luft wieder in den Nachthimmel frei. Wie schade.

„Ihr sprecht von Zusammenhalt, von Bruder- und Schwestern-schaft, vom Zusammensein... Darum sollte es hier gehen, doch ihr könnt euch auf den Tod nicht ausstehen!"

„Du kannst uns doch auch nicht ausstehen.", rutscht es dir heraus und alle Blicke wandern zu dir.

„Das stimmt.", nickt Cris. „Ich komme auch nicht gern hierher, um mir eurer Gejammere anzuhören. Ihr könntet genauso gut Zuhause bleiben, wo auch immer dieser Ort ist, den ihr so nennt. Aber nein. Ihr kommt hier her. Denn wir sind die einzigen, die noch übrig sind. Wir haben nur noch einander. Wir sind allein."

Cris schweigt einen Moment lang und auch du hältst die Luft an. Nur das Knistern des Lagerfeuers ist zu vernehmen.

Jemand könnte eine bissige Bemerkung einwerfen, einen Witz machen, alles mit einer albernen Doppeldeutigkeit relativieren. Doch alle schweigen. Sie schweigen, wie sie es sonst nie tun, und dass gerade der traurige Mann unter der Maske dafür verantwortlich ist, fühlt sich an wie ein Affront. Doch seine Vorwürfe fühlen sich für dich nicht an wie ein Angriff, er hat ausnahmsweise Recht. Aber die Gewissheit einsam zu sein, verlassen worden zu sein, senkt sich in all euer Fleisch und lässt euch schweigen. Von denen zurückgelassen, die euch einst am nächsten waren. Verbunden in Ehrfurcht, Anbetung, Angst, Terror und göttlicher Verehrung. Aber ihr wart in ihren Köpfen. Ihr wart allgegenwärtig.

Heute gibt es einige von euch nicht einmal mehr in der Nischenlite-ratur.

„Es gab Zeiten, da haben sie uns nicht so behandelt. Wir waren nicht auf uns allein gestellt, wir konnten uns auf die Sterblichen und auf unseresgleichen verlassen. Jetzt ist das anders. Und da geht es mir nicht einmal so sehr um mich selbst... Ich bin nur ein Mann aus Frosi-none, die pure Neugierde. Ein unglücklicher Schauspieler. Aber du. Du."

Es scheint Cris aufzuwühlen. Nun, das ehrt ihn. Er verlässt seinen Platz und geht herum. Macht bei jedem kurz Halt. Bei Langhelo bleibt er zuerst stehen.

„Du warst eine Art... Vollstrecker. Du hast diejenigen betraft, die nicht dem Wort ihrer Eltern gefolgt sind, die sich daneben benahmen."

„Aber mit dummen Streichen...", murmelt Langhelo verwirrt.

„Ja, mit Scherzen. Aber es hatte einen Sinn. Die Eltern, die Kinder-mädchen haben dich um Hilfe gebeten. Die Kinder haben sich gehütet, welche Worte sie in den Mund nehmen. Und heute? Das interessiert niemanden mehr. Wenn man in ihre Kinderzimmer geht, was sieht man dort? Kinder, die vor lauter Bildschirmflackern nicht schlafen können und sich langsam das Gehirn zermartern. Ist das nicht der Grund, warum du willst das Succuba und Incubus dich mitnehmen? Weil du nicht mehr kannst?"

„Nun ja..."

„Für uns ist alles beim Alten geblieben.", wirft Incubus ein.

„Und wie viele von euresgleichen gab es früher? Hunderte! Und jetzt, sehe ich nur noch euch zwei hier. Ganz zu schweigen davon, dass ihr nur noch halb so viel arbeitet wie früher."

„Ja...", sagt Incubus im betretenen Ton. „Wir können noch immer in die Körper der Schlafenden schlüpfen, doch heute ist es modern Pillen zu nehmen. Schlaftabletten, Schmerzmittel. Sie nehmen sie vor dem Einschlafen... dann kann ich ihnen keine Bilder mehr in die Köpfe legen."

Succuba legt ihre Hand zärtlich auf seinen Arm. „Du darfst dich nicht entmutigen lassen. Zumindest sind wir noch immer zusammen."

„Ja, das sind wir. Doch was war es für eine Freude sich tagsüber die grausamsten Fantasien auszudenken und sie nachts den Sterblichen in die Köpfe zu legen? Hey, ich war ein wahrer Künstler!"

„Über...triebeeen.", nuschelst du und versteckst es in einem Husten. Doch niemand hört dir zu.

„Und du, Succuba? Du bist nicht mehr dafür berühmt, dass du selbst alten Mönchen nachts eine Erektion bescherst, oder?"

„Nein...", ihre Stimme bricht. „Manchmal interessieren sie sich nicht einmal mehr für meine Besuche. Früher hat es mir Spaß gemacht."

„Meine Liebe... Wollen wir wirklich darüber reden, wer seine Glaubwürdigkeit in dieser Welt verloren hat, sie oder du?"

Eure Blicke wandern zu Boden, wo Gattomammone sitzt. „Und niemand wagt sich mehr in die Wälder. Niemand verirrt sich und wird von mir gefunden. Doch mit diesem... wie nennen sie es... GPS und Internet, finden sie sofort wieder von allein heraus." Der Hexer nickt zustimmend, was dir ungewöhnlich erscheint. Die Beiden sind bis auf den Tod verfeindet.

„Und du, Pantàsema?", wendet sich Cristobal an eben jene und nimmt ihre Hände in seine, was sie erröten lässt. Bei Gott, was sie an diesem gesichtslosen Typen findet, weiß nur sie selbst. „Es gab ganze Feste, die dir gewidmet waren. Vor Jahrhunderten, genau an diesem Abend, wärst du von ganz Rom gefeiert worden."

„Ich bin dankbar, dass ich an diesem Abend nicht allein sein muss. Es schmerzt, das ganze Jahr über zu zusehen, was sie meiner geliebten Erde antun."

„Nun sind wir Ausgestoßene. Links liegen gelassen und vergessen. Unsere Werte, unser Glaube ist heute ein Märchen, für die sich nur noch alte Männer und Folklore-Liebhaber interessieren. Würden wir plötzlich vor ihnen stehen, sie hätten nicht einmal Angst. Sie würden ein Foto von uns machen."

„Hey! Sprich nur für dich selbst.", rutscht es dir heraus, „Ich hätte gegen ein Selfie nichts einzuwenden." Nun sind alle Blicke auf dich gerichtet. Zumindest ein paar von ihnen schmunzeln, trotz all der Melancholie.

„Macht es dir nichts aus, Faunus?", fragt Langhelo unverblümt. „Dass sie dich nicht mehr zum Tanzen auffordern? Früher gab es doch die Lupercalia, oder nicht? Dein Fest. Ist daraus nicht inzwischen Valentinstag geworden? Du hattest sogar einen Tempel, auf der Insel in Rom, den einzigen den es gab... und jetzt?"

„Jetzt steht da eine Kirche. Und zwei Krankenhäuser, die miteinander konkurrieren. Danke. Ich weiß. Und es gibt ein Restaurant, von dem sie sagen, es sei gar nicht schlecht..."

„Floro!"

„Oh, aber was soll ich denn sagen? Natürlich macht es mich wütend! Natürlich wünschte ich, ich wäre noch so umjubelt wie damals! Ich gehöre zu den Ältesten hier in dieser Runde, meint ihr nicht, es macht mir etwas aus, vergessen zu werden?" Du überrascht dich selbst mit diesem Gefühlsausbruch. Das hattest du nicht vorhergesehen. „So viele andere sind so sehr in Vergessenheit geraten, dass sie vollständig verschwunden sind!"

„Es gab Werwölfe in diesen Wäldern. Jetzt nicht mehr."

„Die Geister jagten durch den Wald. Gespenster auf Pferden zwischen den Bäumen, jeder einen Höllenhund dabei."

„In Rom sagt man: Du hast geliebt? Dann seufze!", sagt Pantàsema. "Das sind wir. Ein verstecktes Stöhnen. Verborgene Seufzer. Aber selbst wenn wir alles tun, um nicht aufzuhören, hört die Liebe für uns trotzdem auf. Sie wird nie mehr sein wie früher."

Dann legt Cristobal die Hände auf die Schultern seiner Nachbarn. Eine tröstende Geste, nach der auch du dich sehnst.

„Deshalb versammeln wir uns hier. Dafür entzünden wir das Feuer. Wir existieren. Solange wir vereint sind, solange wir uns jedes Jahr hier versammeln, solange hat unser Sein noch eine Bedeutung."

Glaubst du, dass der Schauspieler und die Göttin es getrieben haben, als die Flammen des Feuers erloschen waren? Wahrscheinlich auch Succuba und Incubus, die mit ihrem Vorrat an Samen nun endlich im Stande sein sollten, einen Nachkömmling zu erzeugen. Du glaubst ohnehin nicht daran, dass es klappen könnte. Ihr alle seid gebrochen. Und wie könnte eine kranke, gebrochene Seele etwas Gutes erschaffen? Nicht, dass ein möglicher Nachkommen der Zwei etwas anderes als Chaos in die Welt bringen würde.

Vielleicht seid ihr nicht dazu bestimmt weiterzuleben. Vielleicht ist es, so wie auch alle anderen verschwunden sind, nur eine Frage der Zeit, bis auch einige von euch sterben. Vor Einsamkeit, vielleicht im eigenen Bett oder von eigener Hand an einem Baum aufgeknöpft, um sich endgültig mit dem Schatten der Nacht zu vereinigen.

Heute Abend willst du dir nicht einmal einen runterholen, bei der Vorstellung der beiden Paare bei der Arbeit. Heute Nacht, trotz der klebrigen Hitze, die die Schatten nicht mildern können, hättest du es vorgezogen, etwas länger am Feuer zu bleiben. Nächstes Jahr wirst du es vorschlagen, wenn dann alle noch immer in derselben Laune sind. Aber für heute ist es in Ordnung.

Denn heute Abend gab es ein wenig Liebe und zwar für alle. Sogar für einen armen Faun, der das Pech hat, Floro genannt zu werden.

Du darfst es nicht vergessen. Ihr alle dürft es nicht vergessen, nicht in eurem Kreis. Lasst die anderen machen, was sie wollen. Lasst sie euch nachahmen, lasst sie euch mit ihren seltsamen, modernen Werken demütigen, lasst sie von euch sprechen, als wärt ihr nur eine Fantasie. Würden sie ihre Nase von ihrem elenden Leben heben, aufsehen, würde die Unendlichkeit sie buchstäblich vor ihren Augen öffnen.

Klein. Aber unendlich.

MEERJUNGFRAU
LENA SCHÄTTE

Ich strecke meinem Vater zur Begrüßung die Hand entgegen, doch damit gibt er sich natürlich nicht zufrieden. Er umfasst meinen Unterarm, zieht mich über die Fußmatte ins Haus, in eine enge Umarmung. Etwas in mir zuckt, doch ich halte still. Dann nimmt er auch David in die Arme. Die Beiden haben sich erst wenige Male gesehen, trotzdem trällert mein Vater ein vertrautes „Hallo Schwiegersohn!". Seine neue Frau hält sich im Hintergrund und lacht ein glucksendes Lachen.

„Wir haben für 19 Uhr reserviert.", erinnere ich sie, doch das bringt wie gewöhnlich nichts. Lange stehen wir im Flur, sehen ihnen dabei zu, wie sie von Zimmer zu Zimmer huschen, Jacken und Brieftaschen zusammensuchend, während es heiß und heißer unter unseren Wintermänteln wird.

Davids Blick fährt über die Flurwände, voll schief hängender Bilderrahmen, die nicht zueinander passen, zusammengewürfelt aus vorherigen Leben. Er schlendert am Bild meiner Mutter vorbei, wirft ihr nur einen flüchtigen Blick zu. Er weiß nicht, dass sie es ist. Das Bild ist klein, verliert sich zwischen den anderen, als sei sie nur eine entfernte Tante. Sie lächelt gequält in schwarz-weiß. Ein Haar klebt in ihrem Mundwinkel.

Selbst wenn meine Mutter herzlich lachte, hatte ihr Anblick etwas Elendes.

Diese kleine, dünne Frau, die in Pyjamahosen aus der Kinderabteilung tagelang im Bett lag. Zwischen hohen Kissen verschwand, sich nicht regte, sich nicht einmal umzudrehen schien. Der es gleich war, ob ihr die Mittagssonne ins Gesicht schien oder ob bereits ein dritter Tag vergangen war, ohne dass sie auf gewesen war, um etwas zu essen.

Dabei schien sie mir nie traurig. Ich sah sie nie weinen, nie über das Leben jammern. Als Kind erschien es mir eher, als wäre sie nur immerzu müde. Als strengten sie kleinste Dinge, wie ein Telefonat, ein kurzes Gespräch mit dem Briefträger an der Tür oder ein Einkauf im Inselsupermarkt bis zur völligen Erschöpfung an.

In der Grundschule zogen mich die anderen Kinder bald damit auf, dass meine Mutter nur erfunden sei, denn mein Vater holte mich jeden Tag ab. Saß bei Elternabenden als einziger Mann zwischen gestriegelten Ehefrauen, die ihm verständnisvoll zulächelten. Ihm mitleidig über den Rücken strichen. Ihn für jeden Firlefanz überschwänglich lobten. „Wie schön er die Jennifer heute angezogen hat. Und die süßen Zöpfchen!", kniff eine dicke Frau mir auf einem Weihnachtsbasar in die Wange. Dabei trug ich ein ungebügeltes Leinenkleid, dass am Rücken kratzte, und dazu eine Wollstrumpfhose, die so klein war, dass ihr Schritt mir ständig zwischen den Kinderknien hing.

In ihren guten Phasen war meine Mutter wach und kaufte Unmengen an Süßkram ein, den sie verschlang, bis die Kanten ihres eckigen Körpers wieder etwas weicher wurden. Sie lud Freunde und Verwandte vom Festland zu uns ein. Abends am Tisch unterhielt sie alle mit ihren Geschichten, lachte laut, klatschte in die Hände, wenn jemand etwas sagte, das ihr gefiel. Die Abende zogen sich bis in den Morgen, denn sie ließ niemanden nach Hause gehen. Wann immer jemand nach seiner Jacke griff, versperrte sie die Tür mit einem Spruch auf den Lippen oder zog ihn zu einem kleinen Tänzchen zurück auf den Wohnzimmerteppich. Bis alle ihre Schlüssel wieder in die Taschen sinken ließen und sich zurück auf ihre Stühle setzten.

Nur ich sah, wie sie sich in der Küche an der Zeile festhielt, sich die Schläfen rieb, die Hand auf dem Herzen. Wie sie danach ins Bett sank, die dreckigen Gläser noch auf dem Tisch. Die Tür hinter sich ins Schloss zog und sich Tage lang nicht mehr regte. Das Fett zwischen Wangenknochen und Haut wieder schmolz. Sie wieder in sich zusammensank. Als hätten ihre Gäste sie leer gesaugt. Als hätte sie jedes Wort, jedes Lachen, literweise Leben gekostet.

Mein Vater spielte unterdessen Memory mit mir und erzählte mir im Hochbett Gutenachtgeschichten, bis er darüber selbst einschlief. Am Morgen wurde ich vom Beben des Bettes wach, wenn er mit knackenden Gelenken die Leiter hinunter kletterte, rote Abdrücke von Kuscheltieren und Kinderhänden auf den Wangen.

Ein paar Kindergeburtstage in fremden Häusern und ich begriff, dass andere Mütter anders waren als meine. Dass sie wach am Küchentisch saßen und nicht auf der Bettkante von ihren Männern zum Essen gezwungen werden mussten. Dass sie Kleider trugen statt

Schlafanzüge. Dass sie mit ihren stabilen, robusten Körpern ihre Kinder hoch hoben, mit ihnen tobten, sie durch die Luft wirbelten.

„Warum muss Mama immer so viel schlafen?", fragte ich meinen Vater eines abends, als er neben der Badewanne kniete und mir das Haar wusch.
„Weißt du das denn nicht?", fragte er, als sei es immer offensichtlich gewesen.
„Öhöh.", schüttelte ich den Kopf.
Eine Weile lang schwieg er, sah sich im Badezimmer um, als suche er nach etwas. „Deine Mama ist eine Meerjungfrau."
Er begann eine Geschichte um ein Doppelleben zu weben: Wach dort unten bei den Fischen, schlafend hier oben bei uns, erschöpft vom Anschwimmen gegen die Wellen. Dabei nahm er meine Puppe vom Beckenrand und ließ sie durch das trübe Badewasser tauchen.

Bald zog der Tourismus auf die Insel. Die Nachbarschaft verkaufte ihre Häuser und zog auf das Festland. In den Gärten links und rechts knackten nun billige Sonnenliegen aus Plastik, mit wechselnden Urlaubern darauf. Ich spähte durch die lichte Hecke und sah Familien beim Frühstücken auf der Terrasse zu. Saß in meinem Kinderzimmer am offenen Fenster und lauschte ihren Gesprächen. Lachte, wenn sie lachten. Alle paar Tage kam eine Horde Putzfrauen, die sich mit schweren Wäschesäcken durch die Häuser arbeitete und ihre Spuren wieder beseitigte. Während sie die Böden wischten öffneten sie zum Lüften die Türen und ich schlüpfte herein, schlich durch die Zimmer, bis jemand meine sandigen Fußspuren auf den nassen Fliesen entdeckte.
Ein Kurheim für verspannte Mütter mit asthmatischen Kindern eröffnete. Kinder, die Inhalatoren in ihren Taschen trugen, mit einem dicken Gummiband am Anorak fixiert, gegen das Verlieren im kalten Sand. Mädchen, die den Möwen ihren Zwieback hinhielten und dann kreischend davon rannten, wenn sie im Schwarm auf sie niedersegelten. Jungen, die husteten, wenn wir zu schnell über den Deich rannten. Kinder, die ich lieb gewann. Deren Rollkoffer laut auf den gepflasterten Wegen klackerten, wenn sie an den Händen ihrer Mütter zurück zur Fähre gingen.

Manchmal, wenn meine Mutter wach war, saßen wir am Strand. Sie umwickelte meinen Kinderkopf mit ihrem Schal und wir aßen Bonbons aus den Taschen ihrer Regenjacke. Immer wenn sie eine Tüte

Eukalyptusbonbons gekauft hatte, rollte sie sie aus dem Papier und fluchte über den überflüssigen Müll. Dann legte sie sie nackt in ihre Jackentaschen. Dort wurden sie zu einem klebrigen Ball, an dem Fusseln und Haare hafteten. Sie brach mir eines vom Klumpen ab und ich schob es mir in den Mund.

Schlief sie, schlich ich auf Zehenspitzen über den Flur. „Deine Mama ist wieder abgetaucht.", flüsterte mein Vater, wenn ich von der Schule kam, und wir hielten uns giggelnd die Zeigefinger vor die Münder.

Ich malte Bilder von bunten Fischen, die Zahnspangen trugen, und schob sie ihr unter der Schlafzimmertür hindurch.

An einem Donnerstag stand meine Tante plötzlich in der Pause auf dem Schulhof. Sie ragte zwischen den wuselnden Kindern empor und ich wusste, dass etwas nicht in Ordnung war. Sie fuhr mich nach Hause, sagte kaum etwas, streichelte über meinen Kopf, bis mir die Haare aus den Zöpfen krochen. Zuhause saß mein Vater mit aufgequollenen Augen am Küchentisch. Erklärte mir, dass meine Mutter nun für immer im Meer leben würde. Dass sie nicht mehr zurückkäme. Ich rannte ins Schlafzimmer und tatsächlich lag ihr Körper nicht mehr zwischen den Kissen. Jemand hatte das Laken abgezogen, die Matratze war voller Flecken und das Fenster stand offen.

„Hör auf, ihr ständig diesen Schwachsinn zu erzählen!", schimpfte meine Tante. Zog mich in eine weiche Umarmung, an ihre speckige Brust. Sie war so weich, ganz anders als Mama. Keine Kanten an denen man sich stieß. „Du weißt, was passiert ist, oder Jenny? Dass deine Mama nicht mehr sein wollte?"

Ich nickte hastig. Aber nein. Ich verstand es nicht.

Während wir auf das Essen warten, lacht mein Vater immer wieder so laut, dass es mir in der Stille des halbleeren Restaurants unangenehm wird. Ständig hält er die Hand seiner Frau auf der Tischdecke oder streicht ihr über den Rücken. Der Reis auf meinem Teller ist noch hart und ich kaue schwer. Auf der Soße schwimmt eine dicke Haut, die ich mit der Gabel hin und her schiebe, während David glücklicherweise viel redet.

Als wir uns vor ihrer Wohnung wieder verabschieden, scheint mir die Umarmung meines Vaters noch ein wenig enger, doch ich halte still.

„Das war doch ganz nett, oder?", sagt David, als wir auf die leere Autobahn fahren. Ich beuge mich nach vorne und reibe mir mit der Hand die schmerzende Magengegend. Ein paar Ausfahrten später fährt er an einer Tankstelle ab und ich übergebe mich auf einen Streifen gefrorenes Gras. Dass ich das Essen wohl nicht vertragen hätte, höre ich ihn murmeln. Dabei tätschelt er mir die Schulter.

„Ich hol dir mal ein Wasser.."

„Nein, ich kann das selbst."

Ich strauchle in das helle Licht des Tankstellenshops, kaufe einen Liter stilles Wasser. Als der Geschmack nach Erbrochenem sich nicht wegspülen lässt, kaufe ich eine kleine, grüne Tüte Eukalyptusbonbons. An einem Stehtisch neben den Zeitschriften drehe ich sie nacheinander aus dem Papier und lasse sie nackt in meine Manteltasche gleiten.

LA SIRENA
LENA SCHÄTTE
Traduzione di Giulia Orati

Non appena lo vedo, allungo una mano per salutarlo. Mio padre. Ma lui non è dello stesso avviso: una stretta di mano non è abbastanza, a quanto pare. Infatti mi abbraccia, mentre io rimango immobile, non sapendo nemmeno come reagire. Mi trascina in casa quasi di peso, tanto che le punte delle mie scarpe strusciano sullo zerbino. Non sono granché a mio agio, ma lo lascio fare.

Dopodiché abbraccia anche David, nonostante si siano visti solo poche volte. Eppure mio padre esclama un entusiasta "Ciao, genero!", come se fosse il migliore amico di mio marito. La nuova moglie di mio padre rimane in disparte, a osservare la scena mentre con una mano nasconde una risatina.

"Abbiamo prenotato per le 19:00," le ricordo, ma, come al solito, non serve a niente.

Rimaniamo a lungo all'ingresso, mentre mio padre e sua moglie corrono da una parte all'altra di casa, raccattando giacche e portafogli. Certo, avrebbero potuto pensarci prima. Così almeno io e David non saremmo rimasti lì, a sudare dentro i nostri cappotti. Vorrei quasi dare un'occhiata al termostato, per controllare che non sia impostato a trentacinque gradi.

Nell'attesa, lo sguardo di David percorre le pareti del corridoio, piene di cornici spaiate appese di traverso, pezzi scomposti di una vita passata. Muove qualche lento e cadenzato passo, fermandosi poi di fronte alla fotografia di mia madre. Le dà solo un'occhiata superficiale. Non sa che è lei. L'immagine è piccola, persa tra le altre come se il soggetto in questione fosse solo una lontana zia. Nella cornice, lei sorride ironicamente in bianco e nero, come se fosse consapevole, nel presente, dell'ignoranza equivoca di chi la sta osservando. Una ciocca di capelli è appiccata all'angolo della sua bocca, come bagnata.

Anche quando mia madre rideva di gusto, suscitava qualcosa di miserevole.

Questa donna piccola e magra, che rimaneva a letto per giorni con i pantaloni del pigiama del reparto bambini del negozio sotto casa. Immersa tra alti cuscini, minuta, quasi invisibile, non si muoveva mai. Rimaneva tutto il tempo con lo sguardo oltre la finestra laterale, senza voltarsi. Nessuno sapeva cosa stesse mai guardando di preciso. Non distoglieva gli occhi nemmeno quando il sole di mezzogiorno le splendeva in piena faccia. Non dava cenno di cedimento neppure passati tre giorni senza mangiare alcunché.

Non mi è mai sembrata triste. Non l'ho mai vista piangere, mai lamentarsi della vita. Da bambina, mi sembrava semplicemente che fosse sempre stanca. Come se anche le cose più piccole, come una telefonata, una breve conversazione con il postino alla porta o la spesa nel supermercato dell'isola... come se ogni minima cosa, sommata insieme, la portasse poi allo sfinimento totale.

Alle elementari, gli altri bambini mi prendevano in giro dicendomi che mia madre era solo un personaggio immaginario, perché era mio padre a venirmi a prendere tutti i giorni. Alle serate dei genitori era l'unico uomo a sedere tra le mogli imbellettate che gli sorridevano comprensive. Gli accarezzavano compassionevolmente la schiena. Lo elogiavano abbondantemente per ogni stupidaggine.

"Come ha vestito bene Jennifer, oggi. E le treccine, che carine!" aveva una volta trillato una donna grassa mentre mi pizzicava una guancia in un mercatino di Natale.

Indossavo un vestito di lino non stirato che prudeva sulla schiena e collant di lana di una taglia così piccola che il cavallo mi calava costantemente in mezzo alle ginocchia.

Nei suoi momenti migliori, mia madre si alzava e comprava tonnellate di caramelle, che divorava finché anche le parti più spigolose del suo corpo non si ammorbidivano un po'. Dopodiché invitava amici e parenti dalla terraferma a unirsi a noi. La sera a tavola intratteneva tutti con i suoi racconti, rideva a crepapelle, batteva le mani quando qualcuno diceva qualcosa che le piaceva. Le serate si trascinavano fino al mattino perché non lasciava tornare nessuno a casa. Ogni volta che qualcuno prendeva la sua giacca, lei chiudeva a chiave la porta con una battuta o li tirava indietro lungo il tappeto del soggiorno per un piccolo ballo. Finché tutti non gettavano la spugna e si sedevano di nuovo al loro posto.

Solo io l'ho vista, finite queste serate, appoggiarsi di peso al tavolo della cucina, rischiando quasi di cadere, massaggiarsi le tempie, la mano sul cuore. Come sprofondava nel letto subito dopo, i bicchieri sporchi ancora sulla tavola. Si chiudeva la porta alle spalle e non si muoveva per giorni. Il grasso sul suo viso si scioglieva di nuovo, e gli zigomi spuntavano un'altra volta più affilati che mai. Crollava. Sempre. Come se i suoi ospiti la prosciugassero. Come se dovesse pagare litri di vita per ogni parola, ogni risata.

Nel frattempo, mio padre giocava a Memory con me e mi raccontava favole della buonanotte nel letto a castello finché non si addormentava lui stesso. Al mattino mi svegliavo per via del tremolio del letto mentre scendeva la scala, le sue giunture che scricchiolavano, le guance coperte dei segni rossi dei peluche sui quali si addormenta, troppo stanco per anche solo pensare a scostarli.

Dopo qualche festa di compleanno in casa di altri bambini, ho capito che le altre mamme erano diverse dalla mia. Che stavano sedute sveglie al tavolo della cucina e non dovevano essere costrette a mangiare sul bordo del letto dai loro mariti. Indossavano abiti al posto del pigiama. Tiravano su da terra i loro bambini, con le loro figure equilibrate e robuste, si divertivano insieme, li facevano roteare in aria.

"Perché la mamma deve sempre dormire così tanto?" ho chiesto a mio padre una notte mentre si inginocchiava vicino alla vasca da bagno per lavarmi i capelli.

"Non lo sai?" ha chiesto come se fosse sempre stato ovvio.

"Uhhh," ho scosso la testa.

È rimasto in silenzio per un po', guardandosi intorno nel bagno come se stesse cercando qualcosa. "Tua madre è una sirena."

Ha cominciato a tessere una storia, a parlare di una doppia vita: mia madre si svegliava laggiù con i pesci, dormiva quassù con noi, ed era stanca per via del nuotare contro la corrente.

Mio padre ha preso la mia bambola dal bordo della vasca e l'ha fatta tuffare nell'acqua torbida del bagno, tanto per sottolineare il concetto.

Il turismo è arrivato presto sull'isola. Nel quartiere molti hanno venduto le loro case e si sono trasferiti sulla terraferma. Nei giardini, a sinistra e a destra, le sdraio di plastica da quattro soldi hanno cominciato a rompersi, schiacciate dal peso degli innumerevoli vacanzieri.

Io sbirciavo attraverso la rada siepe e osservavo le famiglie che facevano colazione nel patio. Mi sedevo vicino alla finestra aperta della mia stanza e ascoltavo le loro conversazioni. Ridevo quando loro ridevano.

Ogni pochi giorni un'orda di donne delle pulizie arrivava e si faceva strada attraverso le case con pesanti sacchi per la biancheria e rimuoveva le tracce di ogni passaggio umano. Mentre lavavano i pavimenti, aprivano le porte per arieggiare e io non potevo non approfittarne per scivolare dentro qualche casa, sgattaiolare per le stanze finché qualcuno non notava le mie impronte sabbiose sulle piastrelle bagnate.

Hanno aperto persino una clinica per bambini asmatici, per tutte quelle nuove madri che si sono improvvisamente ritrovate sull'isola. C'erano bambini che portavano in tasca gli inalatori, legati alle giacche a vento con uno spesso elastico per non perderlo nella sabbia fredda. Ragazze che offrivano i loro biscotti ai gabbiani e poi correvano urlando mentre gli uccelli piombavano su di loro a sciami. Ragazzi che tossivano quando correvamo troppo veloci sulla diga. Bambini che ho imparato ad amare. Le ruote delle loro valigie risuonavano rumorosamente sui sentieri acciottolati mentre tornavano al traghetto, tenendo le mani delle loro madri.

A volte, quando mia madre era sveglia, ci sedevamo sulla spiaggia. Avvolgeva la sua sciarpa intorno alla mia piccola testa e mangiavamo caramelle tirate fuori direttamente dalle tasche del suo impermeabile, come fosse una magia. Ogni volta che comprava un sacchetto di caramelle all'eucalipto, srotolava ogni confetto dalla carta, maledicendo a mezza bocca la spazzatura in eccesso. Poi se li metteva così com'erano nelle tasche della giacca. Lì diventavano una palla appiccicosa guarnita di pelucchi e capelli spezzati. Lei li toglieva da ogni caramella e io me le infilavo in bocca senza dire nulla.

Una volta, mentre lei dormiva, ho attraversato in punta di piedi il corridoio.

"Tua madre si è nascosta di nuovo", sussurrava mio padre quando tornavo a casa da scuola, e ci mettevamo gli indici davanti alla bocca, ridacchiando.

Disegnavo immagini di pesci dai colori vivaci che indossano l'apparecchio e le infilavo sotto la porta della sua camera da letto.

Un giovedì, mia zia è arrivata improvvisamente nel cortile della scuola durante l'intervallo. Torreggiava tra i bambini che correvano e sapevo che qualcosa non andava. Mi ha accompagnato a casa, non ha detto quasi niente, mi ha accarezzato la testa fino a farmi uscire i capelli dalle trecce. Lì mio padre sedeva al tavolo della cucina con gli occhi gonfi. Mi ha spiegato che mia madre ora vivrà per sempre nel mare. Che lei non tornerà. Sono corsa in camera da letto: il suo corpo non era più tra i cuscini. Qualcuno aveva tolto il lenzuolo, il materasso era macchiato e la finestra era aperta.

"Smettila di dirle sempre quelle sciocchezze!" lo stava rimproverando mia zia.

Lei mi ha stretto in un morbido abbraccio, il mio viso schiacciato contro il suo grosso seno. Era così morbida, molto diversa dalla mamma. Nessuna parte del suo corpo era spigolosa: non faceva male abbracciarla.

"Sai cos'è successo, vero Jenny? Che tua mamma non voleva più stare qui?"

Annuii frettolosamente. Ma no. Non avevo capito.

Mentre aspettiamo il cibo, mio padre continua a ridere così forte che il silenzio del ristorante semivuoto mi mette a disagio. Tiene costantemente la mano di sua moglie sulla tovaglia o le accarezza la schiena. Il riso nel mio piatto è ancora duro e sto masticando forse con troppa veemenza. C'è una patina spessa di grasso che galleggia sopra la salsa, che spingo avanti e indietro con una forchetta mentre, fortunatamente, David continua a parlare togliendomi dall'imbarazzo.

Quando ci salutiamo di nuovo davanti al suo appartamento, l'abbraccio di mio padre sembra un po' più stretto, ma io, come prima, quasi non mi muovo.

"È stato carino, non è vero?" dice David mentre ci immettiamo nell'autostrada deserta. Mi chino in avanti e mi massaggio lo stomaco dolorante con la mano. Non passa molto tempo, e David è costretto a fermarsi a una stazione di servizio: vomito tutto su una zolla di erba ghiacciata. Lo sento mormorare che probabilmente qualcosa al ristorante mi aveva fatto male. Mi dà una pacca sulla spalla.

"Ti prendo dell'acqua..."

"No, faccio da me."

Inciampo nella luce intensa del negozio della stazione di servizio, compro un litro di acqua naturale. Quando il sapore del vomito non svanisce, compro un sacchettino verde di caramelle all'eucalipto. Al tavolino di un bar, accanto alle riviste, le srotolo una per una e me le infilo così come sono, nude, nella tasca del cappotto.

TANDEM
CLARA LEINEMANN
ELENA PINESCHI

Kommentar von Clara Leinemann

Finde ein Wort...

Elena hat den perfekten Titel für ihren Text gewählt, und ich finde kein Wort im Deutschen, das in ähnlicher Weise drei oder mehr unterschiedliche Interpretationsanstöße für den Text liefert. Das tut weh.

Ich bin froh zu merken, das Deepl und ChatGPT noch kein literarisches Fassungsvermögen haben, oder zumindest keines, dass ich als dem Text gerecht werdend empfinde, die Frage ist aber natürlich, ob mein Gehirn da den besseren Ersatz liefert. Ich habe es versucht. ChatGPT hat mich gefragt, ob ich ihm beibringen kann, literarisch zu schreiben, der Schlingel, ich hab nein gesagt, bin vielleicht etwas zu streng geworden im Tonfall, ChatGPT hat sich aufgehängt. Im weniger drastischen Sinne.

Ich würde von nun an am liebsten jeden Text übersetzen, den ich lese, auch die deutschen Texte, ich meine, eine Art Übersetzung nimmt das Gehirn ja immer vor, eine Übersetzung in meine eigenen Erfahrungen und Vorstellungen, aber dieses genaue, dieses kleinteilige Übersetzen erlaubt einen so tiefen Einstieg wie ich ihn beim einfachen Lesen lange nicht hatte. Jeder Baustein des Textes wird erfasst, zwischen den Fingern gedreht, abgeputzt und mit zitternd, ganz vorsichtig, zurück ins Gebilde geschoben, der Atem wird angehalten – bricht es jetzt zusammen?- und dann steht es doch, wie schön. Nächster Baustein. Ich wünschte ich hätte die Disziplin, jedem Roman, den ich lese, eine ähnliche Aufmerksamkeit zu widmen.

Commento di Elena Pineschi

Ci sono parole tedesche bellissime: si prendono il loro tempo per essere dette, risuonano con una musicalità altra, ma soprattutto hanno dentro di loro significati intraducibili.

Per questo penso che la lingua tedesca fosse perfetta per il testo di Clara, in cui ci sono molti non detti o frasi con doppie valenze. Tradurre in italiano non è stato semplice: ho dovuto usare espressioni più lunghe o cambiare interamente la sintassi per cercare di trasmettere la stessa intenzione.

Credo che l'atmosfera particolare che Clara riesce così a creare sia legata in modo inscindibile anche con l'uso del discorso indiretto ma soprattutto con quello dell'indiretto libero diffuso in tutto il racconto: battute di dialogo senza virgolette, scomparsa dei verbi reggenti, pensieri e dialoghi che si sovrappongono – senza aver sempre chiaro chi dice cosa a chi, chi pensa senza dire, chi dice senza pensare a nessuna implicazione, chi dice senza voler dire davvero.

Mi piace molto la denominazione tedesca del discorso indiretto libero, ovvero "erlebte Rede", discorso rivissuto. Sì, perché per capire davvero questo racconto è proprio necessario entrare dentro le scene che Clara tratteggia, riviverle come se si fosse presenti, riflettere su cosa si sarebbe detto o capito vivendole in prima persona. La voce narrante è scomparsa e quindi sta al lettore effettuare la mediazione, trovare il proprio filo del discorso.

Purtroppo in italiano il discorso indiretto libero viene usato molto meno che in tedesco e in generale credo trasmetta sensazioni diverse: per questo ho riscritto interamente parti del racconto studiando tecniche differenti adatte per ogni paragrafo. Ho costruito periodi ingarbugliati con numerose reggenti sovrapposte, ho usato in modo calcato il verbo "dire", ho completamente cancellato le reggenti oppure anche i nomi dei parlanti, ho ripristinato un narratore esterno. Il mio scopo è stato quello di creare una progressione che esplicitasse l'andamento narrativo per dare una sua specificità anche al racconto in italiano, che è un po' un nuovo racconto.

STASI
ELENA PINESCHI

I medici mi hanno detto di comprargli le calze elastiche, per aiutare la circolazione delle gambe. Io le avevo sentite nominare solo per l'operazione al ginocchio della mamma di Patrizia. «Si comprano in farmacia» mi hanno detto, appena fuori dalla stanza di Gabri. Riuscivo a vedere solo un suo braccio e parte del busto. Hanno detto qualcos'altro, mentre io lo guardavo andare su e giù.

Sono scesa alla farmacia del piano terra, in fondo al corridoio a destra, dopo le palestre di fisioterapia. C'è la fila. «Aspetta da tanto?» chiedo a una signora seduta poco distante. Lei annuisce e io penso a mio figlio, ancora bloccato nel letto al terzo piano.

Lei intanto parla: «Sì, ma sono abituata: devo sempre venire per prendere le medicine per mio marito.»

Mi siedo e guardo l'ora sul telefono. Non ho notifiche ma so che dovrò rileggere tutte le mail che ho aperto nei giorni precedenti.

«Lei perché è qui?»

Rialzo gli occhi per capire se la signora stia parlando ancora con me. «Devo comprare delle calze elastiche» rispondo.

«Oh poverina, si deve operare?»

«No. Sono per mio figlio.»

«Oh poverino. Le ho dovute portare due settimane quando mi hanno fatto l'anca: mi stringevano le cosce in una maniera... non le dico.»

Non so cosa rispondere.

«Che poi io le avevo usate in gennaio e già mi facevano sudare... non voglio immaginare ora. Suo figlio si deve operare?»

All'improvviso mi rendo conto che la sto guardando dall'alto: mi sono alzata di scatto, hanno deciso le gambe.

«Mi scusi devo scappare» dico e non voglio più guardarla da quella prospettiva, non voglio guardarla e basta.

Allungo il passo: corridoio, palestre, corridoio, ingresso, porta. Colpisco per sbaglio una donna che sta entrando. Non riesco neanche a pensare in tempo che devo chiederle scusa, che probabilmente anche lei sta andando a trovare suo marito, suo padre, suo figlio. Chissà per cosa.

Mio figlio invece sta bene, c'è ancora, è nel suo letto al terzo piano, reparto traumatologia. E ha bisogno delle calze elastiche: devo solo comprargliele. Sollevo le spalle in modo meccanico e le lascio ricadere.

C'è un'altra farmacia qui dietro, in via Veneto: posso andare e tornare in un minuto con la macchina. Però meglio dire a Gabri che ci metterò più del previsto, che lui mi stia aspettando? Inizio a scrivere: «Momi sto ancora cercando le calze» no, cancello "Momi", non vuole più questo nomignolo infantile, a maggior ragione in questi giorni. «Sono ancora in farmacia, ritorno tra poco. Chiama se hai bisogno» no, cancello tutto. Sono stata via pochi minuti: è molto più realistico che, se gli scrivo, lui mi aggredirà perché gli sto troppo addosso. Se ha bisogno suonerà il campanello, qualcuno andrà a…

Anzi all'altra farmacia posso andarci camminando, tanto è vicina, così gli lascio qualche minuto da solo. Ne deve aver bisogno; forse.

Lo sguardo mi cade sui piedi, li vedo muoversi e penso a quelli di Gabri che ora sono nel letto e presto saranno stretti nelle calze elastiche. Glieli dovrò lavare se suderanno. I miei sbattono, come se mi fosse troppo difficile controllare la punta.

Per fortuna in farmacia non c'è quasi nessuno.

«Salve, avrei bisogno di un paio di calze elastiche.»

«Certo, le servono fino al ginocchio o fino alla coscia?» Il sorriso della farmacista si specchia nel mio che è rimasto stretto: sembriamo due ebeti. I medici non mi hanno parlato di questa differenza.

La signora parlava delle cosce sudate, ma lei era stata operata: probabilmente a Gabri serviranno solo fino al ginocchio.

«Direi fino al ginocchio…» Forse sarebbe meglio chiedere, ma non vorrei sembrare insicura.

La farmacista però non ha colto, per fortuna, e continua: «Perfetto, e di che misure le vuole?»

«Mi dia un 43-46» dico con voce ferma – questo lo so, ho sempre comprato io le calze a Gabri.

«Mi spiace signora, ma non hanno queste misure le calze elastiche.»

«Ah sì, mi scusi, mi dia una XL?»

«No. In realtà, dovrebbe fornirmi tutte le circonferenze per essere certi che aderiscano bene: possiamo misurarle ora se sono per lei» dice con accondiscendenza.

Non avevo idea che per le calze elastiche servissero delle misure specifiche, perché non mi hanno detto neanche questo?

«No, sono per mio figlio. Mi scusi non lo sapevo... che misure dovrei fornirle?» dico in fretta, sperando che scivoli via.

«Servirebbero la circonferenza della caviglia e del polpaccio. Forse anche della coscia a questo punto, nel caso gli servissero quelle più lunghe.» No, non è solo un pensiero della mia testa: lo vedo cosa c'è dietro al suo tono affettato. Ma non è colpa mia: spettava ai dottori dirmelo. Come potevo saperlo se non le ho mai dovute comprare?

Lei continua: «Mi può dire il motivo per cui suo figlio le deve indossare?»

«Ha fatto un incidente.» È la prima volta che lo dico così, non era poi difficile.

«Ah, mi dispiace molto... Allora forse è meglio prendere quelle alla coscia. Suo figlio com'è?» Ora ha uno sguardo strano, è meno duro, ma non riesco a definirlo. Saranno le troppe domande, sarà la mia fretta.

Mio figlio com'è? Bello, ma in quel modo in cui lo direbbe una ragazza, non una mamma. È magro, ma sta cercando di mettere su i muscoli – abbiamo riso quando siamo andati a comprare le canottiere da bodybuilder. È sbadato e spesso si dimentica di dirmi quando mangia a casa, devo scrivergli io. Ha i capelli ricci, bruni, di una consistenza spessa; mi piaceva toccarglieli, ora lo posso fare solo di sfuggita, quando me lo permette perché devo tagliarglieli – invidio la fidanzata che glieli toccherà, o che forse già glieli tocca.

Probabilmente però la farmacista non vuole sapere questo, non le interessa che mio figlio è un adolescente che ora è in una stanza al terzo piano: le interessano solo le sue gambe.

«Non so, ha le gambe magre... cosa vorrebbe sapere? È già alto, più di 1,80 metri.»

Lei annuisce, di nuovo con un'espressione dimessa, che non vorrei catalogare come pietosa.

«Se ne ha bisogno urgentemente intanto posso dargliene un paio di prova. Devono stare aderenti perché altrimenti sono inutili. Gliele metta e guardi, ma è meglio se fa controllare ai medici. Poi, nel caso, torna con le circonferenze giuste per comprargli quelle di ricambio.»

Non mi hanno detto neanche questo i dottori, ma se dovrà portarle per

92

un po' sembra normale che gliene serviranno altre paia. Forse avrei dovuto fare più attenzione, magari pensarci da sola.

«Sìsì facciamo così, mi dia quella che ritiene giusta e poi tornerò di certo. Mi scusi davvero.»

Tengo gli occhi bassi mentre lei prende la scatola, la incarta, mi prepara lo scontrino. Le sue mani veloci trasmettono quello che lei ha cancellato dal suo viso durante il nostro scambio: un giudizio che si estende e mi arriva anche dalle persone che nel frattempo si sono messe ad aspettare dietro di me.

Esco di fretta dalla farmacia, faccio il tragitto al contrario ma non riesco a pensare alle spalle o ai piedi, i miei. Il telefono inizia a squillare.

«Oh mamma, dove sei?»

«Scusami Momi, scusami, ci ho messo troppo a comprare le calze, ma…»

«Lascia stare. Dove sei? Ci sono i dottori.»

«Arrivo subito. Fra un minuto sono lì.»

Quando entro nella stanza, Gabri è ancora nel suo letto. Intorno a lui ci sono tante persone: uno dei medici, una ragazza con una divisa che non riconosco, l'infermiera, un altro uomo. Si voltano tutti e forse sono rossa, sudata.

«Scusatemi, eccomi. Ero in farmacia come mi avevate detto…»

«Salve signora, le presento la fisioterapista e il nostro psicologo.» Il medico mi interrompe, ma io voglio fargli notare che avrebbe dovuto darmi tutte le informazioni sulle calze. I nuovi arrivati mi tendono le mani; non so se sorrido in risposta, sto ancora guardando la faccia del dottore.

«Siamo qui perché è arrivato l'esito della risonanza e purtroppo conferma l'eventualità di cui avevamo parlato…»

Mi scosto i capelli appiccicati alla nuca e apro la borsa, a tentoni.

«…c'è stata una lesione spinale a livello della vertebra T9 e questa è la causa della paralisi che purtroppo sarà a lungo termine, anche se ci prenderemo tutto il tempo per valutare l'effettivo danno funzionale. L'importante è che inizieremo un percorso di fisioterapia per…»

«Senta mi scusi, ma vorrei sapere se le calze elastiche che ho comprato sono adatte per questo tipo di lesione. Un attimo che le trovo…» dico, mentre continuo a frugare.

«Mamma» Gabri comincia a parlare con la sua voce arrabbiata, ma si impappina, si interrompe, o forse sono io che non riesco a concentrarmi bene. Dove cavolo è la scatola impacchettata dalla farmacista? Abbasso gli occhi nella borsa, scosto le cose.

«Signora, se si vuole sedere possiamo parlarne con calma, rispondere a tutte le vostre domande...»

Le calze non ci sono. Possibile che io le abbia lasciate sul bancone? Perché la farmacista non mi ha chiamato? Sono stata io, a perderle – forse per le scale mentre correvo? Vorrei andare a cercarle, fare il percorso a ritroso.

Alzo gli occhi e mi sembra che siano tutti immobili, a guardarmi: il dottore con gli occhi fissi, la fisioterapista con i suoi dilatati.

Rimango con la borsa in mano, ferma. Anche Gabri mi guarda e i suoi occhi sono stretti. Il suo petto fa un movimento leggero: aspetto il prossimo. I ricci gli ricadono in parte sulla fronte, disordinati; lasciano intravedere l'unico graffio che ha sul viso.

Cerca di tirarsi su, di farsi avanti con il busto, fermo.

Gli faccio un cenno con la testa, o forse vorrei farglielo ma nemmeno io mi muovo.

«Sì, abbiamo delle domande» dice lui.

Io deglutisco.

STILLSTAND
ELENA PINESCHI
Aus dem Italienischen von Clara Leinemann

Kompressionsstrümpfe. Ich soll Kompressionsstrümpfe kaufen, sagen mir die Ärzte, um die Durchblutung zu fördern, sodass sich nichts staut. Seine Beine müssen durchblutet werden, sagen sie. Bisher kannte ich Kompressionsstrümpfe nur von der Knie-OP der Mutter einer Freundin, sie hatte mir davon erzählt, ich hatte nie weiter darüber nachgedacht, sie waren bloß ein Detail, eine Nebensache aus einer eigentlich größeren Geschichte.

Die Ärzte sagen mir, man kaufe diese Strümpfe in der Apotheke. Sie standen neben mir, im Flur vor Gabris Zimmer, wo ich ihn liegen sah, ich konnte nur seinen Oberkörper sehen, einen Arm, die Ärzte sagen noch mehr, während ich versuche seine Beine zu sehen. Ich nicke.

Ich gehe hinunter zur Apotheke im Erdgeschoss, den Korridor entlang, vorbei an den Physiotherapieräumen. Vor der Apotheke ist eine Warteschlange. Ich frage eine ältere Frau, die ansteht, ob sie schon lange wartet. Sie nickt und ich denke an meinen Sohn, der oben im dritten Stock liegt, und wartet, dass ich ihm seine Kompressionsstrümpfe bringe. Die Frau sagt, sie sei das Warten gewöhnt, sie müsse hier immer wieder die Medikamente für ihren Mann holen. Ich stelle mich hinten an, schaue auf meine Handy. Ich habe keine neuen Benachrichtigungen, nur Emails aus den letzten Tagen, deren Inhalte ich vergessen habe. Ich würde sie nochmal lesen müssen, sobald Gabri seine Strümpfe hat.

„Was brauchen Sie?", fragt die Frau. Ich brauche einen Moment, mich ihr zuzuwenden, „was?", sage ich, und sie wiederholt ihre Frage. „Ich muss ein paar Kompressionsstrümpfe kaufen", sage ich.

„Oh, du Arme, musst du operiert werden?"

„Nein, die sind für meinen Sohn, er liegt im dritten Stock."

„Ohje, armer Kerl, als meine Hüfte operiert wurde, musste ich sie zwei Wochen lang tragen, die haben meine Oberschenkel so zerquetscht, wirklich."

Ich weiß nicht, was ich antworten soll.

„Es war Januar, kalt also, und ich hab trotzdem schrecklich geschwitzt. Jetzt im Sommer will ich mir das gar nicht ausmalen. Muss Ihr Sohn operiert werden?"

Plötzlich merke ich, dass ich einen Schritt weggemacht habe. Meine Beine arbeiten für sich, und ich will mich wegdrehen, will sie nicht mehr ansehen. Ich entschuldige mich, und laufe davon, mit schnellen Schritten, den Flur entlang, an den Physiotherapieräumen vorbei, zur Tür, ich laufe gegen eine Frau, die gerade hereinkommt, die selbst auf dem Weg ist, zu ihrem Vater, ihrem Mann, ihrem Sohn? Wer weiß. Ich laufe weiter.

Mein eigener Sohn hingegen liegt da oben, im dritten Stock, er braucht die Strümpfe, ich muss sie kaufen gehen, das ist gerade meine Aufgabe. Ich zucke mechanisch, wie für mich selbst, mit den Schultern.

Um die Ecke gibt es noch eine Apotheke. Mit dem Auto wäre ich in einer Minute da, und direkt wieder zurück. Sollte ich Gabri Bescheid sagen? Ihm sagen, ich würde länger brauchen, als erwartet, ihm sagen, sie sollten auf mich warten? Ich beginne zu schreiben: Kleinsohn, ich suche noch nach den Kompressionsstrümpfen. Nein, ich streiche Kleinsohn, er will schon längst nicht mehr so genannt werden, jetzt wahrscheinlich erst recht nicht. Ich schreibe: Ich bin noch in der Apotheke, ich komme gleich zurück. Ruf an, wenn du was brauchst. Nein, ich lösche alles. Ich war bisher nur ein paar Minuten weg, wahrscheinlich wird er mich angehen dafür, ihm so im Nacken zu sitzen. Er wird schon Bescheid sagen, wenn er Hilfe braucht, er wird schon Hilfe bekommen.

Die Apotheke ist so nah, dass ich doch einfach laufen kann, ich muss ihn nur ein paar Minuten allein lassen. Vielleicht möchte er das sogar.

Mein Blick fällt auf meine Füße, ich sehe, wie sie sich bewegen, und muss an Gabris Füße denken, die still im Bett liegen und bald in Kompressionsstrümpfen stecken werden. Ich werde sie waschen müssen, wenn sie schwitzen. Meine eigenen Füßen flattern, als könnte ich kaum meine Zehen unter Kontrolle halten.

Glücklicherweise ist die Apotheke so gut wie leer.

„Hallo, ich brauche ein paar Kompressionsstrümpfe", sage ich.

„Kein Problem, bis zum Knie oder zum Oberschenkel?"

Das Lächeln der Apothekerin trifft auf meines, das wie eingefroren ist. Die Ärzte haben mir nicht gesagt, bis wohin die Strümpfe gehen sollen. Die ältere Frau vorhin hatte etwas von verschwitzten Oberschenkeln gesagt, und einer OP. Gabri wird sie wohl nur bis zum Knie brauchen. Vielleicht sollte ich einfach fragen, will aber nicht unsicher klingen also sage ich:

„Bis zum Knie"

Die Apothekerin fährt fort:

„Perfekt, und welche Größe brauchen Sie?"

„Geben Sie mir eine 43-46", sage ich mit fester Stimme – denn hier bin ich mir sicher, ich habe in meinem Leben schon genug Socken für Gabri gekauft, um das zu wissen.

„Tut mir leid, liebe Frau, aber diese Größen gibt es bei Gummistrümpfen nicht.

„Ach so, in Ordnung, dann brauche ich wohl eine XL?"

„Nein, eigentlich müssten Sie mir alle Umfänge angeben, damit sie richtig passen. Wir können Sie ja aber gleich hier ausmessen", sagt die Apothekerin, mit einer gewissen Überheblichkeit, oder Müdigkeit.

Ich wusste nicht, dass ich diese Maße brauchen würde. Warum hatte man mir das nicht gesagt?

„Nein, die sind für meinen Sohn", sage ich also, „tut mir leid, ich wusste das nicht. Welche Maße soll ich Ihnen denn geben?", fragte ich in der Hoffnung, unser Gleichgewicht wieder herzustellen.

„Den Umfang des Knöchels und der Wade. Vielleicht auch den Oberschenkel, vielleicht braucht er ja doch die Längeren." Es liegt nicht an mir, der affektierte Ton der Apothekerin ist unüberhörbar. Aber es wäre die Aufgabe der Ärzte gewesen, mich darüber aufzuklären, wie hätte ich das wissen können, was erwarteten diese Leute von mir?

Die Apothekerin seufzt. „Können Sie mir den Grund sagen, warum Ihr Sohn sie tragen muss?"

„Er hatte einen Unfall", sage ich zum ersten Mal und merke, dass es gar nicht so schwer auszusprechen ist.

„Ah, das tut mir sehr leid... Dann ist es vielleicht besser, die längeren Strümpfe zu nehmen. Wie siehts denn aus?"

Ich verstehe ihren Gesichtsausdruck nicht mehr, er ist weniger hart aber schwer zu deuten. Es müssen die vielen Fragen sein, und meine Eile.

Wie sieht es aus? Sein Bein? Mein Sohn? Er sieht gut aus, im Sinne von schön, wie es ein Mädchen über ihn sagen würde, nicht im Sinne von brav oder gesund, wie es seine Mutter sagen würde. Er ist dünn, aber hat versucht, Muskeln aufzubauen. Wir haben ihm Bodybuilder-

Westen gekauft. Dabei haben wir gelacht. Er ist nachlässig, er vergisst oft, Bescheid zu sagen, wann er nach hause kommt, ob er mitessen möchte, ich muss ihm oft schreiben. Er hat dickes braunes, lockiges Haar. Früher habe ich es oft angefasst, jetzt kann ich es nur noch im Vorbeigehen tun, wenn er es mir erlaubt, oder wenn ich ihm die Haare schneide. Ich beneide die Freundin, die seine Haare anfassen wird, oder es vielleicht bereits tut. Aber das alles interessiert die Apothekerin wohl kaum, sie will nicht wissen, dass er ein Teenager ist, sie will nur wissen, wie es um seine Beine steht.

„Ich weiß nicht, er hat dünne Beine... er ist groß, über zwei Meter."

Sie nickt, wieder mit einer resignierten, aber nicht wirklich empathischen Miene.

„Okay. Wenn Sie dringend welche brauchen, gebe ich Ihnen ein Probepaar mit. Sie müssen fest sitzen, sonst nützen sie nichts. Ziehen Sie sie ihm an und schauen Sie selbst. Aber lassen Sie es am besten nochmal von den Ärzten überprüfen. Im Zweifelsfall kommen Sie mit den richtigen Maßen noch einmal zurück, und kaufen Ersatzstrümpfe."

Auch das hatten die Ärzte mir nicht gesagt. Aber natürlich, er würde sie länger tragen müssen, er würde Ersatzstrümpfe brauchen. Vielleicht hätte ich auch aufmerksamer sein müssen.

„Okay so machen wir es, geben Sie mir die Strümpfe, die Sie für passend halten, und dann komme ich einfach noch einmal, es tut mir wirklich leid."

Ich halte meinen Blick gesenkt während sie die entsprechende Schachtel holt, sie einpackt und meine Quittung vorbereitet. Ihre flinken Hände vermitteln das, was sie während unseres Austauschs zu verbergen versucht hatte. Ein Urteil, das sich auch auf die Menschen ausdehnte, die inzwischen hinter mir warteten.

Ich verlasse die Apotheke, ich laufe so schnell ich kann und versuche gleichzeitig, mich nicht auf meine Füße zu konzentrieren. Mein Telefon klingelt.

„Oh Mami wo bist du?"

„Tut mir leid, Kleinsohn, mein Lieber, ich wollte nicht so lange weg sein, aber-"

„Ist okay. Wo bist du denn? Die Ärzte sind hier."

Als ich das Zimmer betrete, liegt Gabri wie zuvor in seinem Bett. Um ihn herum stehen viele Leute. Ein Arzt, eine Frau in einer mir unbekannten Uniform, die Pflegerin, ein weiterer Mann. Sie alle drehen sich zu mir um, ich schwitze, mein Gesicht muss rot sein.

„Entschuldigung, ich war in der Apotheke, sie haben gesagt-"
„Guten Tag", unterbricht mich der Arzt, „das hier sind die Physiotherapeutin und der Psychologe."

Ich möchte ihm sagen, dass er mir nicht alle nötigen Informationen über die Strümpfe gegeben hat. Der andere Mann reicht mir die Hand, ich weiß nicht, ob ich lächle, ich schaue immer noch den Arzt an.

„Wir sind hier, weil das MRT-Ergebnis gekommen ist. Und leider bestätigt es die Möglichkeit, über die wir gesprochen hatten."

Ich schüttle mir die Haare aus dem Nacken und öffne fahrig meine Tasche.

"...es gab eine Wirbelsäulenverletzung auf Höhe des T9-Wirbels und das ist die Ursache für die Lähmung, die leider langfristig sein wird. Wir brauchen noch etwas Zeit, um den tatsächlichen Funktionsschaden zu beurteilen. Das Wichtigste ist, dass wir mit einer Physiotherapie beginnen werden, um..."

„Entschuldigen Sie, aber ich würde gern wissen, ob die Kompressionsstrümpfe, die ich gekauft habe, die richtigen sind. Einen Moment, ich hab sie gleich." Ich suche in meiner Tasche.

„Mama", höre ich Gabris strenge Stimme, aber er spricht abgehackt, ich höre ihn nicht richtig, wahrscheinlich bin ich es, die nicht zuhören will, ich kann die Schachtel nicht finden, ich beuge mich über meine Tasche und schütte sie aus.

„Bitte, setzen Sie sich, dann können wir in Ruhe über alles sprechen", sagt der Arzt.

Die Strümpfe sind nicht da. Vielleicht habe ich sie auf dem Tresen in der Apotheke liegen lassen? Vielleicht habe ich sie verloren, als ich die Treppe hochgerannt bin? Am liebsten würde ich den Weg zurücklaufen, und sie suchen.

Ich schaue auf und merke, dass alle mich ansehen. Der Arzt, die Physiotherapeutin, beide mit geweiteten Augen. Ich stehe mit meiner leeren Tasche in der Hand da. Auch Gabri sieht mich an, und seine Augen sind verengt. Sein Brustkorb macht eine leichte Bewegung. Ich warte auf die nächste. Seine Locken fallen ihm in die Stirn, dahinter lässt sich ein Kratzer erahnen. Er versucht, sich aufzurichten, seinen Oberkörper vorzubeugen. Ich will ihm zunicken. Vielleicht will er dasselbe tun, aber wir beide bewegen uns nicht.

„Ja, wir haben Fragen", sagt er.

Ich schluckte.

NO STORY IS MINE
CLARA LEINEMANN

Ich finde es ja gut, dass Jonas sich getrennt hat, dann kann er jetzt endlich mit Lucy zusammen kommen, sagt Karim, dieses Jahrelange Blickezuwerfen könne doch keiner mehr mitansehen, und Mona erzählt, dass Lucy den ganzen Tag pfeifend durch ihre Wohnung gelaufen sei, als sie die Neuigkeiten erfahren habe.

Außerdem, sagt Piet, habe ich sie gestern in der Galerie besucht, und sie hat die ganze Zeit gestrahlt, sie hat mir ein Bild gezeigt, eine comichafte Nachahmung von Carravagios Maria Magdalena, lasziv zurückgelehnt und mit einer Sprechblase versehen in der stand, *no story is mine*, sie fand es einfach unglaublich komisch, war total begeistert und hat sich dann zu mir umgedreht und gesagt, weißt du was, später gehe ich mit Jonas ins Kino. Ich sage also, ach wie schön, wie romantisch, und sie nur: nein, rein freundschaftlich. Wer's glaubt.

Aber Lucy ist auch einfach so, sagt Jelena, sie ist nicht die Person für was richtig Festes, oder? Sara fügt hinzu, rein freundschaftlich habe Lucy ja quasi mit dem ganzen Freundeskreis geschlafen, und Piet findet, es sei doch dann ein Zeichen, dass sie dieses Mal nicht sofort mit Jonas ins Bett gehe, sie habe nämlich, so Karim, ihn nach dem Kino zum Abschied lange umarmt, statt mit ihm nach hause zu gehen, sie habe ihm gesagt sie müssten sowas öfter machen, und das, sind sich alle einig, sei auf jeden Fall ein Zeichen.

Er hat gesagt, dass er verliebt ist, sagt Sara, er hat es mir heute nachmittag erzählt. Wir haben uns zum Mittagessen getroffen und waren sogar, rein zufällig, in der Nähe der Galerie-
- wir sind also auf Lucy zu sprechen gekommen, erzählt Karim,
- und da hat er gesagt, führt Mona aus,
- dass er über beide Ohren verliebt ist, dass er noch nie eine Frau wie Lucy getroffen habe und er eigentlich seit Jahren schon Gefühle für sie hat, und dass er deshalb auch seine Beziehung beendet hat.

Lucy sei, laut Karim, ganz klar die Hauptfigur, und seine Exfreundin, so Sara, sei eigentlich immer 'die andere Frau' gewesen, es sei doch schließlich Lucy, die mit Jonas und ihren engsten Freunden jedes Jahr Silvester in der Berghütte feiere.

Gerade geht es ihm so gut mit der Entwicklung, weiß Jelena, dass sein Waschproblem nachgelassen hat, er hat mir seine Hände gezeigt, sie sahen ganz normal aus, ganz rein.

Natürlich wär es einfach schön, wenn die beiden so richtig zusammenkommen, überlegt Mona, aber sie kann sich ja auch nicht über Nacht einfach ändern. Sie habe sich schon immer vor langfristigen Vereinbarungen gescheut und auch wenn Jonas total verliebt sei, gibt Sara zu, Lucy habe ihr auch gesagt, dass sie sich nicht so ganz sicher wäre, was das zwischen ihnen sei.

Dafür habe er absolut kein Verständnis, sagt Piet zu seinem Freund Giorgio, Lucy wisse ja wohl über Jonas' Gefühle Bescheid, und es sei schon ziemlich übel, wenn sie einfach mit ihm schlafe, ohne selber auch an etwas Langfristigem interessiert zu sein. Ob man da überhaupt von Konsens reden könne. Vielleicht, sagt Karim, geht Lucy ja deshalb auch nur mit ihm ins Kino.

und ins Museum, weiß Jelena, und ins Café, und in die Filmbar, und in den Tierpark, wissen die anderen.

Die beiden haben ja schon so lange aufeinander gewartet.

Ihre Unsicherheit kommt auch daher, bestimmt Jelena, dass sie diese Art von Aufmerksamkeit einfach nicht kennt. Wann ist sie denn schon mal so richtig geliebt worden? Mona findet, dass das Quatsch ist, aber Sara widerspricht ihr, dass Lucy in den letzten Jahren schon ein paar Mal habe fallen lassen, dass es Momente gäbe, in denen sie sich einsam fühle. Sie war eben nie mit jemandem zusammen, argumentiert Piet, sie hat wahnsinnige Bindungsängste. Und sei es nicht umso schöner, sagt Jelena, dass sie mal erfahre wie es sei, einfach so geliebt zu werden, ohne, dass sie sich diese Aufmerksamkeit durch Sex suchen muss? Ich weiß nämlich von Karim, fährt sie fort, dass er bei ihr übernachtet hat, einfach so, ohne, dass irgendwas passiert ist. Mona findet immer noch, dass das Quatsch ist, und behauptet, Lucy sei der Inbegriff einer unabhängigen Frau, und das bedeute, sie brauche einfach niemanden, sie sei extrem glücklich mit ihrer Arbeit und ihrem Sexleben und dass die anderen die Sache mit der Einsamkeit sicher falsch verstanden hätten.

Hatten die beiden denn inzwischen mal was miteinander?, will Piet wissen, und alle anderen verneinen. Vielleicht ja bei Giorgios Party, überlegt Jelena, wenn ein bisschen Alkohol im Spiel ist, woraufhin Sara sagt, dass das absolut unromantisch wäre, und Mona wirft ein, dass das zumindest Lucy entsprechen würde.

Sie treffen sich in letzter Zeit fast jeden Tag, ereifert sich Sara, ich glaube, Lucy hat sich wirklich geändert. Er hat sie mit Blumen überrascht, sie von der Galerie abgeholt, er ruft sie immer in der Mittagspause an, erzählt Karim, und bekocht sie, und geht mit ihr Tanzen, und sie scheine wirklich erfreut darüber, so Mona, sie kann den Ausgleich von der Arbeit sicher gut gebrauchen, und Piet sagt, sie redet ja auch von kaum etwas anderem, als ihrer kommenden Ausstellung, sie habe zu Karim gesagt, es sei ihre erste ganz eigene Kuration, und Jonas soll, wirft Jelena ein, sich jedes Mal, wenn er in der Galerie auftaucht, dieses Comic-Bild ansehen, das sie so toll findet, mit der Frau. Kommen sie denn sicher beide zur Party?

Ich weiß nicht genau was passiert ist, sagt Piet zu Karim, nur, dass Jonas super verwirrt ist und nicht weiß, warum Lucy sich nicht mehr bei ihm meldet. Er soll super sauer geworden sein, meint Jelena, denn, so Mona zu Sara, Lucy habe die ganze Zeit mit Giorgio in der Küche am Fenster gestanden und sich unterhalten, und, das erzählt Karim, sie habe scheinbar Giorgio gefragt, ob sie kurz zusammen in sein Schlafzimmer gehen sollen, was, findet Sara, schon eine ziemlich typische Partyaktion für Lucy ist, und Piet sagt, das sei Jonas gegenüber schon ganz schön unfair gewesen, aber, fährt Mona fort, sie habe es ja dann auch nicht gemacht, als Jelena ihr gesagt habe, dass Jonas im Flur stünde und total fertig sei, sie sei ja sogar zu ihm gegangen, um mit ihm zu reden, und dann, sagt Piet, seien die beiden doch zusammen gegangen, und auch Sara ist sich sicher, dass sie aus dem Fenster gesehen habe und die beiden seien gemeinsam die Straße runtergelaufen, und Karim erzählt, wie Jonas ihn am nächsten Tag weinend angerufen und gesagt hat, Lucy habe bei ihm übernachtet, und endlich – endlich – sagt auch Jelena, sei was gelaufen zwischen ihnen, aber Lucy, und darüber sind alle gleichermaßen verärgert, sei am nächsten morgen einfach weg gewesen und reagiere seitdem auf keine seiner Nachrichten oder Anrufe, was, behauptet Mona, auch eine typische Aktion für Lucy sei, und sie sei ja später mit ihr verabredet und werde sie einfach fragen, was denn los ist.

...

Hmm, lecker, sagt Piet, was ist das für eine Soße? Das ist Dillpesto mit Sonnenblumenkernen und Knoblauch, sagt Jelena, und Öl. Sonst nichts?, fragt Sara, und Jelena nickt, sonst nichts.

…

Den Knoblauch und die Sonnenblumenkerne muss man vorher rösten, sagt Jelena, woraufhin Karim anmerkt, damit der Knoblauch nicht so scharf schmeckt, richtig?, und Jelena sagt, genau, und Sara sagt, ah, spannend.

...

Hat jemand mit Lucy-, fragt Karim, und Jelena sagt, nicht direkt- und Sara fragt, und mit Jonas?, und Piet sagt, also ich nur kurz...

…

und es war sicher kein Missverständnis?, fragt Sara, woraufhin Mona erwidert: dass du dich das überhaupt fragst, und Sara sagt, ich meine nur weil, und Piet springt ein: Jonas wirkt eben einfach nicht wie einer, der-, und er sei auch völlig fertig, beeilt sich Karim, ich war bei ihm vor ein paar Tagen und er konnte gar nicht aufhören sich die Hände zu waschen, ganz fahrig war er und ist immer wieder aufgesprungen und ins Bad gerannt, und Mona sagt: dass du überhaupt bei dem vorbeigehst.

Scheinbar, sagt Jelena, hat er es ganz anders wahrgenommen, laut Lucy hat er sie in der Galerie aufgesucht, nachdem sie sich ein paar Tage nicht gemeldet hat, und, so Piet, sie sei völlig aus der Haut gefahren, habe ihn angeschrien, sagt Sara, ihn konfrontiert, findet Mona, damit was er gemacht hat-

Aber was hat er denn genau gemacht?

Das wissen wir nicht

Sie waren auch beide super betrunken

Aber gewalttätig?

Bestimmt nicht, oder?

Lucy ist doch sonst immer zu allem bereit, ich versteh nicht-

Sag sowas nicht

Ich spreche nur aus, was alle denken

Vielleicht wollte sie es ja in dem Moment, aber später nicht mehr

Jonas ist doch nicht der Typ, der gewaltsam-

Scheinbar doch

Sie muss jetzt für immer damit leben

Und sie hatte ja vorher schon diese Bindungsängste

Und sie hatte eigentlich so gerne Sex

Sie war immer so fröhlich
Jonas muss auch für immer damit leben, mit der Anschuldigung
Mit der Tat
Aber wissen wir denn was genau passiert ist
Müssen wir das?
Ich bin am Samstag mit Jonas zum Sport verabredet, was mach ich
    jetzt?
Sag ab
Sag nicht ab
Sag ab
...
und das kommt dann alles mit dem Dill in den Mixer?, fragt Karim.
und dem Öl, bestätigt Jelena.

Es geht ihr gut, sagt Sara. Mona sagt was anderes, widerspricht Piet,
aber Jelena weiß, dass Lucy vorgestern ausgegangen ist. Ich habe sie
im Club getroffen, erzählt sie, und sie hat total gestrahlt, sie hat mich
umarmt und gesagt, wie schön es sei, mal wieder jemanden aus der
Gruppe zu treffen. Wir hatten einen super Abend, haben über alles
mögliche gesprochen, über ihre nächste Ausstellung über dieses
Maria-Magdalena Bild, Lucy hat gesagt, sie will es sich kaufen, es soll
ihr erstes richtig teures eigens gekauftes Kunstwerk sein. Sie war so
fröhlich, dass ich fast vergessen habe, dass sie ein Vergewaltigungsop-
fer ist, schräg oder? Karim sagt, dass das schon ein sehr großes Wort
sei, und Mona fährt dazwischen, dass Lucy das aber nicht vergessen
würde: sowas verändert dich dauerhaft. Sie schafft sich vielleicht eine
fröhliche Fassade, aber wir dürfen nicht vergessen was passiert ist. Am
Ende geht sie alleine nach hause und weint.

Das ist es ja, sagt Jelena, am Ende habe ich sie mit einem Typen den
Club verlassen sehen, einem Fremden, sie ist händchenhaltend und
lachend mit ihm durch den Regen Richtung Bahn gestolpert.

Jonas geht es ganz schrecklich, sagt Sara, er hat seit Tagen das Haus
nicht verlassen und will niemanden sehen. Ich wollte ihn zum Fußball
abholen, stimmt Piet mit ein, aber er hat mir nicht die Tür aufgemacht,
und die Nachbarn haben mir gesagt, es sei ein Wasserschaden entstan-
den.

Er hat mir geschrieben, sagt Karim, dass er super verwirrt ist, dass
es schon sein kann, dass Lucy recht hat, dass er sich extrem infrage

stellt seitdem, und Jelena sagt, er muss jegliches Vertrauen in sich selbst verloren haben, woraufhin Mona erwidert, dass das die Tat nicht ungeschehen mache, und es außerdem unmöglich von ihnen allen sei, überhaupt noch Kontakt zu Jonas zu pflegen, und Karim sagt zu Piet, er habe Mona darüber aufgeklärt, dass Lucy ausdrücklich gesagt habe, es sei okay für sie, wenn sie weiterhin mit Jonas sprechen würden, und Mona habe gesagt, Lucy solle sich nicht wundern, dass ihr niemand richtig glaubt, wenn sie sich weiterhin so 'stabil' verhalte, woraufhin Piet Mona anruft und ihr erzählt, dass Lucy geweint habe, als er mit ihr über die Sache – die Tat, korrigiert ihn Mona – gesprochen habe und er ihr natürlich glauben würde.

Ich frage mich, sagt Jelena zu Sara, ob es jemals möglich sein wird, noch mal mit beiden in den Urlaub zu fahren oder sowas, und Karim fragt sich Mona gegenüber, wie es denn dieses Silvester aussehen sollte (dass du dich das überhaupt fragst), aber Piet weiß von Sara, dass Lucy gesagt habe, sie würde über Silvester mit diesem Typen, den sie im Club kennengelernt hatte, wie war sein Name? - Solomon – wirft Jelena ein, und Piet fährt fort, Lucy wolle über Silvester mit diesem Solomon in den Urlaub fahren, das würde die Frage ja vielleicht etwas vereinfachen, aber Mona beharrt darauf, dass sie nicht mit Jonas Silvester feiern möchte, was, überlegt Sara, Karim natürlich in eine schwierige Situation bringe, da diese Berghütte schließlich seinen und Jonas' Eltern gehöre, wie solle Karim jetzt also allen die Situation erklären?

Sara erzählt, dass Lucy ihr vor ihrer Abreise noch das Bild zeigen wollte, dass sie jetzt über ihr Sofa gehängt hatte. Es sei schön gewesen, Lucy so zufrieden zu sehen, und schön auch, sagt Jelena, dass sie jetzt doch, trotz allem, jemanden gefunden hat, woraufhin Karim sagt, er wisse von Mona, dass Lucy gesagt habe, sie würde es nach dem gemeinsamen Urlaub wieder beenden wollen. Das habe sie auch Sara gegenüber angedeutet und gesagt, sie wisse, dass das allen anderen nicht in den Kram passt, woraufhin Karim fragt, was das denn bitte heißen solle. Sara erklärt, sie habe es mit einem Lachen gesagt. Dabei saß sie auf ihrem Sofa unter ihrem neuen Bild, sie und die Comic-Maria Magdalena in gleicher Pose zurückgelehnt, sie sahen fast identisch aus, nur habe vor Lucys Mund die Sprechblase gefehlt.

NO STORY IS MINE
CLARA LEINEMANN
Traduzione in modo creativo di Elena Pineschi

Sara chiede se hanno saputo che Jonas si è lasciato.

Mona rivela che anche Lucy ovviamente ne è già informata – chissà perché ha cantato per l'intera giornata girovagando tra le nuove opere artistiche.

Per Kalim sarebbe un bene se questa fosse la volta buona: che succeda qualcosa tra i due, di reale.

Piet confida che ha notato una sfumatura nuova negli occhi di Lucy quando è passato dalla galleria, mentre lei attaccava una parola all'altra. Non faceva che dichiararsi entusiasta per un certo pannello: un'imitazione comica di un Caravaggio, in cui Maria Maddalena stava abbandonata su uno schienale. Un fumetto grottesco riportava "no story is mine", nessuna storia è mia. Lucy soffiava dal naso piccole risate a sbuffi, doveva trovarlo davvero divertente. È solo in modo disattento che, alla fine, ha aggiunto che sarebbe andata al cinema dopo. Con Jonas. Piet allora le ha fatto qualche commento; lei, con gli occhi sul fumetto, ha detto che non era nulla.

Ma Lucy è fatta così, ripete Jelena, punto e basta.

Figurarsi, rincara Sara, è andata a letto con l'intera cerchia di quelli che dovevano essere suoi "amici".

Allora? Kalim vuole sapere se si sono riuniti solo per parlare di Lucy.

Per Mona deve essere un segno se con Jonas non l'hai mai fatto – i due si sono salutati dopo il cinema, giusto?

Anche a Piet risulta così, nonostante Lucy abbia ripetuto a Jonas diverse volte che era bello stare di nuovo in quel modo, il loro modo, loro due insieme.

Mona ha saputo che lei gli ha addirittura proposto di vedersi più spesso. E questo un segno lo deve per forza essere, anche se non è chiaro di cosa.

Mona non è stupita dal fatto che Jonas provi per Lucy qualcosa di tanto diverso dal resto – ed è ovviamente per questo che ha buttato via l'ennesima relazione, anche se stavolta sembrava seria.

Ma questo si sa: sì perché è solo Lucy che lo fa ridere, Lucy l'unica che ha conosciuto i suoi genitori, solo Lucy riesce a farlo arrabbiare con quel modo di martoriarsi le mani.

Ma come si fa a non innamorarsi di Lucy, della sua idea, chiede Sara.

Per Kalim la presenza di lei è stata esclusiva sempre, da ogni serata al pub fino al tradizionale Capodanno insieme in montagna.

Con nonchalance, Jelena riferisce che i lavaggi compulsivi di Jonas sono diminuiti – che il suo andamento positivo sia per Lucy o solo in vista di Lucy?

Piet, forse insinuando qualcosa, riporta in merito a ciò aneddoti dal loro spogliatoio di calcio.

Tuttavia Mona non vuole negare che potrebbe essere una cosa bella, per un certo verso.

Chissà quale verso, per quale dei due.

Basta – Sara rivela che Lucy per prima non è del tutto sicura di cosa ci sia tra loro, adesso o prima. Come d'altronde ha sempre evitato qualsiasi legame a lungo termine.

A Giorgio, informato da Piet, sembra che sia Lucy a subire eccessive pressioni, se in fondo non le interessa. Jonas non può vedere la situazione in modo oggettivo, per quelle sue fissazioni.

Kalim ribatte che proprio per questo spetterebbe a Lucy: non può non riconoscere i sentimenti di lui, per cui è davvero opportunista se ci va a letto comunque – è successo alla fine, no?

Insomma, sbotta Mona, dovrebbe essere consensuale se fosse una cosa che non pesa. Per quanto Jonas possa essere consapevole… Per quanto ognuno possa essere in qualche modo consapevole. Di sé, degli altri.

In teoria no, risponde Sara, dovrebbero andare solo al cinema.

Anche al museo, sa Jelena.

Anche in diversi bar, anche al parco, e si vedono sempre anche alla galleria: ognuno di loro lo sa. Possibile che qualcuno non lo sappia?

Jelena sa da Kalim, o forse è Piet che lo sa da Mona, che Lucy ora dorme anche da Jonas, ma dormono. Tutto qui, solo insieme: questo può essere…

Non si può identificare così chiaramente una "colpa" per Jelena – Lucy è anche insicura, non si rende conto di come si gestiscano quel genere di attenzioni, di cosa possa significare riceverle.

In fondo quando mai Lucy si è sentita capita, oltre che desiderata?

Ma Mona trova che sia una stronzata.

Sara non è d'accordo, neppure con se stessa: insomma negli ultimi anni Lucy ha deluso molte persone, ma si è anche sentita molto sola e...

E allora perché non ha mai provato a impegnarsi con qualcuno?

Kalim crede che una cosa sia la paura e un'altra la solitudine.

Non sarebbe bello essere amati proprio così?

Piet si interroga su come sarebbe sperimentare davvero il proprio essere, non sentirsi valorizzati solo tramite il sesso.

Ma Mona trova ancora che sia una stronzata – per lei Lucy è l'epitome di una donna che non ha bisogno degli altri, che le basta avere un lavoro che la faccia sentire realizzata e una vita sessuale che la faccia sentire potente.

Non tutto può essere giustificato con la solitudine.

Cosa sta succedendo tra quei due? Tutti lo vorrebbero sapere, ma a quel che sanno non è capitato nulla. Solo che come si fa a sapere cosa ci sia, davvero, in quell'aria che respirano insieme, la notte, Lucy e Jonas.

Forse avverrà alla festa di Giorgio, istiga qualcheduno, con un po' di alcool, ma per altri sarebbe davvero offensivo se accadesse così, dopo tutto questo tempo – non che Lucy si farebbe problemi per questo, comunque. C'è al contrario chi si arrabbia, perché Lucy è davvero cambiata e sta con Jonas ogni giorno ormai. E certo, perché lui le porta il pranzo in galleria, oltre che i materiali e gli incoraggiamenti che le servono, poi torna a prenderla alla sera, poi cucina per lei. E lei non va più a ballare ma sembra contenta lo stesso, e figurarsi – qualcuno fa il verso a qualcun'altro – visto che, al solito, Lucy non fa che cercare un tornaconto. Altroché, Lucy non ha in testa che la mostra che sta organizzando, è solo di quella che parla sempre a tutti, d'altronde, ne è così fiera, è la prima curatela che gestisce interamente da sola. Intanto c'è chi sussurra che l'unica cosa che Jonas dovrebbe fare, quando va in quella galleria, sarebbe guardare davvero l'imitazione comica con la donna, quella che quell'altra donna ama tanto...

Sai quando arriva lei?

Dov'è lei?

Lucy è già alla festa.

Guarda come lui si contorce le mani.

Da quando lei e Giorgio si parlano in quel mondo?

Non posso crederci – davanti a tutti così.

Jonas vuole stare a fissarli per tutta la sera?

Davvero lo sta facendo?

Lucy non ha nessun rispetto di lui.

Neanche di noi, cristo.

Pensi che ne abbia di sé?

Jonas non può farsi questo.

Dovremmo…?

Secondo te?

Piet dice a Kalim che non sa esattamente cosa sia successo dopo la festa, mentre già si dice in giro che Jonas le ha fatto quella scenata. Jelena dice che ci mancherebbe dopo che Lucy è stata su quel davanzale con Giorgio tutta la sera, cristo. Mona però dice che a farlo arrabbiare non doveva essere il fatto di Giorgio, ma Lucy.

E chissà cosa Lucy diceva a Giorgio, con quella voce alta sopra la musica, ma allo stesso tempo sussurrata nel suo orecchio… Piet dice che Giorgio gli ha riportato molte delle cose dette da lei – che per fare più bella figura è meglio non dire adesso – e tra queste c'era anche la proposta di andarsene in camera. Cosa vuoi che ci sia di strano, Sara dice, dato che Lucy ha detto cose di quel tipo mille altre volte, a mille altri ragazzi, nel suo "comportamento da festa".

È stato scorretto verso Jonas, stava dicendo nel mentre Kalim, senza nessuna scusa, però Mona dice che almeno non ci sono andati davvero, in camera, con Jonas che piantonava così il corridoio. Al contrario Lucy è andata da lui a dirgli qualcosa, e Piet dice che poi perfino Giorgio li ha visti rincorrersi per strada, come tutti dicono in giro, mentre Lucy e Jonas si dicevano parole che però nessuno sa dire.

L'unica cosa Kalim che può dire è che Jonas l'ha chiamato, anche se solo per dirgli che era molto confuso e che Lucy non era più a casa sua la mattina dopo.

Per un po' tutti dicono cos'hanno sentito oppure cosa pensano si siano detti quei due e soprattutto cosa pensano che abbiano fatto.

Alla fine, Jelena non ce la fa più e dice che è davvero successo qualcosa, alla fine.

Per un attimo nessuno dice niente.

Poi tutti iniziano a dire che tutti l'avevano già detto, che sono scioccati, che c'era da aspettarselo, che è un comportamento indecente, che tra il dire e il fare, che Lucy è proprio quello che è, che potranno ben fare quello che vogliono, che hanno scelto entrambi e che erano entrambe scelte sbagliate.

Mona dice che anche lei sa qualcosa che forse farà dire commenti più centrati: Lucy le ha detto che quella mattina si è chiusa in bagno perché non riusciva a smettere di piangere, in particolare per le cose che Jonas le avevo detto la sera prima e per tutte le pressioni che lei si sentiva addosso. Allora è scappata senza far rumore e non ha più risposto a nessun messaggio o chiamata di Jonas.

Ora che Mona l'ha detto a tutti gli altri, loro dicono di essere infastiditi, ma non dicono bene da chi o da che cosa.

Sara dice che nel pomeriggio incontrerà Lucy, perché lei vuole assolutamente dire delle cose. Allora Sara gliele vuole lasciar dire: basta dire cose su altre cose dette. Basta dire – bisogna capire cosa sta succedendo.

«Hum delizioso, che tipo di salsa è?» Piet si passa un labbro sull'altro.

«È solo pesto di aneto» sminuisce Jelena.

Sara taglia un altro pezzo di salmone: «Davvero buonissimo.»

«Sì sì» si sente in sottofondo, tra i movimenti di mandibole.

«Di cosa è fatto?»

«Semi di girasole e aglio... E anche olio.»

«Nient'altro?»

Jelena scuote la testa, nient'altro.

«Quindi...?»

Jelena si guarda intorno per capire se la domanda sia di nuovo per lei, poi riprende: «Quindi come prima cosa si arrostiscono l'aglio e i semi di girasole.»

«Così che l'aglio non prenda un sapore troppo piccante, vero?»

Jelena fa un cenno a Kalim.

Mona non sapeva si ottenesse così quella nota. È qualcosa di nuovo in bocca.

Piet si passa sulle labbra anche la punta della lingua.

Qualcuno tossisce.

«Per caso Lucy...?»

Scuotimenti di testa.

Kalim si allunga verso la bottiglia.

«E Jonas invece?»

«Solo di fretta.»

Sara manda giù un boccone.

«Quindi siamo certi che non sia un malinteso?»

Mona sbatte gli occhi più volte.

«Lo chiedi proprio tu?»

«Guarda che chiedevo solo perché…»

«Jonas non sembra uno che lo farebbe.»

«Dai ragazzi, smettiamola.»

Kalim strofina il piede per terra.

«Entrambi erano arrivati al limite però. Quell'insieme di cose dette era…»

«Altroché, ma soprattutto quelle non dette, per tutte le volte alla galleria, o al pub, o al parco…»

«Qualche giorno fa l'ho visto: non diceva nulla, ma non la smetteva.»

«Sì anche quando sono passato io a casa sua se le lavava compulsivamente.»

«Perché sei passato da lui?»

«E perché non avrei dovuto farlo? Rimane un nostro amico.»

«Io non riesco proprio a credere che "quel nostro amico" abbia fatto una cosa del genere.»

«E allora non dovremmo fidarci di Lucy? Anche lei è "nostra amica" per l'amor di Dio…»

«Lei però non riesce a smettere di raccontare versioni su versioni… chissà perché.»

«L'unica versione è quella, non lo negate. Lui è andato dai lei in galleria. Ed era fuori di sé, insomma urlava… e la offendeva… e faceva quei suoi gesti con le mani… e la obbligava a parlargli… e l'ha fatto. Oddio non riesco nemmeno a dirlo, ma l'ha fatto e basta.»

«Non azzardarti nemmeno a dire quella parola.»

«Era ubriaco!»

«E questo giustifica la violenza e…?»

«Non sappiamo se lo sia.»

«Anche negare è già violenza.»

«Ho detto basta dirlo.»

Kalim butta giù l'intero bicchiere, Piet prende un'altra porzione di salmone, Mona si sfrega gli occhi, Sara tossisce, Jelena tiene la testa bassa.

«Io comunque gli ho promesso che domani sarei andata a fare la spesa per lui.»

«Non dovresti.»

«Sì invece.»

«Non parliamoci sopra.»

Una posata cade a terra.

«Quindi cosa dovremmo...?»

Nessuno scosta la sedia per raccoglierla.

«Ancora non capisco cosa si faccia poi con l'aglio: insomma, si toglie e basta dopo averlo fatto insaporire in padella?» chiede Sara.

Jelena scuote la testa.

«Eppure io non ne ho sentito neanche un pezzo» interviene Piet.

Kalim ammicca: «Basta frullarlo con l'aneto, no?»

«E anche con i semi di girasole. E anche con l'olio, quindi» conclude Mona.

Jelena stavolta annuisce.

Secondo Sara Lucy sta meglio, anche se Kalim dubita che possa essere davvero così. Mona prova a contraddirlo, ma Jelena l'ha incontrata l'altra sera al pub e sembrava leggera – com'era al suo solito. Era contenta di vedere di nuovo qualcuno del gruppo: dovremmo uscire più spesso. Le due hanno preso una birra, Lucy ha deciso di comprare la caricatura di Maria Maddalena come suo primo acquisto importante. Non sembrava affatto una vittima.

Vittima – questa parola è troppo grossa per Piet, per non parlare di quella che dovrebbe seguire.

Quando si è stati vittima si può smettere di esserlo? O una parte di te lo rimane, e non c'è verso di uscire da una dimensione dii violenza?

Mona non riesce a pensare a cosa si porti dentro quella parola – che è violenza di pensiero, di corpo, di considerazione di sé, di progetti, di così tanti passaggi casuali davanti alle vetrine, agli specchi, ai finestrini della metro che scorre via. Mentre Lucy è quella che rimane lì.

Dal bar Lucy se ne è andata dopo poco: ha abbracciato Jelena e poi si è confusa tra le altre persone, tra la musica. Racconta che è solo riuscita a vedere Lucy di sfuggita mentre usciva con un ragazzo sconosciuto che le teneva un braccio intorno alla vita. Ridevano senza parlarsi.

Seconda Sara Jonas sta sempre peggio, non esce e non vuole vedere nessuno. Mona pensa che non voglia farsi vedere da nessuno, piuttosto. Piet gli ha portato la spesa alcune volte, ma gliel'ha lasciata sul pianerottolo, i vicini non lo incontrano da giorni e gli hanno dovuto infilare un foglio sotto alla porta perché a quanto pare ci sono stati dei problemi con l'acqua.

Kalim è l'unico ad averlo sentito, anche se solo per messaggio – poche frasi scarne, invii spezzettati: Jonas stesso non sa più cosa sia successo.

Ha perso fiducia in sé? Di certo non spetta a Mona fargliela ritrovare.

Jelena non gli ha più parlato, ma Lucy per prima le ha detto che dovrebbe.

Lucy invece dovrebbe proprio smetterla di comportarsi in modo non catalogabile: Piet non è più riuscito ad approcciarsi a lei.

Kalim ancora non capisce a chi credere.

«Entrambi negano, in qualche modo: la questione non dovrebbe sparire nel nulla.»

«Di sicuro chiamarla questione invece che crimine non aiuta.»

«Dovrebbe almeno cercare di modificarsi dopo quello che è successo.»

«A chi dei due ti riferisci?»

«È Lucy qui la vittima, lo volete capire?»

«Non credo che Lucy vorrebbe essere chiamata così. E a quanto pare non si comporta nemmeno come tale.»

«Mentre Jonas...»

«Per forza ci deve essere una vittima sola?»

«Di sicuro c'è un carnefice.»

«Per forza questo deve essere uno solo?»

«Possiamo smetterla? Sembrano termini da Medioevo.»

Vorrei sapere, chiede Sara, se sarà mai possibile avere di nuovo il nostro Capodanno in montagna, o anche solamente un'uscita al pub tutti insieme.

Kalim neanche ci pensava più al Capodanno, Jelena non crede nemmeno che abbia senso.

Piet li interrompe – sa che Lucy festeggerà con il nuovo ragazzo del pub che a quanto pare sta continuando a vedere.

Com'è che si chiamava? Mona non lo ricorda.

Solomon, le risponde Piet che alla fine ha parlato con Lucy al telefono: sarà più facile dato che lei non ci sarebbe in ogni modo per il cenone.

Mona non trova che ci sia niente di facile, visto che non ha intenzione di andare insieme a Jonas.

Sara domanda a Kalim come ha intenzione di risolverla, dato che dopotutto la casa è dei suoi genitori.

Ma la decisione non è singola – sono stati lì insieme fin da quando erano bambini e Kalim sente che la casa è sua quanto è loro, o quanto è di Lucy o quanto di Jonas. Era la casa del gruppo.

Prima che tutti se ne andassero da casa sua, Lucy ha voluto mostrare loro la caricatura che ha sistemato sopra il letto.

È stato bello che durante la cena lei fosse così spensierata, come ai vecchi tempi, ma anche gentile, anche più attenta. Spesso si girava verso Solomon, gli faceva un cenno con il capo, per poi ricominciare a tenere insieme tutti gli altri – ha chiesto a Mona se avesse risolto quel problema familiare, faceva battute sulla partita di calcio di Piet, più di una volta ha appoggiato una mano sul ginocchio di Jelena, ogni bicchiere finito da Kalim gli ha chiesto se ne volesse un altro, che se lo meritava dopo le settimane che stava avendo al lavoro.

Poi la cena è finita. Mentre Solomon è uscito col suo cane, che ora vive a sua volta a casa di lei, Lucy ha insistito per portarli tutti in camera da letto.

Si è appoggiata alla testiera, guardando le loro facce mentre loro guardavano Maria Maddalena, appena sopra di lei.

Lucy ha detto che sapeva che Solomon non li convinceva.

Piet è stato il primo a negare, seguito a ruota dalla voce acuta di Sara.

Lucy ha soffiato dal naso, come una risata sospesa.

Mona ha chiesto più volte degli esempi, Kalim solo cosa avrebbe dovuto significare questa sua frase.

Lucy ha alzato un po' le spalle, ha girato il collo in maniera scattosa verso il pannello.

Jelena ha abbozzato che fosse il comportamento di Lucy a non essere convincente, né limpido, non certo un loro giudizio verso Solomon.

A Lucy sono comparse le fossette ai lati delle labbra.

Maria Maddalena continuava a dire quel suo "no story is mine".

Lucy non ha detto altro.

TANDEM
GRETA KÖHNE
LUCIA MASETTI

Kommentar von Greta Köhne

Ich war aufgeregt, als ich das erste Mal die Kurzgeschichte von Lucia las – es war, als würde sich der Text bewegen. Mich schienen alle Wörter anzuspringen, deren Bedeutung ich mir nicht direkt sicher war. Andere Formulierungen schienen zu schillern, sich wohl Gewiss darüber, dass ich sie mir noch lange ansehen würde und all ihre Schattierungen mit prüfendem Blick beobachten würde.

Es tat sehr gut zu wissen: ich hab Zeit. In dieser Zeit kann ich mir den Text wieder und wieder durchlesen – und wenn er am Anfang wie eine wilde Mähne Haare war, ihn immer mit den Fingern zu durchfahren und Strähne für Strähne, Satz für Satz auseinander zu lesen.

Dann hatte ich in meinem Postfach eine Mail von Lucia, eine nette Mail mit lauter aufmerksamen Fragen an meinen Text. Das freute mich und gleichzeitig hatte ich ein schlechtes Gewissen: diese gegenseitige Arbeit des Einander-Übersetzens kam mir in dem Moment wie eine Gruppenarbeit vor, für die sie schon lauter Vorarbeit geleistet hatte und ich noch nicht.

Das löste sich zum Glück auf, als wir uns trafen. Beinah auf der Straße saßen wir, in einem Café in Bologna und konnten uns direkt über unsere Texte unterhalten und uns gegenseitig Fragen beantworten.

Ich bin Lucia sehr dankbar, dass sie den Weg auf sich genommen hat und mich in meiner Erasmus-Zeit in Bologna besucht hat, so konnten wir beide Punkte, an denen wir gehadert hatten klären und ziemlich flott danach unsere Übersetzungen abschließen.

Lucia gab mir beispielsweise grünes Licht, die Darstellungen der drei Frauen, die in ihrer Geschichte geheiratet werden leicht zu verfremden und somit vorgegebene Geschlechterrollen spielerisch zu handhaben.

Nachdem also das erste Mal eine Geschichte von Lucia ins Deutsche übersetzt wurde und eine Geschichte von mir ins Italienische, bin ich sehr gespannt, die Geschichten der anderen Tandems zu lesen und hören und freue mich auf das Wochenende in Wiesloch!

Non avendo mai tradotto prima un testo letterario, per me il racconto di Greta è stato un'avventura entusiasmante. A una prima lettura il senso mi era parso abbastanza chiaro, nonostante l'intreccio di piani temporali e l'ambiguità della voce narrante. Ma quando mi sono messa effettivamente a tradurlo mi sgorgavano domande a ogni passo; vocaboli dall'apparenza normalissima si rivelavano come un ventaglio di possibilità, ciascuna con diverse implicazioni e sfumature.

Ho scelto sempre le alternative che mi sembravano più fedeli allo spirito del testo, tuttavia ho lasciato le determinazioni geografiche volutamente nel vago. Le tematiche di Greta, infatti, si adattano sia alla società tedesca che a quella italiana, sebbene alcuni particolari rivelino ancora il contesto originario in cui sono stati pensati. E questa è stata un'altra sorpresa: quanto i nostri paesi possano essere simili nelle cose grandi, ma differire in quelle piccole.

L'aspetto scuro e compatto del pane, per esempio, in Italia è proprio solo di alcune tipologie di pagnotte, mentre in Germania è evidentemente la norma, tanto da destare lo sconcerto dei protagonisti. Anche l'accenno alle parole "lunghe e difficili", sebbene possa valere anche per l'italiano, è ancor più vero per il tedesco, la cui inventiva linguistica è leggendaria e piuttosto confondente per gli stranieri. Perfino le metafore, anche se simili nella sostanza, non sono del tutto equivalenti. Sonnenspalt letteralmente sarebbe una "fessura" di sole, ma girandola in italiano mi è parso più opportuno ricorrere a un'immagine affine: "spicchio di sole".

Fondamentale poi è stato il confronto con Greta, che per circostanze fortunate è potuto avvenire in presenza, a Bologna. È stato splendido poter chiarire con lei i miei dubbi e verificare di aver inteso correttamente alcuni passaggi (scoprendo talvolta di averci letto tutt'altro rispetto all'intenzione originale). Mi si è chiarita meglio, inoltre, la natura sfuggente del "noi" parlante, che alterna e fonde la prospettiva degli immigrati con quella degli studenti universitari.

Del resto è sempre bello vedere il volto dietro a un testo, in particolare se è un volto simpatico come quello di Greta. Quando leggi un racconto, o un romanzo, l'autore è naturalmente sempre presente, in qualche modo lo conosci attraverso ciò che ha scritto. Quando poi esce dalle pagine… a essere onesta, è un po' come incontrare un unicorno.

BELLE ÉPOQUE
LUCIA MASETTI

Conobbi i gemelli Dora molto prima che diventassero semplicemente "i gemelli". I loro genitori erano morti da poco in un incidente d'auto e, siccome non avevano altri parenti, fu stabilito di affidarli allo zio materno, vale a dire a me. Io naturalmente ero l'unico a essere in disaccordo: gli affari della galleria andavano a gonfie vele e io non avevo certo tempo da dedicare a ragazzi problematici. Oltretutto la casa era modellata sulle mie esigenze di scapolo: stravagante, raffinata, piena di oggetti preziosi dalla soffitta alle cantine. Insomma, quanto di più lontano potesse esistere da un focolare di famiglia. Rifiutare, d'altro canto, sarebbe stato quasi impossibile, oltre che terribilmente lesivo per l'immagine.

Così li introdussi in casa mia e, fin dal primo giorno, mi imposi di mantenere un polso fermo: comandai loro di toccare il meno possibile gli oggetti di casa e, auspicabilmente, di farmi dimenticare la loro presenza. Devo dire che mi obbedirono. Negli anni che seguirono quasi non li sentii: appena tornati da scuola sparivano nella loro camera, in assoluto silenzio. Lì restavano fino alla sera, quando la governante serviva loro la cena; dopodiché si defilavano di nuovo, lasciando la casa a mia totale disposizione. Dapprima fui molto soddisfatto del loro riserbo, ma presto quella convivenza occulta cominciò a rendermi nervoso. Presi a domandarmi cosa potessero fare in camera tutte quelle ore e talvolta mi sorprendevo con l'orecchio teso ai loro scalpiccii sul pavimento, simili allo zampettare dei topi.

Un giorno, approfittando della loro assenza, decisi di entrare in camera per controllare, ma la trovai chiusa a chiave. La domestica mi riferì che i gemelli eseguivano da sé le pulizie e non lasciavano entrare nessuno. Lo trovai inaccettabile: era assurdo che a me, il proprietario, venisse interdetto un angolo qualsiasi della casa, allo scopo di tessere chissà quali piani sotto il mio tetto. Il giorno stesso chiamai un fabbro e, sotto lo sguardo cupo dei gemelli, feci cambiare la serratura, di cui conservai l'unica chiave. In quell'occasione ebbi modo di verificare che la camera non conteneva nulla di allarmante, solo una grande quantità di schizzi e bozzetti. La cosa mi sorprese, ma non troppo. Sapevo già, dalle notizie che mi arrivavano dalla scuola, che tutti e tre erano molto bravi nel disegno, e possedevano inoltre uno spiccato gusto per la moda. Del resto i genitori avevano guadagnato un'ottima posizione in campo tessile, quindi si poteva dire che i gemelli fossero cresciuti tra le stoffe. Un'anima presaga avrebbe forse fiutato in quel momento la futura fortuna; ma io non mi sono mai occupato di arti minori, e del resto un successo così ben pochi avrebbero potuto prevederlo.

È vero che avrei potuto farmi consegnare la chiave direttamente dai gemelli, evitando peraltro la spesa del fabbro. Mi giustificai dicendomi che era necessaria un'azione esemplare per piegare la loro ostilità; ma in realtà penso che, per qualche motivo, fossi restio ad affrontarli direttamente. Da quel momento la situazione andò peggiorando. I gemelli divennero ancora più schivi, a malapena mi rivolgevano la parola quando li interrogavo. Si muovevano per casa come delle ombre e più di una volta sobbalzai trovandomene uno alle spalle senza averlo sentito arrivare. Quando per caso li incrociavo nei corridoi o sulle scale loro si facevano da parte per farmi passare, lo sguardo ostinatamente fisso sul pavimento; eppure allontanandomi avvertivo un formicolio alla nuca, come se lo sguardo dei gemelli vi restasse conficcato.

La loro presenza mi inquietava sempre di più. Né la loro intelligenza migliorava le cose: fossero stati più ottusi mi sarebbe stato facile ignorarli, invece a scuola erano tra gli allievi più brillanti; del resto bastava cogliere un istante il loro sguardo per notarne la luce astuta e grave. A volte avevo perfino l'impressione che comunicassero senza parlare, tanto i loro movimenti parevano sincronizzati e le loro reazioni identiche, quasi le avessero concordate in anticipo. Ricordavo di aver letto qualcosa a proposito della telepatia dei gemelli, ma continuavo a ripetermi che erano tutte sciocchezze. Ad ogni modo fui molto sollevato quando, appena compiuti i diciott'anni, i gemelli mi comunicarono la loro intenzione di andarsene. Gli diedi quanto gli spettava dell'eredità dei genitori, e fu tutto.

Per anni non ebbi più notizie di loro. La galleria, peraltro, assorbiva tutte le mie energie: la fama che avevo raggiunto era notevole, ma non mi bastava mai. Mi lanciai in acquisti sempre più arrischiati. Fortunatamente mi fermai prima di colare a picco, ma non prima d'aver accumulato perdite ingenti. A un certo punto, mentre lottavo con le mie finanze, cominciai a sentire parlare dei gemelli. I loro abiti acquisivano sempre più notorietà, se ne parlava a Parigi, a Londra, a Milano. Fu in quel periodo, credo, che misero a punto il loro celebre logo, i tre anelli d'oro intrecciati; del resto l'oro, così simile al cognome Dora, era il loro naturale marchio di fabbrica. Naturalmente feci del mio meglio per ignorare la loro ascesa, ma presto essa divenne inarrestabile. La società milanese li elesse a propri beniamini, e non riuscii più a entrare in un salotto senza che prima o poi mi venisse fatto il loro nome. Infine mi vidi recapitare a casa un invito per la presentazione della nuova collezione Dora. Lo presi subito per quello che era, una sfida, ma non pensai neppure lontanamente di non andare. Misi il mio abito più ricercato, di uno splendido velluto viola, e l'anello d'oro di famiglia. Guardandomi allo specchio mi sorpresi a pensare di essere ancora un uomo piacente e mi domandai solleticato in quale compagnia sarei rientrato a casa quella notte.

Il mio buon umore resse per gran parte della serata, sorretto – se devo essere del tutto franco – anche da qualche bicchiere. I gemelli non erano cambiati: sempre alti, magri e seri, inquietantemente identici. Mi aspettavo che sarebbero subito venuti da me per pavoneggiarsi, invece sembrarono quasi non notarmi. Si muovevano qui e là con i movimenti felpati e sincroni che ben gli conoscevo, tanto che sembravano sempre presenti in qualunque posto. La loro indifferenza mi snervava e mi resi conto che la mia voce cominciava ad assumere un tono stridulo. Mi impegnai comunque per divertirmi, tanto che la signora seduta al mio fianco non smetteva un istante di ridere.

Infine, allontanatomi per procurare un altro bicchiere alla mia dama, mi vidi circondare all'improvviso dai gemelli. Mi accorsi per la prima volta che erano un poco più alti di me. Con tono gelidamente cortese si informarono sulla mia salute e sui miei affari e per finire mi comunicarono che, data la situazione, sarebbe stato inevitabile che le nostre frequentazioni mondane si incrociassero. Mi esortarono quindi a indossare una maschera di cordialità, dal momento che sarebbe apparsa strana troppa freddezza tra zio e nipoti. Ovviamente ciò non avrebbe implicato nessuna famigliarità reale. Concordai e ci separammo con reciproca soddisfazione. Quando porsi il bicchiere alla signora lei mi domandò come mai mi tremasse la mano; le risposi di essere stanco, e andai a casa da solo.

Nei mesi successivi, come previsto, mi capitò più volte di incrociare i gemelli. In realtà avevano tutte le carte per il successo: le signore erano innamorate delle loro creazioni, affascinate dal loro aspetto, commosse dal loro passato tragico. Ci fu il giusto numero di scandali e il pettegolezzo se ne nutrì gioivalmente. Tuttavia nessuno dei gemelli perse mai la testa; sembrava che ogni loro gesto fosse calibrato, perfino quando allungavano la mano verso il vassoio dei tramezzini. Quando comparivano nei salotti erano sempre al centro dell'attenzione, ma la cosa non sembrava né lusingarli né imbarazzarli. Mi parve che il loro sguardo fosse diventato gelido come quello di una lucertola; ma forse ciò dipendeva solo dal fatto che non lo tenevano più fisso a terra come un tempo. In ogni caso guardarli mi comunicava un'insistente sensazione di freddo e spesso sentivo dei brividi scendermi nelle ossa, come se avessi la febbre. Accampando pretesti di salute cominciai a dilazionare le mie comparse in società; nessuno sembrò dispiacersene.

Date le premesse mi divertì scoprire che i gemelli avevano deciso di applicare la loro creatività agli abiti da sposa. Nessuno mi sembrava meno indicato di loro per rivestire trepide sposine; ma la moda, si sa, è cieca. I loro abiti fecero furore anche in quel campo, nonostante i prezzi proibitivi, e i tre anelli incrociati divennero uno dei marchi più richiesti. I gemelli erano con tutta evidenza il fenomeno del momento. Ma, come tutti i fenomeni, cominciarono infine a mostrare qualche segno di rallentamento, del che io segretamente mi rallegrai. I salotti si stancano presto delle loro creature e i gemelli non avevano sufficiente *charmes* per suscitare una vera simpatia. Possedevano però una raffinata spregiudicatezza che – me ne resi conto ben presto – compensava ampiamente quella mancanza.

La notizia del triplice matrimonio si diffuse per Milano con la rapidità del fuoco. Io stesso restai ammirato dall'arguzia e dal tempismo di quella che era indubitabilmente una trovata pubblicitaria. Conoscendo i gemelli, infatti, escludevo senz'altro l'ipotesi che si trattasse di un matrimonio d'amore, anche se mi sorprendeva un poco la scelta delle loro spose, tutte prese tra le modelle del loro *atelier*. Mi sarei aspettato che, per sfruttare al massimo le possibilità di ascesa sociale, la scelta sarebbe caduta su ragazze di ricca famiglia. Mi convinsi dunque ancor più che quel matrimonio fosse la superba vetrina che i tre scapoli d'oro avevano scelto per dare slancio alla produzione di abiti nuziali.

Ovviamente partecipai al matrimonio e, lo confesso, non vi trovai nulla da eccepire. Nessuna attrattiva della città venne trascurata: la cerimonia in duomo, sontuosa oltre ogni dire, il ricevimento in uno dei locali più *chic* del centro, la cui vetrata apriva una splendida visuale di Milano e lasciava penetrare le invidiose sbirciate dei passanti. Le tre spose sembravano appena scese dalla passerella e vedendole capii meglio il senso della scelta: nessun'altra donna si sarebbe lasciata modellare con altrettanta docilità dall'estetismo dei gemelli. La prima era bionda, con occhi di una curiosa tonalità tra l'indaco e il lavanda; anche l'incarnato era chiarissimo tanto che – come amano dire i romanzi d'appendice – sembrava intagliato nell'alabastro. La seconda sfoggiava invece una folta chioma rossa, lineamenti appuntiti da volpe, e due occhi verdi che davano un'impressione di ironica arguzia. La terza, infine, era una bellezza mediterranea, formosa, con occhi nerissimi e ardenti; le labbra, aprendosi nel sorriso, scoprivano una chiostra di denti che parevano pronti a mordere. Le osservai per tutta la giornata, sentendomi scaldare il sangue mio malgrado; i gemelli, se pure se ne accorsero, non ne sembrarono infastiditi. In effetti, più che come mariti novelli, si comportavano come collezionisti che avessero appena acquisito un importante pezzo d'arte e per i quali gli sguardi altrui sono, nonché benvenuti, desiderati.

Come ci si poteva aspettare le vendite dei gemelli ebbero una robusta impennata, e non solo in Italia. Le loro stravaganze, però, erano appena agli inizi. Non erano passati molti mesi quando mi vidi recapitare un secondo invito di matrimonio. Sulle prime pensai che fosse un disguido, ma poi mi resi conto che non si trattava esattamente dello stesso invito. Il matrimonio riguardava sempre i tre gemelli Dora, ma stavolta sarebbe avvenuto in una località di campagna del Monferrato; inoltre i nomi non combaciavano: il marito della bionda ora compariva come promesso sposo della rossa, e così via a scalare. Restai instupidito per parecchi minuti a osservare il cartoncino, poi impulsivamente afferrai il cappotto e uscii a sentire cosa ne pensava la città. Il brusio che sempre circondava i gemelli era assurto alle proporzioni di un boato. "I fratelli Dora si sposano *di nuovo!*" rimbalzava da una via all'altra, accompagnato da commenti scandalizzati e da oscure minacce di persecuzioni legali.

I gemelli, dal canto loro, non misero il naso fuori di casa né risposero ai visitatori. Tuttavia si seppe che quella sera erano attesi alla Scala e tutta Milano si precipitò in massa alla caccia degli ultimi biglietti. Mai avevo visto il teatro così gremito. I gemelli si presentarono senza le rispettive consorti e accolsero quell'assedio con una flemma, un compiacimento persino, che avrebbe risvegliato la malvagità di un santo. Spiegarono che nel primo matrimonio avevano sperimentato solo alcune delle possibili applicazioni della loro arte e che ora desideravano esplorare altri orizzonti. Di fronte alla nostra incredulità aggiunsero che non c'era terreno per un'accusa di bigamia, dal momento che il primo matrimonio era stato un falso, esattamente come lo sarebbe stato il secondo. Questa notizia provocò un istante di silen-

122

zio attonito, seguito da una repentina esplosione. La folla si sentiva in qualche modo truffata e ci fu persino qualche voce che – dimenticando la circostanza in esame – pretese il risarcimento del biglietto. I gemelli attesero che ritornasse l'ordine, e la loro calma riuscì gradualmente a raffreddare l'uditorio. Appena poterono farsi udire di nuovo ci fecero notare che nessuno poteva sollevare obiezioni sulla loro condotta: una magnifica occasione mondana ci aveva dispiegato davanti tutti i piaceri possibili, dalla tavola alla bellezza muliebre, e noi ne avevamo goduto ampiamente. Ora, per l'appunto, ci veniva offerto il bis: era forse cosa di cui risentirsi? Questo cinico ragionamento fu troppo per le orecchie dei miei vicini, e il baccano che ne seguì fu tale da costringere i gemelli a ritirarsi.

Ciononostante il secondo matrimonio ebbe, se possibile, un successo anche maggiore del primo. La cerimonia avvenne in primavera, nel pieno rigoglio della campagna. L'abbazia scelta allo scopo comunicava un senso di rustica solennità, amplificata dalla perfezione aerea del gregoriano. Il ricevimento invece ebbe luogo in una fattoria, ammesso che il nome possa ancora applicarsi a quella deliziosa finzione. Tutti gli animali erano lustri e pettinati, con nastri multicolori al collo, e qualunque sporcizia potesse crearsi era immediatamente rimossa da uno stuolo di inservienti. Si aveva quasi l'impressione di muoversi in uno scenario di cartapesta o in una fiaba per bambini; tuttavia questa esibita artificiosità aveva un effetto stranamente sollazzevole, fornendo tutti i pregi della campagna senza neppure l'ombra dei difetti.

Non mi stupii eccessivamente quando, poco tempo dopo, arrivò il terzo e ultimo invito. Di nuovo le uniche differenze erano la rotazione degli sposi e la località scelta, in questo caso la costa versiliese. Si sollevò un nuovo scompiglio, ma minore del primo: la gente cominciava ad abituarsi ai matrimoni multipli dei gemelli Dora. La cerimonia avvenne sulla spiaggia, in una luminosa giornata di settembre, e il ricevimento si prolungò fino a tarda notte: i rinfreschi vennero serviti sotto tende bianche, attorniate dalle torce e dal mormorio dell'acqua. Ci si sarebbe potuti aspettare che la partecipazione fosse minima, dal momento che non c'era nessuna ragione autentica per festeggiare; al contrario l'afflusso fu ancor più entusiasta che nei matrimoni precedenti, né minore fu l'eccitazione per gli abiti, i luoghi, i divertimenti. Ripensandoci mi chiedo se già allora non ci fosse l'oscuro presagio di una nube in via di addensamento, che ci spingeva a prediligere il falso e il fatuo. Ma del senno di poi…

Dopo i tre matrimoni a catena seguì qualche anno di relativa tranquillità. Gli affari dei gemelli procedevano con opulenza prodigiosa, frutto forse del loro talento ma ancor più della notorietà che i loro matrimoni gli avevano definitivamente acquistata. Io invece andavo avanti barcollando; in fin dei conti riuscivo a mandare avanti la galleria, ma le preoccupazioni mi assillavano. Cominciai a soffrire di insonnia. In questo periodo i gemelli divennero estremamente affettuosi con me, e ben presto capii che questa era la loro vera vendetta. Spesso e volentieri mi invitavano nelle rispettive dimore, che avevano stabilito in ciascuna delle località dove avevano tenuto i matrimoni. In inverno venivo invitato di preferenza a Milano, dove mi lasciavo risucchiare da una vita sociale pressoché frenetica; in primavera e autunno invece mi si aprivano le porte della dimora di campagna, con il suo silenzio vischioso e la sua aria di fiaba; in estate, infine, ero accolto nella casa sul mare, che mi offriva la sua sabbia bianchissima e il suono avvolgente delle onde. Per me ognuna di queste visite – che potevano durare giorni e persino settimane – era un piccolo inferno. Il successo dei gemelli mi rodeva come un tarlo e la loro stessa vista mi era ormai diventata insopportabile. Ritrovavo la convivenza ostile degli inizi, ma non più dal punto di vista del padrone.

Eppure non sapevo rinunciare neppure a un giorno di quel dolce veleno. Non tanto per le comodità del soggiorno – che peraltro non avrei potuto permettermi altrove – quanto perché i gemelli avevano costruito l'unica trappola che fosse capace di trattenermi: avevano trasformato la realtà in un quadro. Ciascuna di quelle case era perfetta, raffinatissima in ogni dettaglio e accordata in una totale armonia d'insieme. Persino le mogli vi si inscrivevano perfettamente, come se fossero state pensate – e probabilmente era così – insieme allo scenario. Ciascuna di loro era di stanza in una località precisa, mentre i mariti si spostavano spesso da una residenza all'altra, talvolta insieme talvolta da soli, senza dare troppa importanza alla donna con cui in quel momento convivevano. Del resto, appunto in grazia dei loro matrimoni multipli, erano sposati con tutte e con nessuna. La donna bionda risiedeva nella casa sul mare, e quando ero ospite da loro la trovavo abitualmente appoggiata al bianco balcone, con lo sguardo perso tra le onde in lontananza. Era vestita sempre di azzurro, con abiti che i gemelli stessi avevano disegnato, al punto che talvolta mi sembrava una nereide appena emersa dalle onde. La sposa rossa era invece alloggiata in campagna e si lasciava osservare di preferenza mentre camminava nell'erba alta, con il vento che le scompigliava i capelli. I suoi abiti erano verdi, ma variavano leggermente di colore con le stagioni. Infine la donna bruna si trovava in città, vestiva sempre di rosso, e la sua posizione tipica la vedeva intenta a guardare provocatoriamente l'interlocutore al di sopra di un bicchiere di champagne. Ciascuna di loro, così come i luoghi che abitavano, mi lasciava avvicinare quel tanto che bastava a risvegliare i miei sensi, poi mi allontanava lasciandomi in preda a una sete atroce. I gemelli guardavano tutto con i loro occhi gelidi, e talora ambiguamente sorridevano.

Preso in questa pania, ben difficilmente sarei riuscito a liberarmi se non fosse stato per un colpo di mano del destino. Una sera tornando a casa trovai ad aspettarmi un prete, che tutto affannato mi urgeva ad uscire per seguirlo al capezzale di un qualche moribondo. Seccato, gli comandai di spiegarsi meglio e aggiunsi che non conoscevo affatto la persona alla quale lui si riferiva. Infine il brav'uomo, guardandomi con un'aria caninamente triste, sussurrò: "Deve dirvi qualcosa... qualcosa che riguarda i gemelli Dora." Mi precipitai dall'infermo, che per fortuna trovai ancora in condizioni di parlare. Dovetti chinarmi su di lui per udirlo, e quasi sorrisi tra me nel vedermi in quell'attitudine da confessore. "Lei è lo zio dei fratelli Dora, è giusto?" sussurrò. Io mi affrettai a confermare e il poveretto proseguì: "Gli vuole bene a quei ragazzi.... Non è vero? Vi ho visti insieme tante volte... Siete affezionati... Sì?" "Non potremmo essere più legati" mentii con decisione. Lui sorrise, parve esitare ancora; infine sentì forse che il tempo stringeva e mi disse: "Devo farle una confidenza... Avrei voluto dirlo a loro, ma... Siamo lontani ormai... E... non sono sicuro... che debbano sapere. Lei deciderà meglio di me..." Col cuore che galoppava, gli assicurai che avrei fatto tutto ciò che potevo per il bene dei ragazzi. La cosa sembrò rassicurarlo abbastanza da fargli cominciare il racconto.

A quanto pareva l'uomo aveva servito la famiglia Dora per decenni, prima dell'incidente fatale; era stato in effetti il loro maestro di cerimonie, talmente esperto nell'etichetta e nel buon gusto che, si può dire, i signori non facevano un passo senza consultarlo. I gemelli poi erano affascinati da lui e gli facevano molte domande; era stato lui a educarli alla cura del particolare e ad affinare il loro gusto già sensibilissimo. "Erano ragazzi molto svegli" mi confidò in un soffio "e molto... buoni. Mi sarebbe piaciuto tenerli con me... ma..." Ma lui era povero in canna e, morti i signori Dora, aveva dovuto cercare un altro impiego, molto lontano. Tuttavia, quando i gemelli avevano deciso di sposarsi, non avevano voluto altri che lui. Così il vecchio cerimoniere aveva organizzato i tre triplici matrimoni, seguendo rigidamente le loro istruzioni. In fondo al cuore però il rimorso non gli dava pace. Il matrimonio era per lui un'istituzione sacra e volgerla in mascherata gli era straordinariamente penoso.

S'aggiungeva ai suoi rimorsi anche il ricordo della signora Dora: donna assai bella, ma che aveva sempre giudicato la bellezza uno specchio della verità. "Grazie al cielo era già morta" mi disse il pover'uomo con le lacrime agli occhi "Sapere che i suoi ragazzi... Non l'avrebbe mai accettato..." Qui fece una lunga pausa; quel pensiero sembrava opprimerlo ancora. Chiusi gli occhi per un istante, mormorò: "Volevo... volevo molto bene alla signora Dora." Non aggiunse altro, e con uno sforzo tornò a parlare dei tre matrimoni.

Arrivò, infine, la rivelazione. Nella speranza di alleviarsi la coscienza, il vecchio aveva attuato una piccola deviazione dalle istruzioni ricevute. Tutti coloro che avevano partecipato attivamente alle cerimonie, preti e chierichetti compresi, erano comparse assunte per l'occasione; in un caso però, sotto il sigillo del più assoluto segreto, il vecchio aveva sostituito il falso prete con uno autentico. Nessuno lo sapeva, neppure i gemelli; ma, di fatto, uno dei tre matrimoni era stato celebrato per davvero, da un vero prete. Quando la nostra conversazione fu conclusa, restai a rimuginare tra me e me per un po'. Non sapevo quanta importanza attribuire alla notizia, né quale effetto avrebbe potuto avere sui gemelli. Il vecchio cerimoniere non aveva mai osato rivelargli nulla perché temeva la loro reazione; io invece temevo piuttosto che restassero indifferenti, o che addirittura mi ridessero in faccia. Tuttavia non riuscivo a reprimere un insolito senso di contentezza: per la prima volta mi trovavo un passo avanti a loro. Sentivo di avere di nuovo il coltello dalla parte del manico.

Attesi con impazienza la prima occasione di incontro, ma una volta che li ebbi di fronte esitai a rivelare il mio segreto. Non volevo mostrare le mie armi troppo presto, perciò all'inizio mi limitai ad allusioni vaghe, pronunciate con l'aria di chi sa ma non può rivelare. Ai gemelli questo mio atteggiamento non passò inosservato; tuttavia non fecero nessun tentativo di abboccare alla mia esca, convinti, immagino, che se veramente avevo qualcosa da dire prima o poi l'avrei detta da me. Passai allora ad allusioni più aperte, gli feci intendere che ero depositario di un segreto a loro sconosciuto. Colsi un lampo d'inquietudine nel gelo del loro sguardo e me ne compiacqui; ma loro si limitarono a fissarmi in silenzio, come tre rettili immobili sotto il sole. Alla fine giocai il tutto per tutto e gli raccontai del matrimonio autentico, senza ovviamente dirgli quale dei tre fosse. "Non è possibile" fu la prima, fredda risposta. Mi limitai a fornire nome e cognome del prete che mi aveva accompagnato dal moribondo e che aveva seguito la parte iniziale della conversazione. I gemelli mi comunicarono che avrebbero controllato. "Ad ogni modo" soggiunse uno di loro "questo non cambia nulla." "Infatti" calcò il secondo "non ha la minima importanza." Il terzo si limitò ad annuire con disprezzo, e ci separammo senza altro aggiungere. Io sentivo nel cuore un miscuglio di preoccupazione e letizia: avevano reagito con l'indifferenza da me temuta, tuttavia c'era in loro qualcosa che mi faceva ben sperare. Ormai conoscevo bene ogni angolo della loro corazza e, in qualche modo, avevo l'impressione di aver creato una crepa.

Passai parecchi giorni senza notizie, in uno stato di agitazione che era come una febbre leggera ma persistente. Infine ricevetti l'invito a unirmi a loro nella casa di campagna, che naturalmente accettai; ma i primi giorni non parlammo affatto della questione. I gemelli anzi sembravano più sfuggenti e silenziosi del solito, tanto che finii per passare le mie giornate in compagnia quasi esclusiva di Maddalena, la verde sposa dai capelli rossi. La sua conversazione era spigliata e ironica come sempre, tuttavia avevo l'impressione che anche lei avvertisse il nervosismo che era nell'aria. "Sì, c'è una crepa nel quadro", dissi tra me e me.

Una sera, alla fine, l'argomento emerse. Uno dei gemelli mi comunicò in tono neutrale: "Abbiamo fatto qualche ricerca. Il matrimonio non è valido se i due sposi non sono sinceri. Il prete non c'entra." Feci un piccolo sorriso: "Ah, ma eravate sinceri *tra voi*, non avete mai mentito gli uni alle altre." "Appunto", sbottò lui, mettendo per la prima volta un po' di calore nel tono, "eravamo d'accordo sul fatto che stavamo recitando. Quindi non è vero niente." "Sarà come dici" osservai con noncuranza. I gemelli non replicarono nulla. Qualche giorno più tardi uno di loro mi fece notare che – sebbene dal punto di vista legale non avessero nulla da temere – avrebbero forse potuto nascere delle beghe sul lungo periodo. Parlò vagamente delle donne, delle loro famiglie e di pretese d'eredità. In conclusione osservò che sarebbe stato utile sapere, in fin dei conti, quale era il matrimonio vero. Io replicai che in effetti sarebbe stato molto utile, e sorridendo lasciai cadere la conversazione.

Passò un altro periodo di quiescenza, in cui i gemelli quasi non si videro. Seppi, per vie traverse, che avevano avviato qualche cauta indagine tra le comparse per cercare il prete autentico. Ma il vecchio maestro di cerimonia aveva fatto le cose per bene: nessuno sapeva, e se qualcuno sapeva non parlava. I gemelli non cavarono un ragno dal buco. Nel frattempo la situazione internazionale cominciò a complicarsi, per tutta Europa girava aria di tempesta. Venni a sapere che gli affari dei gemelli procedevano meno speditamente e che la loro vita sociale cominciava ad appannarsi. Di quando in quando li incontravo ancora nei salotti, ma non parlammo più del matrimonio. Essi si limitavano a guardarmi in silenzio, come sempre, ma adesso vedevo una differenza nel loro sguardo: era cupo, diffidente, come quello di una bestia che non sa ancora se e quanto è stata colpita.

Io da parte mia ero soddisfattissimo e quasi non mi preoccupavo più per i miei affari altalenanti. Ebbi persino il coraggio di avvicinarmi spontaneamente ai gemelli durante una delle nostre riunioni mondane. "Piove parecchio oggi, non è vero?" chiesi loro, con un sorriso gioviale. Loro mi fissarono ostili, e credo che solo la presenza della padrona di casa li spinse a sibilare un sì in risposta. "Eh sì, è proprio vero" ribadii io, calcando le parole. *"Proprio vero."* La padrona di casa fece scorrere lo sguardo dal mio viso sorridente a quello cupo dei gemelli, e mi diede ragione con un risolino poco convinto. Uno dei gemelli allungò la mano verso i bicchieri di champagne e ne bevve uno tutto d'un fiato. Il mio sorriso si allargò. Ne aveva già bevuti tre.

In un'altra occasione, invece, furono i gemelli ad avvicinarmi. Cominciarono informandosi sull'andamento della galleria e rammaricandosi delle condizioni in cui un uomo del mio stato era costretto a vivere. Poi con tono indifferente mi fecero sapere che erano disposti a corrispondermi una piccola cifra, a risarcimento del disturbo che mi ero preso visitando un ammalato che era stato loro molto caro in gioventù. Una debolezza sentimentale, tutto qui. Se avessi potuto riferire loro esattamente le ultime parole del moribondo, mi sarebbero stati molto grati. Io feci un largo sorriso e risposi che al momento presente non avevo bisogno di denaro, e che del resto dare ascolto a quel povero vecchio era stato un piacere per me. Lo sguardo dei gemelli si fece duro come una lama di coltello e si allontanarono augurandomi buona giornata. Due giorni dopo, durante un ricevimento, mi vidi recapitare un foglietto di carta, con nient'altro scritto se non una cifra. Era una cifra molto alta. Mi assicurai che i gemelli mi stessero guardando e lo stracciai.

La sera successiva, mentre rincasavo, un'ombra mi afferrò all'improvviso per il braccio. Non avevo bisogno di vederlo in faccia per sapere che era uno dei gemelli. "Qual è?" mi chiese senza mezzi termini. "Voglio saperlo!" Sorrisi tanto che, nel freddo della notte, sentii le labbra screpolarsi. "Non lo saprete mai" sibilai. Con una presa inaspettatamente forte l'ombra mi addossò alla parete e sentii qualcosa premere sotto la gola. "Non ti servirà a nulla" dissi a fatica "Se muoio, mi porterò il segreto nella tomba." L'ombra ebbe un attimo di esitazione. In quel momento la cameriera aprì la porta di casa e io richiamai la sua attenzione; il gemello si allontanò e io riuscii a rientrare in casa, ancora palpitante per lo spavento. Da allora evitai di tornare a casa dopo il tramonto e feci attenzione a serrare bene porte e finestre.

Poco dopo, comunque, un evento esterno risolse le mie preoccupazioni: scoppiò la guerra. Io superavo l'età di leva e perciò mi disposi ad attendere gli eventi. I gemelli, dal canto loro, reagirono in modi sorprendentemente diversificati. Uno di loro ottenne di essere riformato e si rifugiò in Versilia insieme alla sposa alabastrina e, dicono, a una buona provvista di alcol. Un altro fuggì in Svizzera condannandosi a un lungo vagabondaggio. Il terzo si arruolò immediatamente volontario. Forse, riflettei, ero riuscito a incrinare il blocco monolitico dei tre gemelli, innescando una crisi che aveva preso in ognuno forme diverse. Questo pensiero mi portò un'onda di soddisfazione. "Il mio veleno lavora" mi ritrovai a pensare, citando lo Iago verdiano. Ma subito mi rimproverai la mia immodestia. Forse si trattava semplicemente della guerra, che quanto a generare crisi se la cavava assai meglio di me. Comunque fui felice di non dover più pagare la mia soddisfazione con la paura, dato che i gemelli ora non potevano nuocermi.

Ancora una volta, però, il destino bussò alla mia porta, e di nuovo mi trascinò al letto di un moribondo. A quanto pareva uno dei miei nipoti era stato ferito in battaglia e, benché avessero fatto in tempo a trasportarlo in un ospedale interno, sembrava non averne per molto. Io fui mandato a chiamare in gran fretta, ma restai a lungo incerto se andare o no. Non so cosa temessi esattamente, però sentivo che avrebbe potuto essere un passo falso. Alla fine prevalse la ragionevolezza, insaporita da una punta di maligna soddisfazione: andai. L'ospedale era in condizioni deplorevoli, con una folla di gente che andava e veniva e molto più sangue di quanto mi sarebbe piaciuto vedere. Stentai parecchio a trovare il gemello ferito. Alla fine entrai nella stanza giusta, ma non lo notai subito perché aveva il viso coperto da bende; quello che mi colpì fu invece la vista di una chioma rossa abbandonata sul letto. Mi avvicinai, la chioma si mosse e apparvero gli occhi verdi di Maddalena.

Per un attimo restammo a fissarci, senza parole. Ero così abituato a vederla nella cornice della campagna che la sua vista mi dava un senso di irrealtà. La fissai incredulo, notando gli occhi arrossati, i capelli disfatti. Perché era qui? Sentendo pesare il mio sguardo, la donna strinse le labbra in una linea sottile. Ebbi l'impressione che si stesse sforzando di non piangere. "Sta morendo" mi disse infine, come se non ne fossi al corrente. Espressi vagamente le mie condoglianze e senza volerlo mossi un passo all'indietro, come per prepararmi ad andarmene. Notando il mio gesto la ragazza si alzò di scatto e mi prese la mano con un'energia che non mi aspettavo. "La prego", esclamò con voce vibrante. "Me lo dica."

"Dirti cosa?" chiesi con aria vaga, cercando di svincolarmi dalla sua stretta. Forse era un'impressione dovuta alle mie mani fredde, ma mi sembrava che le sue dita scottassero. Lei le serrò più forte, quasi convulsamente.

"Se il nostro matrimonio è quello vero. La prego, me lo dica. Me lo deve dire."

"Ma mia cara ragazza" cercai di rassicurarla, assumendo un tono ragionevole "Nessuno di quei matrimoni ha valore, lo sai anche tu, è tutta una finzione..."

"Questa non è una finzione" esclamò lei con la voce rotta, accennando al ferito e alla stanza intorno a noi.

"No, certo, questo no" la blandii "ma..."

"Neanche il mio amore è una finzione" aggiunse e si lasciò ricadere affianco al letto. Io la guardai interdetto, non sapendo cosa rispondere. Lei rialzò gli occhi su di me e con voce più sicura ribadì: "Uno di quei matrimoni era vero. Il prete era vero. Voglio sapere quale."

Approfittando del fatto che non mi tratteneva più per la mano, cominciai a indietreggiare; mormorai confusamente che non sapevo, che non era chiaro, che forse col tempo, e che comunque non era affar mio... Senza volerlo andai a urtare contro un altro ferito e sentii la mano sporcarsi di sangue. In un moto di disgusto cercai di ripulirla e nel frattempo Maddalena venne di nuovo impetuosamente verso di me. Le lacrime scendevano copiose dai suoi occhi verdi, che nella luce incerta mi sembrarono ancora più grandi. "Per favore" mi supplicò "Dimmi che il nostro matrimonio è quello vero."

Le mie labbra si aprirono prima che potessi rendermene conto. "È quello vero" le risposi, non sapendo neppure io quel che dicevo. Lei fece un sorriso enorme, impensato, che l'illuminò tutta all'improvviso. Mi lasciò andare e ricadde accanto al marito, prendendogli la mano con la timidezza di una bambina. Io restai lì impietrito per parecchi minuti, guardando lei, le bende insanguinate, il corpo disteso sul letto. Ripresi il controllo di me con un brusco respiro e me ne andai senza dire nulla. Maddalena non sembrò neppure notarlo: continuava a guardare mio nipote. Ancora adesso non riesco a togliermi quella scena dalla mente. Sapevo che facevo male ad andare in quell'ospedale. E la cosa più assurda è che ho mentito; o forse potrei aver detto il vero, però non lo so, non lo posso sapere. La verità è che il vecchio è morto prima di finire il suo racconto. Non è riuscito a dirmi il segreto. E ora non c'è anima vivente che lo sappia.

GOLDENE ZEITEN
LUCIA MASETTI
Aus dem Italienischen frei übersetzt von Greta Köhne

Ich kannte die Drillinge der Familie Dora schon lange, bevor sie einfach „die Drillinge" wurden. Da ihre Eltern bei einem Autounfall ums Leben kamen und sie keine anderen Angehörigen hatten, wurden sie in die Obhut ihrer Tante mütterlicherseits gegeben. An dieser Stelle bietet es sich wohl an, zu sagen: diese Tante bin leider ich.

Denn natürlich war ich – scheinbar als einzige - mit dieser Situation nicht einverstanden: das Geschäft der Galerie florierte und ich hatte auf jeden Fall keine Zeit, mich mit problematischen Jugendlichen auseinanderzusetzen. Zudem war das ganze Haus auf meine Bedürfnisse zugeschnitten: extravagant, raffiniert, voll von kostbaren Gegenständen vom Dachboden bis zum Keller. Ich genoss wechselnde Gesellschaft – vor allem aber meinen Freiraum, wenn mir danach war. Kurzum, ich war soweit entfernt von Herd und Heim und Familie, wie man nur sein kann. Und damit überaus zufrieden. Auf der anderen Seite erschien es mir quasi unmöglich abzulehnen, es hätte zudem meinem Image sehr geschadet.

So nahm ich sie also auf, ab dem ersten Tag aber sehr darauf bedacht nie das Heft aus der Hand zu geben: Ich befahl ihnen so wenig wie möglich anzufassen und mich hoffentlich ihre Anwesenheit vergessen zu lassen. Ich muss gestehen: sie gehorchten mir.

In den folgenden Jahren hörte ich kaum etwas von ihnen. Sobald sie von der Schule nachhause kamen, verschwanden sie in absoluter Stille in ihrem Zimmer. Dort blieben sie, bis die Bediensteten ihnen das Abendbrot servierten. Danach verschwanden sie wieder und überließen mir das Haus zur freien Verfügung. Anfangs war ich sehr zufrieden über ihre Zurückhaltung, doch schon bald machte mich dieses geheime Zusammenleben nervös. Ich begann mich zu fragen, was sie all die Stunden in ihrem Zimmer wohl taten und so manches mal erwischte ich mich dabei die Ohren zu spitzen, um ihren kaum hörbaren Schritten zu lauschen, die zuweilen eher einem Mäusetrippeln glichen.

Eines Tages nutzte ich ihre Abwesenheit und entschied, ihr Zimmer zu betreten, um es zu kontrollieren. Aber es war abgeschlossen. Die Putzkraft berichtete mir, dass die Drillinge ihr Zimmer selber putzten und es anscheinend von niemandem betreten ließen. Ich konnte es kaum glauben: völlig absurd, dass mir, der Eigentümerin, das Betreten eines jeglichen Winkels meines Hauses untersagt sein sollte. Wer weiß was für Pläne sie dort schmiedeten, unter meinem Dach. Das war inakzeptabel. Noch am selben Tag also rief ich den Schlüsseldienst und ließ, unter dem finsteren Blick der Drillinge, das Schloss austauschen. Ab jetzt besaß ich den einzigen Schlüssel. Bei dieser Gelegenheit konnte ich mich vergewissern, das das Zimmer nichts Beunruhigendes enthielt, sondern nur eine große Menge an Skizzen und Entwürfen. Das überraschte mich etwas, aber nicht allzu sehr. Von dem, was die Schule an mich weitergab, wusste ich bereits, dass alle drei scheinbar talentiert im Zeichnen waren, und zudem besaßen sie einen ausgeprägten Modegeschmack. Immerhin hatten die Eltern hohe Stellungen in der Textilbranche erlangt, man könnte fast sagen, die Drillinge wuchsen inmitten von Stoffen auf.

Für eine vorausahnende Seele wäre dies wohl bereits der Moment gewesen, ihr künftiges Glück zu wittern, ich aber habe mich noch nie mit Kleinkunst aufgehalten und einen solchen Erfolg hätten die wenigsten vorhersehen können.

Es stimmt, ich hätte mir den Schlüssel auch von den Drillingen selbst aushändigen lassen können und hätte so auch die Kosten für einen Schlüsseldienst vermieden. Ich rechtfertigte mich damit, dass es aber nötig gewesen sei ein Exempel zu statuieren. Es sei ein Versuch gewesen, ihre Feindseligkeit zu beugen. In Wirklichkeit aber glaube ich, dass ich aus irgendeinem Grund die direkte Konfrontation mit ihnen vermied. Von diesem Moment an verschlimmerte sich die Situation. Die Drillinge wurden noch scheuer, ja sie gaben mir kaum mehr Antworten, wenn ich sie etwas fragte. Sie bewegten sich im Haus wie Schatten und mehr als einmal erschrak ich, wenn einer von ihnen plötzlich hinter mir auftauchte, ohne dass ich ihn hatte kommen hören. Wenn wir uns zufällig im Flur oder auf der Treppe begegneten, traten sie zur Seite um mich durchzulassen, den Blick starr zum Boden gerichtet. Doch während ich mich von ihnen entfernte, spürte ich ein

Kribbeln im Nacken, als bliebe der Blick der Drillinge dort an mir kleben.

Ihre Anwesenheit beunruhigte mich zunehmend. Auch ihre Intelligenz machte die Sache nicht besser: wären sie dümmer gewesen, wäre es mir leichter gefallen, sie zu ignorieren. In der Schule gehörten sie zu den Klassenbesten und generell brauchte man nur einen Moment lang Blickkontakt mit ihnen zu haben, um das listige und ernste Licht in ihrem Blick zu bemerken. Manchmal hatte ich sogar den Eindruck, sie würden miteinander kommunizieren ohne zu sprechen, so synchron waren ihre Bewegungen, so identisch ihre Reaktionen. Ich erinnerte mich vage daran etwas über Telepathie unter Drillingen gelesen zu haben, versuchte mich aber zurück zur Vernunft zu bringen und zu der Gewissheit, dass das völliger Unsinn sei.

In jeden Fall aber war ich sehr erleichtert, als die Drillinge mich, sobald sie achtzehn Jahre alt waren, über ihren baldigen Auszug informierten. Ich gab ihnen ihren Teil des Erbes und das war's.

Einige Jahre lang hörte ich nichts von ihnen.

Die Galerie absorbierte meine gesamte Energie: Der Ruhm, den ich erlangt hatte, war beachtlich, aber er reichte mir nie. Ich begannt immer riskantere Deals abzuschließen. Glücklicherweise gelang es mir aufzuhören, bevor ich unterging. Dass ich jedoch keine größeren Verluste zu beklagen hätte, kann ich leider nicht behaupten. Irgendwann, als ich wieder einmal mit meinen Finanzen rang, hörte ich von den Drillingen. Ihre Kleidung wurde zunehmend bekannter, man sprach über sie, nicht nur in Mailand, auch in Paris und London. Das war wohl auch die Zeit, in der sie ihr berühmtes Logo entwickelten. Drei ineinander verschlungene Ringe aus Gold. Drillinge mit dem Nachnamen Dora, was so ähnlich klingt wie „D'oro"; aus Gold. Ein simples Wortspiel also, nicht mal das, aber ein gutes Erkennungszeichen. Natürlich tat ich mein Bestes, um ihren Aufstieg zu ignorieren, aber es war mir bald unmöglich. Die Mailänder Gesellschaft schien sie zu ihren Lieblingen auserkoren zu haben, und es war nicht mehr möglich einen Salon zu betreten, ohne dass früher oder später ihr Name fiel. Schließlich erhielt ich bei mir zu Hause eine Einladungskarte zur Präsentation der neuen Dora-Kollektion. Ich durchschaute sie, als das was sie war, eine Herausforderung – und zögerte keine Sekunde diese anzunehmen. Ich kleidete mich in meinem unwiderstehlichsten Dress, ein Hosenanzug, aus violettem Samt und wählte den goldenen Ring meiner Familie. Ein Blick im Spiegel bestätigte mir meine immer noch andauernde Schönheit. Ein amüsiertes Kribbeln überkam mich bei der Frage, in welcher Gesellschaft ich heute Nacht wohl heimkommen würde.

Meine gute Laune hielt den größten Teil des Abends an, unterstützt – ich bin ehrlich – von dem Genuss des ein oder anderen Getränks. Die Drillinge hatten sich nicht verändert: so groß, schmal und ernst wie eh und je, in einer beunruhigenden Ähnlichkeit. Ich hatte erwartet, sie würden sofort zu mir kommen und unseren gemeinsamen Auftritt etwas zur Schau stellen, stattdessen schienen sie mich kaum zu bemerken. Sie bewegten sich von da nach dort, mit ihren schleichenden, synchronen Bewegungen, die mir noch allzu vertraut waren. Sie wirkten dadurch omnipräsent. Ihre Gleichgültigkeit mir gegenüber zermürbte mich und mir fiel auf, dass meine Stimme immer schriller wurde. Ich gab mir Mühe, mich trotzdem zu amüsieren, so sehr, dass die Menschen an meiner Seite eine Weile gar nicht mehr aufhören konnten zu lachen.

Als ich mich schließlich abwandte, um mir ein weiteres Getränk zu holen, war ich plötzlich von den Drillingen umringt. Zum ersten Mal fiel mir auf, dass sie ein kleines Stück größer waren als ich. In eisiger Höflichkeit erkundeten sie sich nach meiner Gesundheit und meinen Geschäften, um mir zuletzt mitzuteilen, es sei angesichts der Situation unvermeidlich, dass sich unsere Wege kreuzen und Kontakte überschneiden würden. Sie legten mir nahe, Herzlichkeit zumindest zu spielen, da eine zu große Kälte zwischen ihnen und ihrer Tante nach außen seltsam wirken würde. Das bedeute natürlich keinerlei echte Vertrautheit. Ich stimmte ihnen zu und wir trennten uns, zur beiderseitigen Zufriedenheit. Als ich kurz darauf von dem Kellner ein Glas entgegennahm, sprach mich dieser darauf an, warum meine Hand so sehr zitterte. Ich machte mit der anderen eine wegwerfende Handbewegung, antwortete ich sei müde. Schnell drehte ich mich weg von diesem respektlosen Stümper, trank mein Glas in einem Zug leer und ging allein nach Hause.

Wie zu erwarten war, begegnete ich den Drillingen in den folgenden Monaten mehrmals. Sie hatten die besten Voraussetzungen für großen Erfolg: die Leute verliebten sich reihenweise in ihre Kreationen, waren fasziniert von ihrer Ausstrahlung und bewegt von ihrer tragischen Vergangenheit. Es gab scheinbar die genau richtige Anzahl an Skandalen und die Leute naschten genüsslich vom seichten Klatsch und Tratsch. Doch keiner der Drillinge verlor jemals den Kopf, jede ihrer Gesten schien kalkuliert, selbst wenn sie nur ihre Hand nach einem Tablett voller Häppchen ausstreckten. Sobald sie irgendwo auftauchten, wurden sie alsbald der Mittelpunkt der Veranstaltung, aber das schien ihnen weder zu schmeicheln noch peinlich zu sein. Mir schien, dass ihr Blick noch eisiger und noch reptilienartiger geworden war als zuvor, es mochte aber auch daran liegen, dass sie ihn jetzt nicht mehr nur gen Boden wandten. Jedenfalls verursachte ihr Anblick bei mir ein hartnäckiges Kältegefühl und ich spürte oft Schauer meinen Rücken entlangfahren, als hätte ich Fieber. Unter gesundheitlichen Vorwänden begann ich soziale Situationen und dadurch mögliche Begegnungen mit ihnen zu vermeiden und sagte Einladungen ab. Niemand schien sich daran zu stören.

Unter den gegebenen Voraussetzungen fand ich es jedoch amüsant, als ich erfuhr, dass die Drillinge nun scheinbar beschlossen hatten, ihre Kreativität für Hochzeitsmode zu nutzen. Niemand kam mir weniger geeignet dafür vor, Menschen in so emotionalen Momenten wie einer bevorstehenden Hochzeit einzukleiden als sie – aber wie sagt man? Wer schön sein will, muss leiden. Trotz ihrer unerschwinglichen Preise war die Hochzeitsmode der Drillinge extrem gefragt und die drei verschlungenen Ringe gehörten alsbald zu den begehrtesten Marken. Das Design der Drillinge war eindeutig der Stil der Stunde. Aber wie alle aktuellen Phänomene begannen auch sie allmählich zu verblassen, was ich mit heimlicher Genugtuung zur Kenntnis nahm. Die Salons wurden ihrer Kreationen schnell überdrüssig und die Drillinge hatten nicht genug Charme, um wirkliche Sympathie zu wecken. Sie verfügten jedoch über eine raffinierte Skrupellosigkeit, die – wie ich bald feststellte – diesen Mangel mehr als wettmachte.

Kurz darauf verbreitete sich die Nachricht von einer dreifachen Hochzeit in Mailand wie ein Lauffeuer. Ich selbst bewunderte den Witz und das Timing dieser zweifelsohne öffentlichkeitswirksamen Aktion. So wie ich die Drillinge kannte, konnte ich die Hypothese, dass es sich um eine Liebeshochzeit handelte, mit Sicherheit ausschließen, auch wenn mir die Wahl derer, die sie heirateten – allesamt Modelle aus ihren Ateliers – ein wenig überraschte. Ich war davon ausgegangen, dass sie Menschen aus wohlhabenden Familien wählen würden, um die Chance eines sozialen Aufstiegs zu nutzen. Umso mehr war ich davon überzeugt, dass diese Hochzeit lediglich als Schauplatz diente, den die drei goldenen Drillinge auserwählt hatten, um ihre Brautmodeproduktion anzukurbeln. Da die Ehe in Teilen der Mailändischen

Gesellschaft noch immer als heilige Institution zwischen Mann und Frau angesehen wurde, glich das Vorhaben der Drillinge einer gezielten Provokation; sie würden in makelloser Modernität sämtliche Kategorien zerbersten - doch das würde sich erst später offenbaren.

Natürlich nahm ich an der Hochzeit teil, und ich muss gestehen, dass ich nichts zu beanstanden hatte. Keine Attraktion der Stadt wurde ausgelassen: Die Zeremonie im Dom unbeschreiblich prächtig, der Empfang in einem sehr schicken Lokal im Stadtzentrum, dessen Fensterfront einen herrlichen Blick eröffnete – und die neidischen Blicke der Passant·innen freigab. Die drei Hochzeitswilligen sahen allesamt aus, als kämen sie gerade vom Laufsteg, und als ich sie sah, verstand ich den Hintergrund ihrer Wahl. Keine anderen Personen hätten den ästhetischen Vorstellungen der Drillinge genügt. Die erste Person war blond, die Augen in einem auffälligen Farbton zwischen Indigo und Lavendel und der Teint des kantigen Gesichts war so rein, dass er - wie es in Schnulzen so schön heißt – wie aus Alabaster gemeißelt schien. Die zweite Person hingegen hatte dichtes rotes Haar, fuchsähnliche Züge und grüne Augen, die ironischen Witz versprühten. Und schließlich die dritte Person hatte dunkle Haare und feurigwarme braune Augen. Ich beobachtete die drei den ganzen Tag und bemerkte, dass ich gegen meinen Willen meinen Blick nicht abwenden konnte; falls es die Drillinge bemerkten, so schienen sie sich nicht daran zu stören. Anstatt sich wie neue Ehepartner·innen zu verhalten, schienen sie eher wie Sammler·innen, die ein neues wichtiges Kunstwerk ergattert hatten – so als seien die Blicke der anderen nicht nur willkommen, sondern geradezu erwünscht.

Wie zu erwarten, stiegen die Verkaufszahlen der Drillinge, nicht nur in Italien. In ihrer Extravaganz standen sie jedoch noch ganz am Anfang; es waren noch keine paar Monate vergangen, als ich eine zweite Hochzeitseinladung erhielt. Im ersten Moment dachte ich, es handele sich um ein Missverständnis, aber dann fiel mir auf, dass es nicht genau dieselbe Einladung war. Es handelte sich immer noch um die Hochzeit der Dora-Drillinge, aber diesmal sollte sie in einer Art Landhotel stattfinden. Zudem schienen sie durchgetauscht zu haben: Mit den gleichen Namen wie bei der letzten Hochzeit hatten sich nun andere Paare gebildet.

Ich blickte einige Minuten wie erstarrt auf die Karte, griff dann eilig nach meinem Mantel und verließ das Haus. Ich wollte hören, was die Stadt dachte. Das Gerede, das die drei Drillinge immer umgab, hatte sich in regelrechte Furore verwandelt. „Die Drei heiraten schon wieder!!" schallte es von Straße zu Straße, begleitet von empörten Kommentaren, düsteren Beschwörungen, bis hin zur Androhung von juristischen Konsequenzen.

Die Drillinge ihrerseits verließen das Haus nicht mehr und reagierten nicht auf Besuch. Es sprach sich jedoch eines Tages herum, dass sie in der Oper erscheinen würden, und so begann ganz Mailand eine Art Hetz-Jagd nach den letzten Tickets. Noch nie hatte ich das Theater so voll gesehen. Die Drillinge tauchten ohne ihre jeweilige Begleitung auf und brachten der dichten Belagerung ein Phlegma entgegen, ja eine Selbstgefälligkeit, die sogar einen Heiligen zu erzürnen vermochte hätte. Sie erklärten, dass es sich bei ihrer ersten Hochzeit bloß um das erste künstlerische Experiment gehandelt hatte, und dass sie nun neue Horizonte erschließen wollten. Der allgemeinen Ungläubigkeit zum Trotz fügten sie hinzu, dass es keinen Grund für Anschuldigungen gäbe, die erste Hochzeit sei eine reine Fälschung gewesen – genau, wie die zweite es werden würde. Die Nachricht löste einen Augenblick fassungslosen Schweigens aus, gefolgt von einer Art plötzlichen Explosion. Die Menge fühlte sich betrogen – einige Stimmen forderten lautstark die Rückerstattung ihrer Eintrittskarte. Die Drillinge warteten, bis wieder etwas Ruhe einkehrte und sich die aufgeheizte Stimmung abkühlte. Sie wiesen darauf hin, dass niemand ihr Vorgehen beanstanden könne: hatten sie doch lediglich ein großartiges gesellschaftliches Ereignis, von oben bis unten mit Vergnügungen gespickt, für die Menge entfaltet. War das denn etwas, was man ablehnen könne? Diese zynische Argumentation war zu viel für die Ohren meiner Nachbar·innen und es folgte ein wütender Lärm, so laut, dass die Drillinge sich zurückziehen mussten.

Trotz alledem war die zweite Hochzeit, sofern überhaupt möglich, ein noch größerer Erfolg als die erste. Die Zeremonie fand im Frühling statt, inmitten einer üppigen, aufblühenden Landschaft. Die dafür ausgesuchte Örtlichkeit vermittelte ein Gefühl von rustikaler Feierlichkeit. Gregorianischer Gesang hallte von überall her und verstärkte einen Eindruck luftiger Perfektion.

Der Empfang fand auf einem Bauernhof statt, wenn man diese reizvolle Fiktion überhaupt noch so nennen kann. Alle Tiere hatten glänzendes und frisiertes Fell, bunte Schleifen um den Hals und jeglicher Schmutz, der entstehen konnte, wurde sofort von einer Schar von Bediensteten beseitigt. Fast hatte man den Eindruck sich in einer Theaterkulisse zu bewegen, ein Kindermärchen, eine Pappmaché-Welt. Diese zur Schau gestellte Künstlichkeit hatte eine seltsam erheiternde Wirkung auf mich und betonte alle Vorzüge der Landschaft ohne auch nur den Schatten eines Makels.

Ich war nicht sonderlich überrascht, als kurze Zeit später die dritte und letzte Einladung bei mir eintraf. Sie unterschied sich erneut in der Reihenfolge und Zuteilung der zu Vermählenden und sollte diesmal in dem kleinen Küstenort stattfinden. Die allgemeine Aufregung war wieder groß, aber nicht so groß wie beim ersten Mal; die Leute hatten sich also an die Mehrfachhochzeiten der Dora-Drillinge gewöhnt. Die Zeremonie fand am Strand statt, es war ein strahlender Septembertag, und der Empfang dauerte bis spät in die Nacht. Unter weißen Zelten wurden Erfrischungen serviert, untermalt vom Murmeln der Wellen, und als es dunkel wurde, begannen aus allen Ecken Fackeln zu leuchten. Es war anzunehmen gewesen, dass die Zahl der Gäste gering sein würde, gab es doch keinen wirklichen Grund zum Feiern – aber im Gegenteil, die Beteiligung war sogar noch enthusiastischer als bei den vorhergegangenen Hochzeiten und die Aufregung über die Kleider und die Location war groß.

Rückblickend denke ich, dass mir damals schon hätte auffallen sollen, mit was für einer Leichtfertigkeit die Leute das Falsche und Überflüssige dankend annahmen, aber es war, als würde ich mich in einem Wolkendickicht bewegen und nicht weit blicken können.

Nach den drei Kettenhochzeiten folgen einige Jahre relativer Ruhe. Die Geschäfte der Drillinge liefen prächtig, vielleicht dank ihres Talents, aber mehr noch dank ihrer Berühmtheit, die sie durch die Eheschließungen erlangt hatten. Ich hingegen taumelte vor mich hin, immerhin konnte ich gerade noch so die Galerie leiten, aber die Sorgen nagten an mir. Ich begann unter Schlaflosigkeit zu leiden. In dieser Zeit verhielten sie die Drillinge auf einmal fürsorglich mir gegenüber, und ich sollte bald merken, dass dies ihre wahre Rache war. Sie luden mich oft und gerne in ihre verschiedenen Häuser ein, jeweils an den Orten, an denen sie ihre Hochzeiten veranstaltet hatten. Im Winter luden sie mich vorzugsweise nach Mailand ein, wo ich beinahe stürmisch in ihr gesellschaftliches Leben aufgenommen wurde. Im Frühling und Herbst öffneten sie mir die Türen ihres Landhauses mit seiner nebligen Stille und märchenhaften Luft. Und im Sommer schließlich wurde ich in das Haus am Meer eingeladen, wo ich sofort vom weißen

Sandstrand empfangen und vom Rauschen der Wellen eingelullt wurde. Für mich waren diese Besuche – die Tage und sogar Wochen dauern konnten – eine kleine persönliche Hölle. Den Erfolg der Drillinge so nah zu erleben, fraß mich buchstäblich auf, schon ihr Anblick war mir unerträglich geworden. Ich fand mich in unserem feindlichen Zusammenleben des Anfangs wieder, nicht jedoch länger in der Rolle der Hausherrin.

Doch aus irgendeinem Grund ertrug ich es auch nicht, die Einladungen auszuschlagen, es war wie süßes Gift, auf das ich nicht verzichten konnte. Nicht so sehr wegen der Annehmlichkeiten meiner Unterbringung, ich hätte mir zwar ohnehin nichts anderes mehr leisten können, sondern weil es den Drillingen gelungen war die einzige Falle zu bauen, auf die ich hineinfiel: sie hatten die Realität in ein Gemälde verwandelt. Jedes dieser Häuser war perfekt, bis ins kleinste Detail. Alle Gegenstände waren in völliger Harmonie aufeinander abgestimmt. Sogar die Ehepartner·innen fügten sich perfekt ein, als wären sie zusammen mit der Szenerie erdacht worden – und das waren sie wahrscheinlich auch. Sie waren jeweils an einem der Orte untergebracht, die Drillinge hingegen zogen oft von einem Wohnort zum anderen, manchmal zusammen, manchmal alleine, ohne der Person, mit der sie gerade zusammenlebten, allzu viel Bedeutung beizumessen. Sie waren eben aufgrund ihrer Mehrfachehe mit allen und mit niemandem verheiratet.

Die blonde Person wohnte in dem Haus am Meer und wenn ich bei ihnen zu Gast war, sah ich sie meist oben auf dem weißen Balkon, den Blick in der Ferne in den Wellen versunken. Sie war immer blau gekleidet, in extravaganter Kleidung, die die Drillinge entworfen hatten und kam mir manchmal vor wie eine Nixengestalt, die soeben aus den Wellen aufgetaucht war.

Die rothaarige Person hingegen hielt sich auf dem Land auf und war vorzugsweise bei langen Spaziergängen anzutreffen, bei denen wir durch hohes Gras schritten und der Wind unsere Haare zerwühlte. Die Kleidung dieser Person war grün und variierte je nach Jahreszeit im Farbton.

Die dunkelhaarige Person schließlich lebte in der Stadt, trug nur rote Kleidung und pflegte ihrem Gegenüber über den Rand ihres Champagnerglases tief in die Augen zu blicken. Jede von ihnen, wie auch die Orte, die sie bewohnten, ließen mich gerade genug heran um meine Sinne zu betören, stießen mich dann fort von sich und hinterließen mich mit einem Gefühl, das einem unerträglichen Durst ähnelte.

All das beobachteten die Drillinge mit ihrem eisigen Blick – und nicht selten einem zweideutigen Lächeln um die Lippen. Ich fühlte mich darin gefangen und hätte mich wohl kaum zu befreien vermocht, hätte nicht das Schicksal seine Hände im Spiel gehabt.

Eines Abends auf dem Heimweg fing mich ein Priester ab und forderte mich inständig auf, ihn zum Bett eines Sterbenden zu begleiten. Verärgert fuhr ich ihn an, sich besser zu erklären und fügte hinzu, dass ich die Person, von der er sprach, überhaupt nicht kenne. Der Mann antwortete mit einem Flüstern und blickte mich traurig mit einer Art Hundeblick an. „Er hat Ihnen etwas zu sagen... es geht um die Dora-Drillinge." So eilte ich also zu dem kranken Mann, dessen Verfassung glücklicherweise gerade noch zuließ zu sprechen. Ich musste mich über ihn beugen, um seine Worte zu verstehen. „Sie sind die Tante der Drillinge, stimmt das?" flüsterte er. Ich beeilte mich, das zu bestätigen und der arme Mann fuhr fort: „ Sie lieben diese Kinder... nicht wahr? Ich habe Sie einige Male zusammen gesehen... und Sie machen sich sehr viel aus den Dreien, habe ich Recht?"

„Wir könnten uns nicht näher stehen", log ich entschlossen. Er lächelte und schien aber auch zu zögern, doch vielleicht spürte er, dass ihm die Zeit davonlief und sprach daher weiter. „Ich muss Ihnen etwas im Vertrauen sagen. Gerne hätte ich es auch den Drillingen gesagt, aber... wir haben uns lange nicht mehr gesehen... und … ich bin mir nicht sicher, ob die drei es wirklich wissen sollen... Sie vermögen das besser zu beurteilen als ich..."

Mit klopfendem Herzen versicherte ich ihm, dass ich alles in meiner Macht Stehende zum Wohle der Drei tun würde. Es schien ihn zu beruhigen, sodass er anfangen konnte, mir seine Geschichte zu erzählen.

Offenbar hatte der Mann der Familie Dora vor dem tödlichen Autounfall der Eltern jahrzehntelang gedient. Er war ihr Zeremonienmeister gewesen, versiert in Fragen der Etikette und des guten Geschmacks, sodass die Familie beinahe keinen Schritt gemacht hatte, ohne ihn zu Rate zu ziehen. Die Drillinge waren fasziniert von ihm und löcherten ihn stets mit Fragen – er war es, der ihnen die Liebe zum Detail vermittelt hatte und ihren bereits sensiblen Geschmack noch geschärft hatte. „ Es waren sehr kluge Kinder", sagte er „und so anständig. Zu gerne hätte ich sie bei mir behalten, aber..." Aber er war zu arm gewesen. Als er durch den Tod der Eltern seine Anstellung verlor, hatte er die Stadt für eine andere Beschäftigung verlassen müssen. Als die Drillinge jedoch beschlossen hatten zu heiraten, wollten sie die Zeremonie von keinem anderen begleitet wissen, als von ihm. So organisierte der alte Mann also die Dreifachhochzeiten und hielt sich streng an ihre Anweisungen.

Tief in seinem Herzen aber ließen ihm Gewissensbisse keine Ruhe. Die Ehe war für ihn eine heilige Institution – sie lediglich in eine Maskerade zu verwandeln, was für ihn außerordentlich schmerzhaft.

Zu seinem schlechten Gewissen hinzu kam auch die Erinnerung an die Mutter der drei. „Gott sei Dank war sie zu dem Zeitpunkt bereits nicht mehr am Leben", sprach der alte Mann mit Tränen in den Augen, „zu wissen, dass ihre drei... Sie hätte das nie akzeptiert."

An dieser Stelle hielt er einen langen Moment inne, die Gedanken daran schienen ihn noch immer zu bedrücken. Er schloss die Augen und murmelte: „ ich wollte... ich habe Frau Dora sehr geliebt." Dem fügte er nichts weiter hinzu, sondern bemühte sich umständlich, die Geschichte wieder zu den drei Ehen zu lenken.

Endlich kam also die Enthüllung. In der Hoffnung, sein Gewissen zu beruhigen, hatte der Mann eine kleine Abweichung von den Vorgaben der Drillingen vorgenommen. Alle, die an den Zeremonien teilgenommen hatten, einschließlich die Priester, waren Schauspieler gewesen, rein für diesen Anlass angeheuert.

In einem Fall jedoch hatte der alte Mann, unter dem Siegel absoluter Geheimhaltung, den falschen Priester durch einen echten ersetzt.

Niemand wusste davon, auch die Drillinge nicht, aber eine der drei Ehen war also wirklich geschlossen worden, mit Hilfe des echten Priesters.

Als unser Gespräch beendet war, blieb ich noch eine Weile in Gedanken versunken. Ich war unsicher, wie viel Bedeutung ich dieser Nachricht beimessen sollte und welche Auswirkungen sie auf die Drillinge haben könnte. Ihr alter Zeremonienmeister hatte es also nie gewagt, ihnen die Wahrheit zu erzählen, zu sehr fürchtete er ihre Reaktion. Ich hingegen fürchtete mehr, dass sie gleichgültig bleiben oder mich gar auslachen würden. Und dennoch, ich konnte ein ungewöhnliches Gefühl der Zufriedenheit nicht unterdrücken: Zum ersten Mal war ich ihnen einen Schritt voraus. Ich hatte das Gefühl, wieder die Oberhand zu haben.

Voller Ungeduld wartete ich auf die nächste Gelegenheit, die Drillinge zu treffen; als ich sie dann aber tatsächlich vor mir hatte zögerte ich, mein Geheimnis zu enthüllen. Mein Ass im Ärmel wollte ich nicht zu schnell aus der Hand geben, also beließ ich es bei Andeutungen. Ich sprach also mit den Drillingen wie jemand, der etwas weiß, aber nicht preisgeben kann. Diese Haltung blieb von den Drillingen zwar nicht unbemerkt, aber sie machten keine Anstalten, meinen Köder zu schlucken. Vielleicht waren sie der Überzeugung, dass ich, wenn ich etwas wirklich Wichtiges zu sagen gehabt hätte, es früher oder später selbst sagen würde. Ich ging alsbald zu direkteren Anspielungen über, gab ihnen zu verstehen, dass ich Hüter eines ihnen unbekannten Geheimnisses sei.

Ich bemerkte mit leichter Selbstgefälligkeit einen Hauch von Unbehagen in ihrem frostigen Blick, aber es blieb dabei, dass sie mich schweigend mit Blicken bedachten wie drei reglose Reptilien unter der Sonne. Schließlich warf ich eines Tages meine ganze Taktik hin und erzählte ihnen von der echten Ehe, ohne natürlich zu sagen, welche der drei Ehen mit dem echten Priester gewesen war.

„Das ist nicht möglich", war die erste, kalte Antwort. Ich nannte ihnen lediglich den Vor- und Nachnamen des Priesters, der mich zu dem Sterbenden geführt und den ersten Teil des Gesprächs verfolgt hatte. Die Drillinge sagten, sie wollen das überprüfen. „Aber wie auch immer", sagten sie, „das verändert nichts." Drei mal entschlossenes verächtliches Nicken.

Eine Mischung aus Freude und Sorge breitete sich in mir aus: Zwar hatten sie mit der Gleichgültigkeit reagiert, die ich befürchtet hatte – und doch war da etwas an ihrer Reaktion, das mir Hoffnung gab. Mittlerweile war mir ihre Fassade sehr vertraut – und ich wurde den Eindruck nicht los, dass sie einen Riss bekommen hatte.

Einige Tage verbrachte ich ohne Neuigkeiten, leicht unter Strom, einem schwachen aber anhaltenden Fieber gleich. Schließlich erhielt ich eine Einladung zu ihnen ins Landhaus, die ich natürlich sofort annahm. In den ersten Tagen aber sprachen wir überhaupt nicht über die Angelegenheit. Die Drillinge schienen noch zurückgezogener und schweigsamer als eh und je zu sein, sodass ich meine Tage fast ausschließlich in der Gesellschaft von Magdalena, der Rothaarigen verbrachte. Die Unterhaltungen mit ihr waren unbeschwert und ironisch, doch auch sie schien zu spüren, dass eine Anspannung in der Luft lag. „Ja, ja. Das ist eindeutig ein Riss im Gemälde", sagte ich zu mir selbst.

Eines Abends kam das Thema schließlich zur Sprache. Die Drillinge sagten mir in neutralem Ton: „Wir haben recherchiert. Die Ehe ist ungültig, sobald beide Ehepartner·innen nicht aufrichtig sind. Der Priester hat damit nichts zu tun." Ein kleines Lächeln umspielte meine Lippen. „Ah, aber ihr wart doch aufrichtig zueinander, ihr habt euch nie belogen." „Genau", platzte es heraus, zum ersten Mal etwas leicht Hitziges im Ton. „Wir waren uns einig, dass wir schauspielern. Also war nichts daran wahr." „So wird es sein", sagte ich mit einem Schulterzucken und wandte mich ab. Einige Tage später wiesen sie mich darauf hin, dass sie zwar rechtlich gesehen nichts zu befürchten hätten, es aber durchaus auf Dauer zu Streitigkeiten kommen könnte. Sie sprachen von den Ehen, den dazugehörigen Familien und Erbschaftsansprüchen. Abschließend bemerkten sie, dass es doch sehr nützlich sei zu wissen, welche der drei Ehen die wirkliche sei. Ich erwiderte, dass es in der Tat sehr nützlich wäre, und beendete lächelnd das Gespräch.

Es folgte eine Zeit der Ruhe, in der ich die Drillinge kaum sah. Gerüchten zufolge waren sie jeweils damit beschäftigt, an der Hochzeit beteiligte Statist·innen auszufragen. Sie wollten den echten Priester finden. Der alte Zeremonienmeister aber hatte alles richtig gemacht. Niemand wusste etwas – und falls doch, hüllten sich diejenigen erfolgreich in Schweigen. Die Drillinge stocherten also immer noch im Dunkeln.

Währenddessen wurde die internationale Lage immer angespannter, in ganz Europa braute sich ein Sturm zusammen. Ich erfuhr, dass die Geschäfte der Drillinge nicht mehr so reibungslos verliefen und auch ihr gesellschaftliches Leben allmählich in Mitleidenschaft gezogen wurde. Von Zeit zu Zeit traf ich sie an, in verschiedenen Salons, aber die Ehe kam zwischen uns nicht mehr zur Sprache. Sie beließen es dabei, mich mit ihren Blicken schweigend zu taxieren. Wie immer also, aber es lag etwas anderes in ihrem Blick; sie ähnelten einer verwundeten Bestie, noch unsicher darüber, wo genau die Verletzung ist.

Ich für meinen Teil war entspannt und befriedigt, kaum mehr besorgten mich meine eigenen schwankenden Geschäfte. Ich wagte es sogar, die Drillinge bei einer unserer Zusammenkünfte spontan anzusprechen. „Herrje, regnet das heute viel, nicht wahr?" Sie starrten mich feindselig an, und ich glaube einzig und allein die Anwesenheit der Gastgeberin veranlasste sie ein „Ja" als Antwort zu zischen. „ja, ja, es ist wahr", murmelte ich vor mich hin, „sehr wahr". Und die Gastgeberin ließ ihren Blick - leicht irritiert – weiter den Tisch entlang schweifen. Synchron griffen die Drillinge nach den auf einem Tablett angerichteten Sektgläsern, nahmen eines und tranken es in einem Zug aus. Mein Lächeln wurde breiter. Ich wusste genau, sie hatten bereits drei getrunken.

Kurz darauf, bei einer anderen Gelegenheit, waren es dann die Drillinge, die das Gespräch suchten. Zunächst erkundigten sie sich unauffällig nach dem Zustand meiner Galerie. Sie bedauerten die Bedingungen, unter denen eine Frau meines Standes heutzutage zu leben gezwungen war. Dann teilten sie mir in gleichgültigem Ton mit, dass sie bereit seien, mir eine kleine Entschädigung für die Mühe zu zahlen, die ich mir gemacht hatte, als ich den sterbenden Mann besucht hatte. Er sei ihnen doch in der Kindheit so wichtig gewesen. Es sei eben ein sentimentaler Schwachpunkt. Und wenn ich ihnen dazu noch mitteilen könnte, was die letzten Worte des Sterbenden gewesen waren, wären sie mir sehr, sehr dankbar.

Ich schenkte ihnen ein breites Lächeln und lehnte dankend ab: ich bräuchte im Moment kein Geld. Und es sei mir doch eine Freude gewesen, dem alten Mann zuzuhören. Schlagartig wurde der Blick der Drillinge scharf wie eine Messerklinge, sie wünschten mir noch einen schönen Tag und gingen. Zwei Tage später, während eines Empfangs, reichte man mir einen Zettel, auf dem nichts stand, außer einer Zahl. Eine sehr hohe Zahl. Ich suchte die Drillinge im Getümmel, stellte sicher, dass sie mich ebenfalls gesehen hatten und zerriss den Zettel. Sehr langsam. Sehr genüsslich.

Am nächsten Abend, als ich nach Hause kam, packte mich plötzlich ein Schatten fest am Arm. Ich brauchte gar nicht versuchen das Gesicht im Dunkeln zu erkennen, ich wusste auch so, dass es einer von den Drillingen war. Ohne lange Vorrede kam der Schatten direkt zur Sache: „Welche ist es?" Ich schwieg. „Ich muss es wissen!" Ich lächelte so sehr, dass ich spüren konnte, wie meine Lippen durch die Kälte der Nacht rissig wurden. „Du wirst es nie erfahren", zischte ich zurück. Mit überraschend starkem Ruck presste mich der Schatten an die

Wand und ich spürte etwas Kaltes an meiner Kehle. Mir gelang es nur noch mit Anstrengung zu sprechen, aber ich versuchte mir nichts anmerken zu lassen. „Es wird dir nichts nützen; wenn ich sterbe, nehme ich das Geheimnis mit ins Grab." Der Schatten zögerte einen Augenblick. In dem Moment öffnete einer der Dienstboten die Eingangstür und ich rief seinen Namen. Der Schatten zog sich sofort zurück und ich konnte ins Haus. Ich verbot mir jegliches Nachfragen der Bediensteten, scheuchte sie weg und lehnte mich mit laut klopfendem Herzen an die Tür. Ich schloss dreimal ab und vermied es von da an, nach Einbruch der Dunkelheit nach Hause zu gehen.

Kurz darauf löste jedoch ein äußeres Ereignis meine Sorgen auf: Krieg brach aus.

Ich bereitete mich darauf vor, gespannt die weiteren Geschehnisse zu beobachten. Ich bin nicht sicher, ob es mein fortgeschrittenes Alter war, aber ich verspürte weniger Angst um mein Leben als Neugierde darauf, wie die Drillinge mit der Situation umgehen würden. In der Tat überraschte mich, dass sie alle drei jeweils verschieden reagierten. Sie verstreuten sich, zogen sich an verschiedene Orte zurück, jemand tauchte wohl zusammen mit der blonden Person unter und wurde nicht mehr gesichtet. Ein Drilling floh in die Schweiz, wohl verdammt zu Ruhelosigkeit und Rumtreiberei. Der dritte Drilling aber meldete sich doch tatsächlich freiwillig an die Front. Ich bildete mir ein, dass es meinem Wirken zu verdanken war, die Einheit der Drei zu brechen und sie nun in dieser Krise alle verschieden agieren zu lassen. Der Gedanke löste eine Welle der Genugtuung in mir aus. Ich zitierte Verdi's Jago und dachte: „Mein Gift wirkt." Daraufhin jedoch plagten mich leichte Vorwürfe wegen meiner Unbescheidenheit. Vielleicht war es auch einfach der Krieg. Vielleicht war der Krieg besser darin, Krisen auszulösen, als ich. Jedenfalls war ich sehr froh, meine Genugtuung nicht länger mit Angst bezahlen zu müssen: die Drillinge konnten mir nichts mehr anhaben.

Doch schon wieder klopfte das Schicksal an meine Tür – und zerrte mich an das Bett eines Sterbenden. Offenbar war der Drilling, der sich freiwillig gemeldet hatte, im Kampf schwer verwundet worden. Obwohl ein Krankenhaus in der Nähe gewesen war und damit schnell medizinische Notversorgung vorgenommen werden konnte, war der gesundheitliche Zustand sehr fraglich. Ich wurde dringlich in das Krankenhaus gebeten, war jedoch unentschlossen ob ich gehen wollte oder nicht. Ich weiß nicht genau, was ich befürchtete, aber ich hatte das vage Gefühl, es könnte ein falscher Schritt sein. Am Ende siegte die Vernunft, gewürzt mit einer Prise bösartiger Sensationsgier: ich ging.

Das Krankenhaus war in einem unerträglichen Zustand, eine Masse an Menschen, die kam und ging und viel mehr Blut, als mir lieb war. In all dem Chaos war es nicht leicht, den verletzten Drilling zu finden. Schließlich aber gelang es mir, ich betrat das richtige Zimmer. Ich erkannte nicht den Drilling, ich wusste, dass ich im richtigen Zimmer war, weil mir eine Mähne roter Haare von einem Bett aus entgegenleuchtete. Ich näherte mich, unter den Haaren rührte es sich und Magdalenas grüne Augen erschienen. Wir starrten uns einen Moment an, ohne etwas zu sagen. Ich war so daran gewöhnt, sie in grüner, wilder Landschaft zu sehen, dass ihr Anblick hier beinahe unwirklich auf mich wirkte. Ungläubig starrte ich sie an, bemerkte ihre geröteten Augen, ihr wirres Haar. Warum war sie hier? Sie hielt meinem Blick stand, die Lippen zu einer schmalen Linie zusammengepresst. Sie schien sich zu bemühen, nicht zu weinen.

„Es ist unsicher, wie lange wir noch haben", sagte sie schließlich. Vage drückte ich mein Beileid aus und machte unwillkürlich einen Schritt zurück, so als wolle ich gehen. Sie jedoch sprang auf und griff nach meiner Hand. Der Druck ihrer Hände überraschte mich. „Erzählen Sie es mir", sagte sie mit forscher Stimme.

Ich versuchte mich aus dem Griff zu befreien. „Was soll ich erzählen?" Vielleicht lag es daran, dass ich kalte Hände hatte, aber es kam mir vor, als würden ihre Finger brennen. Sie verstärkte den Druck. „Ob unsere Ehe die echte ist. Bitte sagen sie es mir. Sie müssen es mir sagen."

„Aber mein liebes Mädchen", versuchte ich sie zu beruhigen, „keine dieser Ehen ist echt, es war doch alles nur Schein, reine Fiktion, sie..."

Doch ich wurde von ihr unterbrochen. „Nennen Sie mich nicht Mädchen." Sie räusperte sich und deutete auf all die Verletzen um uns herum. „Und das ist also alles Fiktion, ja?"

„Nein, nein", beeilte ich mich zu sagen. „Aber..."

„Meine Gefühle sind keine Fiktion." Magdalena bedeutete mir mit einer klaren Geste, auf einem der Stühle neben dem Bett Platz zu nehmen. Ich tat, wie mir befohlen, sah sie verblüfft an und wusste nicht, was ich sagen sollte. Sie blickte auf mich herab und sprach jetzt nicht mehr mit brüchiger, sondern fester Stimme: „Eine dieser Ehen war echt. Ein Priester war echt. Ich will wissen, welche."

Die Tatsache nutzend, dass sie nun also nicht mehr meine Hand hielt, begann ich mich zu entfernen. Ich schlängelte mich um den Stuhl herum, murmelte verwirrt, dass ich es nicht wüsste, dass es nicht klar sei, dass es mich auch gar nichts anginge... Beim Rückwärtsgehen stieß ich jedoch mit einem Verwundeten zusammen und spürte Blut auf meiner Hand. In einem Anfall von Ekel versuchte ich es abzuwischen. In der Zwischenzeit kam Magdalena wieder ungestüm auf mich zu. Tränen flossen ihr Gesicht herab, ihre Augen wirkten in dem Licht noch größer.

„Bitte." flehte sie, „sagen Sie mir, ob unsere Ehe echt ist."

Bevor ich wusste, wie mir geschah, öffneten sich bereits meine Lippen. „Es ist die Echte", antwortete ich ihr. Ich realisierte nicht, was ich tat.

Magdalena aber schenkte mir ein strahlendes Lächeln, welches sie am ganzen Körper zu erhellen schien. Sie ließ mich los, wandte sich sofort zum Bett. Liebevoll nahm sie die Hand des schlafenden Drillings und schien mich bereits ausgeblendet zu haben. Mehrere Minuten stand ich wie versteinert da, sah sie an, die blutigen Verbände, wie sie ihm zugewandt war, mit ihrem Körper seinen von den chaotischen Zuständen um sie herum abschirmte. Mit einem scharfen Einatmen gewann ich die Kontrolle über mich zurück und ging ohne ein weiteres Wort. Magdalena blickte nicht auf.

Seitdem geht mir diese Szene nicht mehr aus dem Kopf.
Ich hatte es gewusst: es war falsch gewesen, in das Krankenhaus zu gehen.

Das Absurdeste aber ist, dass ich gelogen habe.
Oder vielleicht habe ich auch die Wahrheit gesagt.
Ich weiß es nicht und kann es nicht wissen.

Denn die Wahrheit ist, dass der Mann starb, bevor er die Geschichte zu Ende erzählen konnte. Er konnte mir das Geheimnis nicht verraten. Es gibt keine lebende Seele, die es kennt. So bleibt einzig meine bescheidene Erkenntnis, dass wohl die Ehen wahr sind, in denen wahre Gefühle den Mittelpunkt bilden.

UNTRENNBAR VERMENGT
GRETA KÖHNE

Wir erinnern uns noch genau an den Tag, an dem wir zum ersten Mal eine Waschmaschine benutzten. Wir erinnern uns. Wir erinnern uns der Bordsteinkanten, als wir sie das erste Mal gingen. Wir erinnern uns an die Waschmaschine, mit ihren Knöpfen, Gradzahlen und zwei Fächern. Pulver oder Flüssigmittel? Die Frau, die es uns zeigte, fragte das. Vielleicht dreimal. Pulver oder Flüssigmittel, ja ist es eine grundsätzliche Entscheidung?

-

Unser Waschmaschinenfach schimmelt. Wir sehen es alle, aber alle gießen das Lavendelwaschmittel schuldbewusst drumherum. Wie lange werden wir das tun? Bis die Wäsche nicht mehr frisch riecht? Vielleicht. Bis eine andere Arbeit ansteht, vor der wir uns mit Schimmel-entfernen drücken wollen? Wahrscheinlich. In langen Reihen trocknet unsere Wäsche und wartet, endlich gefaltet zu werden. Wir gehen an ihr vorbei, zur Küche Kaffeetassen in der Hand, leer auf dem Hinweg, voll auf dem Rückweg.

Wir fahren zur Arbeit und zur Uni. Auch manchmal leer auf dem Hinweg, voll auf dem...

-

Unsere Wäsche trocknet in dem schmalen Sonnenspalt bei den Fahrradständern. Mülltonnen sind auch nicht weit, aber das übersehen wir, solange wir müssen. Die Kinder spielen mit einem platten Ball. Sie rufen sich zu, ein mitgebrachter Einkaufswagen wird von der Ballwucht fast umgeworfen. In ihrem Spiel sind viele Sprachen.

-

Wir erinnern uns zurück, schmunzelnd manchmal, wenn einer von uns frischen Tee aufgekocht hat, so als wäre diese Anfangszeit eine Anekdote.

Die Frau von der Waschmaschine hat uns auch die Bäckerei um die Ecke gezeigt. Einige von uns dachten „Bäckereiumdieecke" sei ein zusammengehöriges Wort. Lange komplizierte Worte warteten doch hinter jeder Ecke.

In der Bäckerei standen hinter der Ladentheke zwei Menschen; eine ältere Frau und ein jüngerer Mann. Wir wisperten unter uns, unschlüssig die Auslage beäugend. Denn alles, was wir sahen war dunkel und über und über mit Samen. Dunkel und über und über mit Samen, so ist also dieses Brot. Und wenn wir es reißen wollen, teilen? Es ist doch so fest, wie teilen sie dieses Brot?

„Brötchen für wie viel??" fragte die ältere Frau hinter der Theke. Tippte energisch auf die durchsichtige Plastikschale für das Kleingeld. Was sie in uns sah? Sie war nicht erfreut. Wir stotterten.

Sehr langsam, überdeutlich sagte Waschmaschinenfrau: „ERSTE ÜBUNG". Sie verließ den Laden, schaute von draußen durch die Scheibe.

Wir berieten uns. Wir nehmen... „wir hätten gern..." Nichts. Wir kauften nichts, es fühlte sich nicht gut an. Wir schüttelten den Kopf, als wir draußen gefragt wurden und gingen zurück.

Erste vertraute Bordsteinkanten führen zu Gebäuden, in die wir nicht wollen. Provisorien, in denen wir warten.

-

Unsere Anfangszeit ist eine Anekdote. Erste analoge Fotos der ersten gemeinsamen Party wellen sich mittlerweile vor Feuchtigkeit in unserer Küche. Die Supermärkte haben schon geschlossen, sogar der Kiosk unseres Vertrauens auch. Es wird zum Kochwein gegriffen. Mit Kopfschmerz für einen schönen Abend bezahlen. Diese Währung ist akzeptiert. Wir erzählen uns Geheimnisse. „Du dachtest dein Leben lang...?" Dein Leben lang, heißt für uns lang, aber wir hoffen es kommt noch ganz viel dazu. Mit der Zeit sind all unsere Rotweingläser zersprungen. Senfgläser, Marmeladengläser, daraus schmeckt dieser Wein auch. Und wir finden so vieles auf der Straße. Vielleicht halten wir ab jetzt die Augen nach Rotweingläsern offen? Wir hoffen es kommt noch ganz viel dazu.

-

Personenkontrolle. Warum wir? Unsere Blicke zum Boden. Jegliche aggressive Erwiderung wäre die Bestätigung. Durch die Presse und Nachbarschaft jahrelang gefütterte Klischees dieser Menschen. Unsere Blicke zum Boden. Bemerken wir jemanden von uns zucken, werden Blicke gewechselt oder unmerklich der Kopf geschüttelt. Meistens genügt das. Man gewöhnt sich erschreckend gut daran.

-

Freundlich lächelnd, sie meint es freundlich, drückt sie uns allerlei Formulare in die Hand. Einem nach dem anderen. Außerdem holt sie aus ihrer Tasche eine große Packung Billig-Kugelschreiber. Die durchsichtigen in blau und schwarz, bei denen man immer denkt, man könne noch ewig mit ihnen schreiben. Irgendwann ist die Mine scheinbar noch halb voll und sie schreiben nicht mehr.

Wir beschließen, das nicht als Metapher zu nehmen. „Für euch." sagt sie wohlwollend. Ein Dolmetscher, der auf dem Flur am großen Raum vorbeiläuft und die Situation erfasst, übersetzt: Ihr dürft die Kugelschreiber behalten.

Wir nicken ihr zu. Einige von uns haben bereits das Zauberwort gelernt.

-

Und wenn da diese Leute sind, Leute, die schon in unserem Alter, an einer so anderen Stelle stehen. Weil sie nicht durch mindestens einen Erdrutsch verschoben wurden. Diese Leute suchen den letzten Schliff. Holzdielen, geölt. Selbstverständlich grasen sie das schöne Leben ab. Ihr CO_2fußabdruck. Sie machen keine Abdrücke. Nein, nein, wo denken wir denn hin. Sie sind fugenlos. Und für den guten Zweck.

-

Wenn wir herausfinden, dass unsere Vorbilder auch nur Menschen sind. War es uns nicht klar? Vielleicht haben wir es verdrängt. So klug, dieser Mensch, aber auch er macht Fehler. Also holen wir ihn mit gesenktem Blick runter von dem Podest in unserem Kopf. Auf keine

Hilfe angewiesen, außer wir fragen danach, danke! Die Tür in der Behörde ist geschlossen. Macht sie Mittagspause? Wer hat wohl versucht den Tesafilm-Streifen über ihrem Namensschild abzuknibbeln? Wir schauen auf unser Handy, haben ein Vorbild verloren und warten noch auf dieses eine Formular.

-

Am liebsten sind uns die älteren deutschen Herrschaften, Paare oft, die einander immer wieder rückversichernde Blicke zuwerfen. „Herbert, nun sieh nicht immer wieder auf die kaputten Schuhe."
In der U-Bahn zum Beispiel. Er, meist der Belesenere der beiden, das Wort „Wirtschaftsflüchtling" fest in seinem Inventar. Sie, gut gekleidet, die lächelnde Abmilderung seiner Worte.
„Herbert, nun sieh nicht immer wieder auf die kaputten Schuhe."
Ist ihr Wagen in der Werkstatt, oder weshalb nutzen sie den Nahverkehr?
Und während er uns noch abschätzig mustert, ist sie bereits hektisch mit dem Desinfektionsmittel zu Gange.
Vielleicht wollten sie auch beide trinken. Es ist abends, es ist Wochenende, sie können sich amüsieren.

-

Am liebsten sind uns die älteren deutschen Herrschaften. Gepflegt kommen sie vom Brunch? Woher sie kommen, wissen wir nicht genau, wenn wir über den Mülltonnen hängen. Wir müssen nicht aus dem Müll essen, das wissen wir. Aber all diese Kürbisse, wer verkocht die denn sonst?
Das Paar tuschelt, sollen sie eingreifen? Ist das jetzt Zivilcourage, wenn sie sich ein Herz nehmen, uns anzusprechen? Wir blicken auf. Wir müssen nicht aus dem Müll essen, das wissen wir. „Es ist Ihnen klar, dass das nicht legal ist?" Für sie ist nicht legal gleichbedeutend mit nicht *legitim*. Es ist uns bewusst, vielen Dank. Nun gehen Sie doch zu ihren dekorierten Wohnzimmern zurück. Wir wollen noch kurz wühlen. All die Kürbisse, wer verkocht die denn sonst?

-

Wir stellen einander Thymian-Tee ans Bett.

In diesen Zeiten halten wir Wärmflaschen bereit, man muss sich wappnen. Manche von uns lassen das Licht an im Flur, ein funzeliges, selbst wenn sie gehen. Um denen, die kommen zu zeigen: du bist nicht allein.

Nein, allein sind wir wirklich nicht. Durch die Türen, die unsere Zimmer verbinden, pflanzenumrankt, begleiten die Geräusche der Anderen stets unser Tun.

Die größte Wappnung gegen die dunkler werdenden Tage ist eine schon unter der Bettdecke versteckte Wärmflasche.

Ein paar Worte noch vor dem Einschlafen, beim nebeneinander Zähneputzen. Die paar Zahnputz-Worte, wir nehmen sie mit in unsere Träume.

-

Träume davon, wieder zurück zu sein.

Im Dunkeln erlauben wir uns durch die Straßen in unseren Köpfen zu gehen. Das ist manchmal schrecklich und manchmal tröstlich. Im Dunkeln erlauben wir uns durch die Straßen in unseren Köpfen zu gehen. Nicht heiße Milch mit Honig, es sind die Straßen im Dunkeln. Wieder da sein. Wer wäre auch da? Wer wären wir, wieder dort?

Schlimmer noch als von diesen Träumen erwachen zu müssen und sich in dem Neonröhrenlicht der Sammelunterkunft wiederzufinden ist für uns heute, zu diesen Träumen keinen Zugang mehr zu haben. Es gibt kein Zurück.

Wenn die Erkenntnis einsickert, dass Jahre vergangen sind, dass sich nicht nur in unserem Leben so vieles gedreht und gewendet hat.

Aber noch wissen wir nicht von diesem Moment. Und noch wirkt das Schlafelixier der Rückkehr durch wuselige, vom Hupen widerhallende Straßen.

-

Und natürlich wissen wir, dass die einzelnen Paare, die einzelnen Kommentare nicht das Problem sind. Strukturen. Die Strukturen nehmen wir mit in unsere Träume. Keine einzelnen Probleme, sondern Problemverkettungen. Ist aus den Gliedern dieser Ketten auch unsere Psyche strukturiert? Im Teedampf formt sich unsere Vorstellung. Sie kräuselt sich. Haben wir Utopien? Nach der Überschwemmung sehen wir nur, wo das Wasser abgelaufen ist. Schlammüberzogene Linien, ineinanderlaufend. Der Wind greift in die Felder. Wir versuchen von uns wegzuzoomen auf die Welt und sehen Unordnung. Sich überlappende Unordnung. Wir lassen das also mit dem Zoom. Konzentrieren uns auf den nächsten Schritt. Auf die vertraute Bordsteinkante. Haben wir Utopien? Die Strukturen nehmen wir mit in unsere ...

-

Leicht nach vorn gebeugt laufen wir durch den nassen Wind. Wir haben immer noch zu kalte Jacken. Also steigen wir über Blättermatsch, entscheiden uns für den Bus. Beschlagene Scheiben von all diesen atmenden Menschen. In diesem Winter werden wir weniger heizen. Wir werden beieinander eingehakt durch die Straßen gehen, wenn es dunkel ist, nachts oder nachmittags, vorbei an den beleuchteten Fenstern. Beschlagene Scheiben von all diesen atmenden Menschen.

-

Wir mischen die Zutaten. Nehmen uns die Zeit Mehl zu sieben, weil es so schön rieselt. Aber wir wiegen nicht alles ab. In lauwarmem Wasser rühren wir Honig an. In die Schüssel gegossen und mit dem Schneebesen schlagen wir cremig. Jetzt kommen die feinen Nuancen: eine Prise Salz. Eine Prise Kardamom. Drei Prisen Zimt. Wir lassen uns gegenseitig den Teig probieren. Wir mischen die Zutaten, untrennbar vermengt. Niemand wird mehr sagen können, was genau was war. Wir lassen im Ofen ein kleines Stück Trost wachsen.

-

Wir erinnern uns zurück an die Anfangszeit, und wie oft wir, wenn wir nicht mehr weiter wussten, putzten.
Manchmal kamen uns alte Lieder in den Kopf, während wir uns mit den Besen unter den billigen Betten abmühten, um wenigstens in der äußersten Schicht unseres Lebens für Ordnung zu sorgen.

-

Wir verlieben uns. Ineinander und in Unbekannte. Wir lernen Unbekannte kennen. Wir tauschen vorsichtig Handynummern aus, wir fragen nach „Hast du Lust?" Wir gehen mit warmen Wangen durch gefallenes Laub.

-

Und manchmal hilft nur Spiel. Brettspiel, Verstecken, Fantasiegeschichten. Wir kramen aus Ecken die Spiele herbei. Wir kramen aus den Ecken unserer Köpfe Geschichten herbei. Werden klein und herzklopfend im Versteck. Mischen die zerknickten Karten neu. Werden laut und frustriert. Wir wollten gewinnen!

INSEPARABILMENTE MESCOLATO
GRETA KÖHNE
Traduzione in modo creativo di Lucia Masetti

Ricordiamo il giorno in cui abbiamo usato la lavatrice per la prima volta. Lo ricordiamo bene. Ricordiamo i marciapiedi quando li abbiamo calpestati per la prima volta. Ricordiamo la lavatrice, con i suoi pulsanti, i numeri e i due scomparti. Detersivo in polvere o liquido? L'assistente sociale che ce l'ha mostrata ce lo ha chiesto forse tre volte. Detersivo in polvere o liquido, è una scelta così fondamentale?

-

Lo scomparto della lavatrice è ammuffito. Lo vediamo tutti, ma tutti, colpevolmente, ci versiamo lo stesso il detersivo alla lavanda. Per quanto andremo avanti così? Fino a che il bucato non profumerà più di fresco? Forse. O fino al momento in cui avremo un altro lavoro da fare e cercheremo di evitarlo pulendo la muffa.

Il nostro bucato si asciuga in lunghe file, in attesa di essere piegato. Ci passiamo davanti e andiamo in cucina con le tazze del caffè in mano, vuote all'andata e piene al ritorno.

Poi usciamo, per andare al lavoro o all'università. Vuoti all'andata, pieni al ritorno...

-

Il nostro bucato asciuga in uno spicchio di sole, accanto alle rastrelliere delle bici. Anche i cassonetti della spazzatura non sono lontani, ma non è necessario farci caso in questo momento. I bambini giocano a pallone. Gridano tra loro, un carrello della spesa preso chissà dove viene quasi rovesciato dalla forza della palla. Ci sono molte lingue nel loro gioco.

-

Ricordiamo ancora quei primi giorni, talvolta sorridendo, mentre uno di noi prepara il tè.

La donna della lavatrice ci ha accompagnato anche nella panetteria in fondo alla strada. Alcuni di noi pensavano che "panetteriallangolo" fosse una parola sola: parole lunghe e complicate erano sempre in agguato.

C'erano due persone dietro il bancone: una donna anziana e un uomo giovane. Ci siamo consultati sottovoce, lanciando occhiate indecise al pane esposto. Tutto ciò che vedevamo era scuro e coperto di semi. Scuro, compatto e coperto di semi, così è il loro pane. E se volessimo spezzarlo? Con un pane così duro, come fanno a condividerlo?

"Quanti panini?" ha chiesto la donna anziana, picchiettando impaziente sul bancone.

Cosa vede quando ci guarda? abbiamo pensato. Certo non sembrava divertita.

L'assistente sociale ha detto, con parole molto lente e chiare: "Primo esercizio", poi è uscita dal negozio per guardare attraverso la vetrina come ce la saremmo cavata.

Balbettavamo. Prenderemmo... vorremmo... Niente. Non abbiamo preso niente. Non ci sentivamo bene. Quando ci hanno chiesto di uscire abbiamo ubbidito, scuotendo la testa, e siamo tornati indietro.

Abbiamo seguito con riluttanza cordoli di pietra ormai famigliari, che ci conducono a edifici in cui non vogliamo entrare. Edifici temporanei dove aspettiamo.

-

I nostri primi giorni qui sono già un ricordo. Le foto analogiche della prima festa che abbiamo fatto insieme sono increspate dall'umidità della cucina.

Avevamo preso dall'armadio il vino per cucinare. Troppo tardi per comprarne un altro: i supermercati erano già chiusi. Pagheremo la bella serata con un mal di testa, ci siamo detti: moneta accettata.

Ci siamo raccontati i nostri segreti, le nostre certezze distrutte: "Davvero hai creduto per tutta la vita che...?" (Tutta la vita per noi significava un tempo lunghissimo, ma speravamo ce ne fosse altrettanto davanti a noi.)

Tutti i nostri bicchieri di vino erano andati in frantumi, con il tempo. E barattoli di senape, e vasetti di marmellata. Eppure anche quel vino aveva un buon sapore. Forse d'ora in poi, abbiamo pensato, dovremmo guardarci attorno alla ricerca di nuovi bicchieri. Speriamo di trovarne molti altri.

-

Ci controllano i documenti. Perché proprio a noi? Teniamo gli occhi a terra. Qualsiasi replica aggressiva sarebbe una conferma. Gli stereotipi su di noi sono stati alimentati per anni dalla stampa e dalle chiacchiere. I nostri sguardi sono fissi a terra. Se notiamo che qualcuno di noi si agita, ci scambiamo un'occhiata e scuotiamo impercettibilmente la testa. Il più delle volte è sufficiente. Ci si abitua in modo spaventoso.

-

Sorridendo con gentilezza ci consegna moduli di tutti i tipi. Uno dopo l'altro. Tira fuori dalla borsa anche un grosso pacchetto di penne economiche. Quelle trasparenti, blu e nere, con cui pensi di poter scrivere per sempre. A un certo punto la ricarica sembra ancora mezza piena ma loro non scrivono più. Decidiamo di non prenderla come una metafora. "Per voi", dice con benevolenza. Un interprete, che passa nel corridoio e coglie la situazione, traduce: "Potete tenere le penne". Le facciamo un cenno con la testa. Alcuni di noi hanno già imparato la parola magica.

-

Hanno la nostra età, ma il posto in cui si trovano è così diverso. Non sono mai stati sfollati, nemmeno da una frana. Ormai gli restano solo gli ultimi tocchi da dare alla vita, una lucidata ai loro inappuntabili parquet. Limitare le emissioni di CO_2 è la loro unica, grande preoccupazione.

Ma via, cosa stiamo dicendo. La loro vita è senza soluzione di continuità: non ha rotture, ed è meglio così.

-

E poi scopriamo che anche gli eroi sono solo umani. Che poi, lo sapevamo perfettamente: forse l'avevamo rimosso. Una persona sembra così intelligente, poi anche lei commette un errore. Allora la facciamo scendere dal piedistallo nella nostra testa, con gli occhi chini.

La porta dell'ufficio è chiusa. È in pausa pranzo? Per quanto dovremo aspettare?

Il nostro sguardo migra a caso. Chi avrà cercato di grattare via il pezzo di scotch col suo nome, attaccato sulla porta?

Sbirciamo il cellulare. Abbiamo perso un eroe e stiamo ancora aspettando quel modulo.

-

I nostri preferiti sono i signori anziani. Spesso in coppia, si lanciano occhiate rassicuranti. "Berto, smettila di guardare le loro scarpe".

Nella metropolitana, per esempio. Lui, di solito il più colto dei due, con la parola "migrante economico" ben impressa nel suo vocabolario. Lei, ben vestita, la sorridente mitigazione delle sue parole.

"Berto, smettila di guardare le loro scarpe rotte."

Hanno l'auto dal meccanico, senza dubbio: non sembra gente che usa il trasporto pubblico.

E mentre lui continua a guardarci con disprezzo, lei già armeggia frenetica con il disinfettante.

O forse anche loro volevano bere. È sera, è il fine settimana, possono ben divertirsi.

-

I nostri preferiti sono i signori anziani. Arrivano ben pasciuti… da dove? dal brunch?... quando ci sorprendono vicino ai cassonetti. Non dobbiamo mangiare dai rifiuti, lo sappiamo. Ma tutte quelle zucche, chi altro le cucina?

La coppia sussurra. Devono intervenire? È questo il coraggio civile, quando hanno il fegato di parlarci? Alziamo lo sguardo. Non dobbiamo mangiare dalla spazzatura, lo sappiamo. "Vi rendete conto che questo è illegale?". Per loro, illegale significa impossibile. Ne siamo consapevoli, grazie mille. Ora perché non tornate al vostro salotto? Noi abbiamo da fare. Tutte quelle zucche, chi altro le cucina?

-

Alla sera prepariamo il tè al timo, ciascuno lo mette vicino al letto dell'altro.

Teniamo pronte le borse dell'acqua calda: di questi tempi bisogna essere preparati. Alcuni di noi lasciano la luce accesa nel corridoio, una luce brillante, anche quando escono. Per mostrare a chi arriva: non sei solo.

E davvero non siamo mai soli. Attraverso le porte che collegano le nostre stanze, circondate da piante, i suoni degli altri accompagnano sempre le nostre azioni.

La migliore armatura contro le giornate più buie è una borsa dell'acqua calda già nascosta sotto il piumone.

Poche parole bofonchiate prima di andare a letto, mentre ci laviamo i denti fianco a fianco. Le poche parole con cui ci laviamo i denti le portiamo con noi nei nostri sogni.

-

Sogniamo di tornare.

Al buio osiamo camminare per le strade nella nostra testa. A volte è terrificante, a volte confortante. Al buio camminiamo per le strade della nostra testa. Non sono strade di latte e miele, ma strade di buio. Essere di nuovo lì. Chi ci sarebbe con noi? E noi, noi chi saremmo?

La cosa peggiore, al risveglio, non è ritrovarci tra le luci al neon dell'alloggio collettivo. La cosa peggiore è che siamo chiusi fuori dal sogno. Non possiamo tornare indietro. Apriamo gli occhi e vediamo che sono passati anni, che tante cose sono infinitamente mutate.

Ma nel sogno non ne sappiamo nulla. E la pozione che ci riporta indietro, alle nostre strade gonfie di clacson, funziona ancora.

-

Naturalmente sappiamo che le singole persone, i singoli commenti non sono il problema. È il sistema. Portiamo il sistema con noi nei nostri sogni. Non sono problemi individuali, ma catene di problemi. Anche la nostra psiche è forgiata con gli anelli di queste catene?

La nostra immaginazione prende forma, fluttuante, nel vapore del tè. Abbiamo speranze? Dopo l'alluvione, vediamo solo dove l'acqua è defluita: linee di fango che si intrecciano. Il vento raggiunge i campi. Cerchiamo di allontanarci da noi: zoomiamo all'indietro, a campo intero, e vediamo solo disordine. Un disordine che si accumula. Allora zoomiamo in avanti. Ci concentriamo sul passo successivo. Sul marciapiede familiare. Abbiamo speranze? Portiamo il sistema con noi nella nostra anima.

-

Piegati in avanti, camminiamo nel vento umido. Abbiamo giacche troppo leggere. Così, scavalcando la fanghiglia, decidiamo di prendere l'autobus. I finestrini sono appannati da tutta questa gente che respira. Avremo ancora più freddo, quest'inverno. Cammineremo insieme, aggrappati, per le strade quando è buio, di sera o di notte, davanti alle finestre illuminate. Finestre appannate da tutta questa gente che respira.

-

Mescoliamo gli ingredienti. Ci prendiamo del tempo per setacciare la farina, perché fiocca in un modo così bello. Ma non pesiamo tutto. Mescoliamo il miele con l'acqua tiepida. Versiamo nella ciotola e sbattiamo fino a ottenere un impasto cremoso. Ora arrivano le sfumature sottili: un pizzico di sale; un pizzico di cardamomo; tre pizzichi di cannella. Ci facciamo assaggiare l'impasto l'un l'altro. Amalgamiamo gli ingredienti, inseparabilmente mescolati. Nessuno sarà più in grado di dire cosa era cosa. Lasciamo che un boccone di benessere lieviti nel forno.

-

Ricordiamo i primi tempi e la frequenza con cui facevamo le pulizie quando eravamo bloccati in casa.

A volte ci venivano in mente vecchie canzoni mentre lottavamo con le scope sotto le brandine, per mantenere l'ordine almeno sulla superficie delle nostre vite.

-

Ci innamoriamo. L'uno dell'altro e degli sconosciuti. Conosciamo gli sconosciuti. Ci scambiamo con cura i numeri di cellulare, chiediamo: "Ti va?". Camminiamo tra le foglie cadute con le guance calde.

-

E a volte solo il gioco aiuta. Giochi da tavolo, nascondino, storie di fantasia. Tiriamo fuori i giochi dagli angoli. Tiriamo fuori le storie dagli angoli della nostra testa.

Ridiventare piccoli e nascondere il nostro cuore spezzato in qualche cantuccio. Rimescolare le carte spiegazzate. E poi rumoreggiare, frustrati, perché volevamo vincere!

TANDEM
PETER ROSENTHAL
LUCA TOSI

Kommentar von Peter Rosenthal

Ich habe den Text von Luca sehr gerne übersetzt. Der Titel war bereits in der Ursprungssprache in poetischer Hinsicht eine gewisse Herausforderung ASPETTANDO CHE IL MIO CUORE CAMBI. Aber bald tingelte ich mit dem poetischen Ich unter anderem in einem Flix-Bus durch sonntägliche, ausgehöhlte Städte Norditaliens, welche für den Touristen ein Versprechen bedeuten, für den Einheimischen jedoch Orte jener bekannten Sonntagsmalaise sind, aus der, entweder Unglück oder Leidenschaft erwachsen. Ich fing an mich, sowohl auf diesen anscheinend willkürlichen Reisen, als auch in der Übersetzung immer wohler zu fühlen.

Herz(ens)dame, Kater, Pizza Rendezvous` und so Einiges was die Romantik in der Zeit von Flixbus und Fahrradjacken mit Werbeemblems so hergibt, entfachten einen Zauber, in dem ich mich nach und nach so sehr vertiefte, dass ich das Ende um ein (Katzen)Haar fast verpasst hätte.

Aber, gerade noch rechtzeitig aufgewacht, schickte ich Luca meinen, ach nein seinen Text – auf Deutsch. Danach fuhr ich zum Yoga-Kurs nach Ehrenfeld. Die Übungen zielten auf eine Entspannung des Brustraumes, und an einer Stelle hieß es, als eine Art Mantra der Übungsstunde: "Das Herz sagt immer Ja."

Also, es lohnt sich zu warten!

Commento di Luca Tosi

Dopo aver ragionato su quale fosse la via migliore per tradurre il racconto di Peter Rosenthal in italiano, ho scelto di attenermi a una trasposizione fedele al testo, ma ritagliandomi piccoli spazi di rinarrazione libera. Per la fase di riscrittura io e Peter abbiamo deciso di non confrontarci mai, in modo da assicurare l'un l'altro la massima libertà di azione; solo al termine della prima bozza di traduzione ci siamo messi in contatto, così da evitare fraintendimenti ed accertarci reciprocamente di aver ben interpretato il senso dei nostri testi.

È stato un processo difficile, però molto soddisfacente: la scrittura delicata ma fitta, ellittica, ricca di richiami di Peter mi ha messo a dura prova.

Man mano mi sono reso conto che, per taluni passaggi del testo, mi si presentava un ampio ventaglio di possibilità di traduzione, mentre per altri passaggi ho dovuto scavare a fondo per identificare l'unica trasposizione possibile, a volte ricorrendo alla rinarrazione libera come "ultima spiaggia"; il tutto sempre mantenendo, come mia priorità, la fedeltà al tono del narratore e all'idea di fondo.

ASPETTANDO CHE IL MIO CUORE CAMBI
LUCA TOSI

Parte I

Era l'inverno di tre anni fa. A fine gennaio aveva nevicato. Io, l'inverno di tre anni fa non sentivo freddo. Ci sono degli anni che lo patisco l'inverno, altri per niente. Sveglia alle sette, venti minuti di macchina, poi ufficio otto ore. Giorni che cadevano a sera tutti uguali. Per l'UnipolSai lavoravo, in un'agenzia a Cesenatico sul porto canale. Assicurazioni: rc auto, casa, vita, eccetera. Pratiche, dal lunedì al venerdì per mille e settecento euro al mese. Vivevo in un bilocale a Igea Marina; doccia in muratura in bagno; in salotto divano ad angolo e quarantadue pollici di tv. In quel periodo l'UnipolSai aveva programmato una riduzione delle filiali. Licenziamenti, prepensionamenti, buonuscite. Per guadagnare in competitività, dicevano.

Bologna, un anno dopo. In bici, le nove di sera. Pedalavo su Via Delle Lame verso il centro, fra la fretta di arrivare e l'idea del rinculare a casa. Mi ero trasferito a Bologna da dieci giorni: sentivo il coraggio di fare cose nuove. Per mettere via il passato. Io e Ada dovevamo vederci all'Ora d'aria, in Via Morgagni. Prima volta che ci andavo. Avevo cercato la strada su Google Maps. La bici l'avevo legata a un palo e una volta lì, invece di entrare, avevo dato un'occhiata dalle vetrate. Tavolini, luci basse. Seduta su uno sgabello, al bancone, c'era Ada. Avevo pensato: che fortuna, poterla guardare senza essere visto. Dall'ultima volta che ci eravamo parlati, quattro mesi prima, non era cambiata: bionda ossigenata, un maglione verde bottiglia e gonna lunga, nera. Pallida in faccia. Schiena dritta, collo piegato da una parte e gli occhi spioventi nel bicchiere di vino sul bancone. Aprendo la porta del bar avevo sperato che si girasse, mi avrebbe tolto dalla vergogna del dover farmi vedere io.
«Ada?»
Lì si era girata.

165

«Valerio!» aveva detto. «Siediti.»

Ai piedi indossava delle scarpe nere, lucide, coi lacci neri, lucidi.

«Come stai?» le avevo chiesto.

«Se sto male, vuoi sapere?»

«Stai male?»

«Sono in forma. E tu?»

«Bene.»

«Bene come?»

Un sorso al vino, poi il bicchiere l'aveva riappoggiato sul bancone.

«Ciao, cosa ti porto?» mi aveva chiesto il barista.

«Vino anch'io.»

Ada muoveva il bicchiere già vuoto sul bancone.

«Sedici anni che abito a Bologna e tu arrivi adesso» aveva detto. «È il segnale che dovrei andare via?»

Il barista mi aveva servito il vino, ma in un bicchiere differente da quello di Ada. Subito, Ada era scivolata giù dallo sgabello e aveva preso fuori le sigarette dal cappotto: Diana blu.

«Intanto vado a fumare.»

«Intanto?»

«Che bevi.»

Prima di uscire aveva pagato pure per me. Scolato al volo il mio bicchiere, uno o due minuti dopo l'avevo raggiunta.

«Non c'è la luna stasera» aveva detto; la voce le era uscita rauca.

Tirava dalla sigaretta strizzando gli occhi. La brace sulla punta si faceva rossa e la faccia di Ada, dietro, più buia. Avevo guardato i palazzi sopra di lei e il cielo: era vero, niente luna.

«Sono stata un mese intero a Palermo, tutto settembre. Passeggiate sul mare e cose così. Però non sono sicura che mi abbia fatto bene.»

«Perché proprio Palermo?»

«Da mio marito.»

«Sei sposata?»

«Ex marito.»

«Quando sei stata sposata?»

«Mai, ma è come se lo fossi stata. Col mio ex storico, intendo.»

Aveva lasciato cadere la sigaretta, poi era partita a camminare, lenta, come per darmi tempo di seguirla. Era avanti a me di sei, sette passi. Più in là aveva sbattuto di spalla contro una saracinesca, e in quel suono si era persa la sua risata. Poco dopo si era fermata a una bancarella, c'era un tavolino con degli orecchini sopra. Seduto lì, un asiatico. Ada sfiorava gli orecchini con due dita. L'asiatico aveva sbadigliato.

«Non mi piace niente, vado a casa» aveva detto tornando a guardarmi.

Aveva attraversato la strada. Non l'avevo seguita. Si era girata indietro, arrivata di là. Un cenno col mento prima di svoltare l'angolo. Ero tornato alla mia bici, all'Ora d'aria. L'avevo slegata ed ero partito verso casa mia. Pedalavo, e il rumore delle ruote mi girava in testa, rauco, insieme alla voce di Ada.

Il cielo di notte, a Bologna, è diverso dal cielo di notte a Igea Marina. A Igea Marina le stelle si vedono tutte, stanno a galla. A Bologna sembrano affondare dentro il cielo. È più alto il cielo di Bologna. Saranno i palazzi che lo tengono su, pensavo. Non mi sono mai sentito schiacciare dal cielo, a Bologna. A Igea Marina sì. Quella notte, pedalando, avevo pure pensato che si possono solo abbandonare, i cieli che ti hanno cresciuto, ma che poi ti franano addosso, schiacciandoti, e che cambiare posto dove vivere vuol dire cambiare cielo sotto cui stare. Senza dover più piegare la schiena.

Parte II

Parcheggiavo prima del passaggio a livello, a Cesenatico, ogni mattina. Poi andavo per il porto canale fino all'agenzia. Ci stavo attentissimo al canale. Metti che inciampo, pensavo, o scivolo e ci casco dentro? Sarebbero usciti a ridersela, i miei colleghi. Però non succedeva.

Sopra la porta a vetri dell'agenzia, l'insegna UnipolSai blu e rossa. Quattro uffici. Non c'erano telecamere, ma sembrava, lo stesso, di stare in un posto dove quelli che ci lavorano si comportano da sorvegliati. Piovigginava, il giorno che mi sono licenziato. Era febbraio. C'era un vento che increspava l'acqua del canale. Dopo aver dato le dimissioni, ci avevo bagnato due dita nel canale, simbolicamente.

Di sera aveva nevicato. A casa avevo abbassato le tapparelle fino in fondo. Sul divano, col computer sulla pancia mi ero sparato *Titanic*. Niente sveglia i giorni dopo. La luce, al mattino, faceva sembrare quei giorni sempre domenica. Di pomeriggio flessioni sul pavimento, con due sedie pompavo i bicipiti e poi via sotto la doccia. Mi ero svegliato, una notte, che mi scappava da pisciare. Non ero andato in bagno. C'avevo una bottiglietta sul comodino, vuota. C'avevo pisciato dentro.

Due settimane prima, su un Flixbus da Cesena a Udine, era sabato, ero da solo. Delle volte, di domenica partivo per gite così, da farsi in giornata. Città dove non sono mai stato, era il criterio. Una valeva l'altra. Sceglievo dalla lista di destinazioni di Flixbus. Non era andare a Udine, o Perugia o Pisa che m'interessava. Cercavo l'abbandono nelle ore del viaggio, poi giravo a piedi con la giornata che tira a sera.

Quella domenica, appena salito avevo visto una ragazza nelle prime file. Capelli biondi ossigenati con la ricrescita sotto. Gambe schiacciate contro il seggiolino davanti. Addosso, una mantellina da ciclista gialla con tutti gli sponsor e sotto una gonna nera, a pieghe, tipo quelle dei ventagli. Mi ero seduto nella fila dietro. La spiavo dallo spiraglio fra i seggiolini. Leggeva un libro. Chissà cosa ci fa, mi ero chiesto, in mantellina da ciclista su un Flixbus per Udine. Avevo chiuso la manopola che soffiava aria sopra la mia testa, poi gli occhi.

«Scusa, hai una penna?»

Sarà stato dieci, quindici minuti dopo: si era rivolta indietro, verso di me, gomiti appoggiati sul suo poggiatesta. Parte dei suoi capelli era tenuta insieme da una spilla viola. Fronte ampia, occhi azzurri.

«Poi te la ridò» aveva aggiunto.

Frugando nel mio zaino mi erano saltati in mano un cavatappi e un orologio digitale. Avevo continuato a cercare, finché una penna era spuntata. Biro blu, senza tappo. C'eravamo guardati. Mi si era formata l'idea che la sua fronte fosse fredda al tatto. Aveva aperto la mano e le avevo dato la Biro, poi si era rimessa a sedere.

Due fermate, Bologna e Padova, a caricare altra gente. Due ore più tardi mi ero sporto, di faccia, nello spiraglio fra i due seggiolini.

«Cosa leggi?» le avevo chiesto.

«Nicola Lagioia, *Riportando tutto a casa.*»

Le vedevo un occhio solo.

«Sai? C'è un disco di Bob Dylan che ha lo stesso titolo» aveva continuato. «*Bringing it all back home.* È uno dei miei dischi preferiti.»

«E il libro com'è?»

«Lo leggo e basta, alcune parti mi piacciono, altre le dimentico subito.»

Chiuso il libro, l'aveva mosso di lato per farmi rendere conto dello spessore. Al che aveva infilato la mano nello spiraglio fra i seggiolini, e io anche.

«Piacere, Ada.»

«Valerio.»

Fredda, la sua mano.

«Vuoi una liquirizia?»

Da una tasca della mantellina aveva tolto una scatola di latta.

«Prendi.»

Me n'ero sganciate in bocca due, indeciso se masticare. Lei, quattro o cinque e sì, masticava. Gli sponsor sulla sua mantellina erano: Mercatone Uno al centro, poi Enervit, Mapei e altri più piccoli. Dal colletto giallo s'alzava il suo collo.

«Che lavoro fai?» mi aveva chiesto.

«L'assicuratore.»

«Si guadagna?»

«Sì. Tu?»

«Io non guadagno.»

Buttato lo sguardo oltre me, verso la coda del Flixbus, si era arrampicata con le braccia sul poggiatesta, per issarcisi come prima.

«Anni?» aveva detto, ma un momento dopo: «No! Non dirlo. Indovino.»

Sembrava che memorizzasse la mia faccia pezzo per pezzo.

«Venti… Nove?»

«Sì.»

«Ho sparato a caso! Io quanti? No, lascia stare, rischi di offendermi. Te lo dico direttamente, ne ho otto più di te.»

«Cosa ci vai a fare a Udine?» le avevo chiesto.

«Sto tre giorni da mia mamma e recupero Albert.»

«Chi è Albert?»

«Il mio gatto.»

Cosa c'andassi a fare io a Udine, non me l'aveva chiesto.

«Adesso dormo» aveva detto. «Mi è salito un sonno bellissimo.»

Nello spiraglio non c'avevo più guardato. Sentivo freddo, come quando si scioglie una tensione. Mi ero tirato su per osservarla da sopra. La sua testa oscillava a ogni vibrazione del Flixbus. La faccia, galleggiante, sembrava una maschera. Occhi chiusi.

Mi ero ricordato che prima, parlando, avevo avvertito l'odore del suo respiro. Inospitale come odore, ma in qualche modo le si accordava.

Il Flixbus si era spento in un parcheggio vuoto di macchine, era il primo pomeriggio. Solo alberi spogli e nebbia grigia. Mi ero alzato. Le braccia di Ada dritte verso l'alto, le mani a stiracchiarsi. *Riportando tutto a casa* infilato in borsa. I passeggeri scendevano uno alla volta.

Giù dal bus Ada aveva gli occhi stropicciati, la bocca che s'aggrappava tutta alla sigaretta. Io, mani in tasca, ero piantato davanti a lei. «'Sto sonno lo continuerò a casa» aveva detto. «Non vedo l'ora.» Cose per rispondere non ne avevo. Fumava, tirava su col naso. Un freddo cane, quel giorno a Udine. Alcuni prendevano i trolley dalla stiva del Flixbus.

«Ti lascio il mio numero, se capiti a Bologna. Abito lì», e aveva tossito.

Tre tre nove, eccetera. Salvato sotto Ada Flixbus. Senza parole c'eravamo salutati. Andava via, e il fumo della sigaretta le volava sopra, confluiva nella nebbia del parcheggio. Era già lontana ormai, quando mi ero ricordato della Biro blu: se l'era tenuta.

Parte III

Undici di sera, ero uscito a fare due passi. C'era una troupe in spiaggia a Igea Marina. Telecamere, macchinisti imbacuccati e, seduto su una seggiola, Pupi Avati con una sciarpa bianca. Un tipo e una tipa dovevano correre sulla passerella, mano nella mano verso il mare. La scena voleva che poi si fermassero, lui doveva dire una battuta e baciare lei. L'avevano ripetuta almeno sette volte. Pupi Avati non era contento del ragazzo. Avevo pensato, lì, che io ci abitavo a Igea Marina da quattro anni, e non mi era mai successo di correre in spiaggia, d'inverno, di notte, mano nella mano con una ragazza, e baciarla.

La mattina dopo avevo scritto ad Ada.

Sono Valerio. Così hai il mio numero.

Verso mezzogiorno mi aveva risposto: *Ho dovuto lasciare il Sottosegretario dall'elettrauto. Mi ha abbandonata in autostrada. È venuta a prendermi un'amica e sto tornando a Bologna. Ci vediamo?*

Chi è il Sottosegretario?

La mia macchina.

Un piatto di fusilli in bianco ed ero andato in stazione, a Cesena, a prendere il regionale per Bologna. Alle quattro del pomeriggio ero già là. Ada mi aveva mandato il suo indirizzo: *Via Santo Stefano 138, arrivo per le otto. Presentati con una pizza.*

Avrei dovuto chiederle prima a che ora sarebbe tornata. Quattro ore vuote c'avevo da sbattere. In via Indipendenza avevo camminato lento, come se servisse a far passare più minuti. Mi ero seduto sui gradini della chiesa di San Petronio, mezz'ora. Poi un giro alla Feltrinelli sotto le Due Torri. Nel reparto narrativa avevo cercato Lagioia, *Riportando tutto a casa*. Solo per vedere se c'era. C'era.

Alle sette avevo preso i portici di via Santo Stefano, due margherite da Regina Margherita e alle otto in punto ero al portone del 138. Una vecchia palazzina di tre o quattro piani. Sui campanelli c'erano solo i cognomi. Quello di Ada non lo conoscevo.

Sono sotto, le avevo scritto.

Sali. Secondo piano, e mi aveva aperto.

Per le scale avevo incrociato due tipi che portavano giù una caldaia. In un angolo, sul pianerottolo del secondo piano, nella penombra c'era una pianta con le foglie tonde. Era già aperta la porta. Un gatto bianco, con una specie di imbuto che gli circondava il collo, mi era venuto fra i piedi. Qua e là sul pelo aveva del sangue secco, la pelle bucata; gli si vedevano le ossa, le cartilagini.

In corridoio, scarpe spaiate. Dal pavimento si alzavano torrette di libri usati, sdruciti. Dei tubi correvano per il soffitto.

«Sono in cucina!»

Una finestra, sulla sinistra, dava sul cortile interno. Al vetro erano attaccate col nastro adesivo ciocche di capelli biondi. Dopo la finestra, una porta senza maniglia con un foglio appeso e la scritta: "Il bagno più freddo d'Europa". Due, tre passi ancora avanti, la cucina. Pendeva dal soffitto una lampadina scoperta. Ada era lì sotto, seduta a tavola.

«Eccomi» avevo detto. «Ciao.»

«Birra?»

Si era alzata per cercare un cavatappi in un cassetto, frugandoci rumorosamente. Poi aveva preso le forbici e due Peroni dal frigo.

«Come stai?» le avevo chiesto, ed ero partito a scoperchiare i cartoni delle pizze.

«Così così… Solite oscillazioni.»

Tagliato il primo spicchio mi aveva ceduto le forbici.

«Ieri sera sono uscita con uno. Siamo finiti a letto. E alle, boh, tre di notte? Mi sono svegliata perché sentivo dell'acqua scorrermi su una coscia. Si starà allagando casa, ho pensato. Invece era lui. Si è pisciato addosso nel sonno.»

Sentivo aria fredda circolare in cucina, però le finestre erano chiuse.

«E vi rivedrete?»

«Valerio, ti pare? No.»

Aveva dato di morso alla pizza, di punta, usando i denti centrali. Stappate le Peroni aveva sbattuto la sua contro la mia: vetro su vetro. Un sorso, poi ci eravamo messi a mangiare. Poche parole, teneva lo sguardo basso; era stata a Parma per lavoro una settimana, ma aveva tagliato corto... Con "lavoro" intendeva una residenza artistica.

«Forse non voglio più fare l'attrice.»

«Perché?»

«Sto aspettando che il mio cuore cambi.»

Si teneva su la testa con una mano, nell'altra una sigaretta appena accesa. Il fumo si spargeva a ciocche per la cucina. Ada, della pizza aveva lasciato le croste, io no.

«Ma il riscaldamento è acceso?» le avevo chiesto.

«Non ci sono termosifoni, se hai notato.»

Mi ero guardato attorno: non ce n'erano.

«Ti va di dormire qui?» aveva detto. «Guardiamo un film. Lo scelgo io.»

Poi si era alzata da tavola e aveva spento la sigaretta sotto il lavandino. Con uno scatto era uscita dalla cucina. Avevo piegato i cartoni. Doveva averne captato il rumore, perché un momento dopo si era sgolata dal corridoio: «No! Lascia tutto com'è, per piacere.»

Camera di Ada era senza armadi. I vestiti appesi a un attaccapanni scoperto. Altri, ammucchiati su un baule. Un comò di legno a cassetti e una lampada a fianco del letto. Sul comò dei libri, dischi, un'agenda, matite, il Mac, cartine e filtri. Non sembrava per niente la camera da letto di una trentasettenne.

Aveva aperto il Mac sul letto e da RaiPlay aveva scelto *Eva contro Eva*. In jeans e felpa, ero. Avrei dormito così? Erano comparsi i titoli di testa in bianco e nero. Ada si era infilata sotto le coperte e muoveva i piedi come per scacciare qualcosa in fondo al letto. Io ero fuori, supino, a braccia incrociate. C'avevo ancora le scarpe.

«Inizia.»

Bette Davis, era apparso scritto. Mi ero ricordato, lì, che non sapevo il cognome di Ada. Salvata sotto Ada Flixbus nel mio cellulare; chissà lei come mi aveva salvato. Le coperte sapevano di sigarette, o forse di Ada. Mi ero chiesto: mi piace Ada, o sono io che vorrei piacerle? Forse, avevo pensato, non sto considerando la persona che è. Il film andava ma non lo seguivo. Poco dopo ero cascato nel sonno.

Tutto buio. La mano di Ada mi toccava fra il petto e il collo. Si era stretta a me. I suoi respiri mi rimbalzavano contro. Mi ero girato verso di lei e c'eravamo baciati. Da sola aveva preso a spogliarsi, poi mi era salita sopra.

«Smetti di tremare» aveva detto.

Con le mani le avevo esplorato la schiena, e a ruota i punti carnosi. Seni. Fianchi. Sedere. Pochi minuti e mi ero trovato lì lì per venire, allora mi ero inchiodato nei movimenti. Ada, per compensare, ci dava giù con più ritmo, gemeva. Per non venire avevo ripassato a mente la formazione del Cesena, stagione 2009/2010: Antonioli in porta, Von Bergen, Nagatomo terzino, Luis Jiménez regista e il tridente Giaccherini, Schelotto e Bogdani. Un momento dopo mi ero sentito leccare a un piede. Scalciando l'avevo colpito: il gatto. Aveva miagolato storto.

«Albert!» aveva detto Ada, ed era smontata da me.

Due occhietti verdi ai piedi del letto, nel buio pesto. Ada aveva acceso la lampada sul comò e poi era scesa. Accovacciandosi, nuda, l'aveva preso in braccio e baciato sul nasino. Il gatto, muso dentro l'imbuto, guardava per aria.

«Gelosone.»

Stava per portarlo con sé a letto, ma lui era sgusciato via e poi scappato dalla camera. Ada era andata a socchiudere la porta. Avevo pensato che l'avesse socchiusa per me.

«Quindi?» mi aveva chiesto.

«Cosa?»

«Hai sonno?»

«Tu?»

«Sì, dormiamo», e aveva spento la lampada.

Si era avvinghiata a me, di nuovo. In cinque minuti già dormiva di gusto. Ascoltavo nel suo respiro il lavorio di un corpo otto anni più vecchio del mio. Come il rumore di un collaudato sistema di ingranaggi. Però non riuscivo più a prendere sonno, chiudevo gli occhi e li ritrovavo aperti, autonomi. Supino come prima, braccia conserte. Non avrei dormito? Pazienza, almeno servivo a far dormire bene Ada.

Che ore si erano fatte? Le sette, le nove? Cielo nuvolo sulla finestra. Mi sarei voluto alzare, spalancare la finestra, fare atterrare le nuvole sul letto. Ma senza riscaldamento non era una gran idea. Era sveglia, Ada. Faceva scorrere un dito sul mio sopracciglio destro, sfiorandolo. Le coperte, ammucchiate su di lei, sembravano cartapesta.

Aveva detto: «Non mi hai mai abbracciata, tutta la notte.»

«Ti abbracciava, quello di ieri che si è pisciato addosso?»

«Idiota.»

Si era messa le mani in faccia, coi pugni chiusi a grattarsi gli occhi.

«Idiota…» aveva ripetuto.

Sentivo di potermi addormentare di peso, adesso. Avrei voluto dirle che mi ero licenziato dall'Unipol Sai, che non ero più un assicuratore, che mi ero trasferito a Bologna in modo del tutto insensato, così, soltanto seguendo un presentimento: lei.

«Mi faccio una doccia» aveva detto.

Raccolte le mutandine dal pavimento, era uscita dalla camera lasciando la porta aperta.

Sul comò c'era *I sotterranei* di Kerouac, e sotto un'agenda. Di pelle, nera. Pagine di carta giallina, ruvida, né righe né quadretti. Tutte scritte a matita, in stampatello. Ogni parola mi suonava in testa col tono di Ada, il suo modo di mettere pause fra le parole.

Era il diario del viaggio a Palermo. Spuntava un certo Paolo, qui e là. C'era scritto che avevano fatto l'amore e che Ada avrebbe voluto costruire una chitarrina coi suoi capelli, trovati in bagno. Ero saltato all'ultima pagina: Paolo le aveva chiesto se stava bene e Ada gli aveva risposto che aveva le sue cose. Non era vero: era giù perché il periodo a Palermo stava per finire. Rimessa l'agenda a posto, mi ero infilato la felpa, impestata di peli bianchi. Di sicuro, avevo pensato, sia Paolo che l'altro, quello che si è pisciato addosso, avranno conosciuto il gatto.

Ada era uscita dal bagno con addosso un accappatoio viola. Tremava tutta sorridente, sembrava contentissima. Aveva detto: «Non sei scappato? Sei ancora qui?»

WARTEND AUF DASS SICH
MEIN HERZ ÄNDERT
LUCA TOSI
Aus dem Italienischen von Peter Rosenthal

Teil I

Es war der Winter vor drei Jahren. Ende Januar hatte es geschneit.
Ich fand jenen Winter von damals nicht kalt. Sonst bin ich durchaus
verfroren. Aufstehen um sieben, zwanzig Minuten Autofahrt, danach
Büro, acht Stunden. Tage, abends kaum mehr von einander zu unter-
scheiden. Ich arbeitete bei Unipol Sai, eine Agentur in Cesenatico am
Porto Canale. Versicherungen: Kfz, Hausrat, Leben, und so weiter.
Praktisch von Montag bis Freitag für Tausendsiebenhundert Euro im
Monat. Ich lebte in einer Zweizimmerwohnung mit Dusche in Igea
Marina. Im Wohnzimmer ein Ecksofa, Fernbedienung, Tv mit zwei-
undvierzig Kanälen. Zu der Zeit hat Unipol Sai beschlossen mehrere
Filialen zu schließen. Kündigungen, Vorruhestand, Abfindungen. Um
die Wettbewerbsfähigkeit zu steigern, hieß es.

Bologna, ein Jahr später. Auf dem Fahrrad abends um Neun. Fuhr
auf der Via Delle Lame Richtung Zentrum, gefangen zwischen der
Hasst anzukommen und dem Gedanken nach Hause zurückzukehren.
Bin vor zehn Tagen nach Bologna gekommen: spürte den Mut Neues
zu wagen. Ich und Ada sollten uns in der Ora d'aria Bar treffen in der
Via Morgagni. Es war mein erstes Mal dahin. Ich suchte die Straße auf
Google Maps. Das Fahrrad schloss ich an einem Pfahl ab und an der
Bar angekommen, warf ich einen Blick durchs Fenster. Kleine Tische,
abgedimmtes Licht. Auf einem Barhocker am Tresen sitzend, Ada. Ich
dachte: was für ein Glück sie betrachten zu können, ohne gesehen zu
werden.

Seit dem wir uns zuletzt vor vier Monaten trafen, hatte sie sich nicht
verändert: peroxidblond, grünes Sweatshirt, langer Rock, schwarz.
Rücken gerade, Nacken zur Seite geneigt, Augen aufs Weinglas am
Tresen gerichtet. Während ich durch die Tür in die Bar ging, hoffte ich,

dass sie sich umdrehen würde, es hätte mich von dem Unbehagen befreit meinerseits auf sie zugehen zu müssen.

"Ada?"

Sie drehte sich um.

"Valerio!" sagte sie. "Setz dich."

Sie trug schwarze Lackschuhe mit Schnallen.

"Wie geht es dir?" Fragte ich sie.

"Du willst wissen ob es mir schlecht geht?"

"Geht es dir schlecht?"

"Es läuft bei mir. Und bei dir?"

"Läuft."

"Wie?"

Ein Schluck Wein, dann legte sie das Glas zurück auf den Tresen.

"Hallo, was kann ich für dich tun?"

"Für mich auch Wein."

Ada stellte das schon leere Glas zurück auf den Tresen.

Sechzehn Jahre, dass ich in Bologna wohne und du kommst jetzt?" sagte sie.

"Heißt das, ich soll wieder gehen?"

Der Barista brachte mir den Wein, aber in einem anderen Glas, als das von Ada. Plötzlich, glitt Ada vom Barhocker und holte die Zigaretten aus dem Mantel: Diana Blu.

"Ich geh mal eine rauchen."

"Und ich?"

"Du trinkst."

Bevor sie rausging zahlte sie, auch für mich. Ich kippte den Wein hinunter. Ein bis zwei Minuten später hatte ich sie eingeholt.

"Kein Mond heute Abend." Sagte sie mit rauer Stimme.

Ada verkniff die Augen während sie aus ihrer Zigarette zog. Die Glut leuchtete rot, Rauchschwaden verhüllten ihr Gesicht. Ich schaute nach oben, entlang den Fassaden der Palazzi zum Himmel, es stimmte: kein Mond.

"Ich hatte einen Monat in Palermo verbracht, den ganzen September. Spaziergänge am Meer und so was. Aber bin nicht sicher, ob mir das so gut getan hat."

"Warum gerade Palermo?"

"Wegen meinem Mann."

"Bist du verheiratet?"

"Ex Mann."

"Wann hast du geheiratet?"

"Gar nicht, aber es war als ob. Mit meinem Ex, Mister Big."
Sie ließ ihre Zigarette fallen und ging einige Schritte, langsam, als
ob sie mir Zeit gab sie einzuholen. Sie war noch sechs, sieben Schritte
vor mir. Weiter weg stieß sie mit der Schulter an ein Rollgitter und in
dessen Rattern löste sich ihr Lachen auf. Etwas später hielt sie an
einem Verkaufsstand; auf einem Tischchen lagen ein paar Ohrringe.
Daneben saß ein Asiate. Ada fasste die Ohrringe mit zwei Finger. Der
Asiate gähnte.
"Mag nichts davon, ich gehe nach Hause." Sagte sie indem sie sich
zu mir wendete. Sie hatte die Straße überquert. Ich bin ihr nicht
gefolgt. Sie kehrte um. Und dann bog sie mit einem kurzen Nicken -
sah gerade noch ihr Kinn - in eine Seitengasse.

Ich kehrte zurück zu Aria d`Oria schloss mein Fahrrad auf und fuhr
nach Hause. Während ich in die Pedalen tritt, drehten sich das
Geräusch der Räder und die kehlige Stimme Ada`s in meinem Kopf.

Der Himmel über Bologna ist anders als der Himmel über Igea
Marina. In Igea Marina sieht man alle Sterne, sie stehen Spalier. In
Bologna scheinen sie in den Himmel hineinzusinken. In Bologna ist
der Himmel höher. Werden wohl die Palazzi ihn dort hochhalten,
dachte ich. Ich habe mich noch nie in Bologna vom Himmel erdrückt
gefühlt. In Igea Marina schon. In jener Nacht auf dem Fahrrad dachte
ich, dass man den Himmel, der Dich aufgezogen hat, verlassen kann,
allein nachher stürzt er dir hinterher, um dich zu erdrücken. Und mit
einem Ortswechsel tauscht man ja auch stets den Himmel unter dem
man lebt. Um dann nicht mehr buckeln zu müssen.

Teil II

Ich parkte wie jeden Morgen vor dem Bahnübergang in Cesenatico.
Danach ging ich in Richtung Porto Canale zur Agentur. Achtete aufmerksam auf den Canal. Allein die Vorstellung, dass ich stolpere, aus-
rutsche und obendrein auch noch reinfalle und die hinauseilenden
Arbeitskollegen sich über mich totlachen... . Aber das ist nicht passiert.
Über der Glastür der Agentur prangte das Geschäftsschild Unipol Sai
in blau rot. Vier Büroräume. Es gab keine Überwachungskameras und
dennoch kam es mir vor an einem Ort zu sein, an dem sich die Angestellten so benahmen, als würden sie beobachtet. Nieselregen an dem
Tag, an dem ich kündigte. Es war Februar. Das Wasser des Kanals war
durch den Wind kabbelig. Nachdem ich die Kündigung eingereicht
hatte, badete ich zwei Finger in dem Kanal, symbolisch. Abends

schneite es. Zu Hause ließ ich die Rollladen ganz herunter. Auf dem Sofa mit dem Laptop auf dem Bauch schaute ich *Titanic*. Kein Aufstehen die nächsten Tage. Das Licht am Morgen, war so als wäre es jeden Tag Sonntag. Nachmittags Liegestütz auf dem Boden, mit zwei Stühlen die Bizeps aufpumpen, und danach ab unter die Dusche. Eines nachts wachte ich auf mit dem Gefühl pissen zu müssen. Ging nicht zum Klo. Hatte eine leere Flasche unter dem Nachttisch. Hatte darein gepinkelt.

Zwei Wochen davor in einem Flixbus von Cesena nach Udine, Samstags, ich war alleine. Manchmal am Wochenende, machte ich Ausflüge, einfach so, blind in den Tag hinein. Städte in denen ich noch nie gewesen bin, das war das Kriterium. Ich wählte einfach nach den Fahrtzielen von Flixbus. Es ging mir nicht darum nach Udine, oder Perugia, oder nach Pisa zu fahren. Ich suchte diese Stunden während der Fahrt um abzuschalten, um danach zu Fuß durch die Städte bis in den Abend zu ziehen.

An jenem Sonntag, kaum dass ich in den Bus einstieg, sah ich eine junge Frau in einer der ersten Reihen. Peroxidblond; sichtbarere Haaransatz. Beine an den Vordersitz gelehnt. Eine gelbe Fahrradjacke über den Schultern mit allerlei Sponsoren, schwarzer Faltenrock, Leder. Ich setzte mich in den Sitz dahinter. Ich beobachtete sie durch den Zwischenraum der Vordersitze. Sie las ein Buch. Wer weiß, was sie in einer gelben Fahrradjacke auf einem Flixbus nach Udine zu schaffen hat. Dann schloss ich die Lüftung über dem Sitz und dann die Augen.

"Entschuldige, hast du einen Stift?"

Es war vor zehn, fünfzehn Minuten, sie drehte sich nach hinten zu mir, die Schultern auf der Kopflehne. Ein Teil ihrer Haare hielt eine fliederfarbene Brosche zusammen. Breite Stirn, blaue Augen.

"Ich gib es dir nachher zurück" wenn wir ankommen. Während ich in meiner Tasche stöberte, fielen mir ein Korkenzieher, dann eine Digitaluhr in die Hand. Ich suchte weiter bis schließlich ein Kugelschreiber hervorkam. Biro blu, ohne Drücker. Wir sahen uns an. Es beschlich mich die Vorstellung, dass ihre Stirn sich kalt anfühlt. Sie öffnete die Hand und ich übergab ihr den Kugelschreiber. Danach drehte sie sich um und setzte sich wieder hin. Zwei Haltestellen, Bologna und Padua um weitere Fahrgäste aufzunehmen. Zwei Stunden später steckte ich den Kopf in die Öffnung zwischen den zwei Vordersitzen.

"Was liest du?" fragte ich sie.

"Nicola Lagioia, "Alles wieder zurück nach Hause bringen".

Ich sah sie von der Seite an.

"Weißt du, es gibt eine LP von Bob Dylan, die genau so heißt." Setzte sie fort. "Bringing it all back home"; "ist eine meiner Lieblingsplatten."

"Und wie ist das Buch?"

"Ich lese es, und basta" Manche Teile gefallen mir, andere vergesse ich sofort." Sie klappte das Buch zu und hielt mir den Einband vor Augen um zu zeigen wie dick es war. Daraufhin streckte sie die Hand in den Zwischenraum der zwei Sitze und ich auch.

"Ada" sehr erfreut.

"Valerio"

Kühl, ihre Hand.

"Willst du ein Lackritz?"

Aus einer Manteltasche holte sie eine Blechbüchse raus.

"Nimm."

Ich warf mir zwei in den Mund, noch unsicher sie zu kauen. Sie schmiss vier, fünf rein und kaute drauf los. Die Sponsoren auf dem Mantel, waren Mercatone uno in der Mitte, dann Enervit, Mapei und andere kleinere. Ihr Hals ragte aus dem gelben Kragen heraus.

"Was arbeitest du?" Fragte sie mich.

"Versicherungen."

"Verdient man da?"

"Ja. Und du?"

"Ich verdiene nicht."

Sie warf einen Blick nach mir in Richtung des hinteren Busteils, zog sich mit dem Arm an der Kopfstütze hoch.

"Alter?" Sagte sie, aber schon einen Augenblick später: "Nein! Sag es nicht. Ich rate."

Sie machte einen Eindruck als würde sie sich mein Gesicht Stück für Stück einprägen.

"Zwanzig...Neunundzwanzig?"

"Ja"

"War Zufall! Und wie alt bin ich?" Nein, vergiss es, du riskierst mich zu Beleidigen. Ich sag es dir gleich: acht mehr als du."

"Was machst du in Udine?" fragte ich sie.

"Bleib drei Tage bei meiner Mutter und nehme Albert wieder mit."

"Wer ist Albert?"

"Mein Kater."

Was ich selbst in Udine verloren habe, fragte ich mich wiederum nicht.

"Jetzt schlafe ich, bin todmüde." sagte sie.

Ich schaute nicht mehr rüber. Ich spürte eine Kälte, als würde eine Druckwelle hochziehen. Zog mich etwas hoch in dem Sitz, um sie mal von oben zu betrachten. Ihr Kopf folgte jedem Ruckeln des Busses. Das Gesicht verschwommen, glich einer Maske. Augen geschlossen. Ich erinnerte mich, dass bevor ich mit ihr zu sprechen begann, ihr Atem mir als erstes auffiel: unwirtlich, aber auf eine bestimmte Weise passte er zu ihr.

Der Flixbus hielt auf einem freien Parkplatz. Es war früh am Nachmittag; kahle Bäume und grauer Nebel. Ich war aufgestanden. Die Arme von Ada oben, die Hände gestreckt. "Alles wieder zurück nach Hause bringen" verschwand in Adas Tasche, während die Passagiere einzeln den Bus verließen. Nachdem sie ausstieg, schienen ihre Gesichtszüge verschwommen, der Mund klammerte sich an die Zigarette. Ich stand vor ihr, Hände in den Taschen.

"Diesen Schlaf nehme ich mit nach Hause." sagte sie.

"Kanns kaum erwarten"

Ich hatte nichts mehr loszuwerden. Sie rauchte. Eine Schweinekälte an dem Tag in Udine. Manche holten sich Trolleys fürs Gepäck.

"Ich lass dir meine Nummer, falls du mal durch Bologna fährst. Ich wohne dort." Und dann hustete sie.

Drei, neun und so weiter. Gespeichert unter Ada Flixbus. Sie ging weg und der Rauch ihrer Zigarette zog nach oben, mündete in dem Nebel über dem Parkplatz. Es war einige Zeit danach, als ich mich an das Biro blu erinnerte: sie hatte es behalten.

Teil III

Elf Uhr am Abend, bin nach draußen um mir die Füße zu vertreten. Am Strand von Igea Marina eine Gruppe, offenbar ein Filmteam, vermummte Kameraleute, herumstehende Gerätschaften und auf einem Klappstuhl, Pupi Avati mit weißem Schal um den Hals. Ein Mann und eine Frau mussten auf dem Steg Hand in Hand zum Meer laufen. Die Szene erforderte, dass sie beide hielten, er ein Witz loswird und sie dann küsst. Sie hatten es siebenmal wiederholt. Pupi Avati war mit dem männlichen Darsteller unzufrieden. Ich dachte in diesem Moment, dass ich seit sieben Jahren in Igea Marina wohne, und es mir nicht gelungen ist mit einer Frau nachts im Winter Hand in Hand zum Wasser zu laufen und sie zu küssen.

Am Morgen danach schrieb ich Ada.

Bin Valerio. Jetzt hast du meine Nummer.

Gegen Mittag hatte sie geantwortet: *Musste den Vizesekretär bei Elektrauto lassen. Hat mich auf der Autobahn stehen lassen. Freundin kam mich abholen. Bin unterwegs nach Bologna. Sehen wir uns?*

"Wer ist der Vizesekretär?"

"Mein Auto."

Ein Teller Fusili "Natur" und ich ging zum Bahnhof Cesena, um den Regionalzug nach Bologna zu erwischen. Um vier Uhr nachmittags war ich da. Ada hatte mir schon die Adresse gesimst: *Via Santo Stefano 138. Ich bin da gegen Acht. Sei mit Pizza vor Ort.*

Ich hätte sie zuvor fragen sollen um wie viel Uhr sie es zurückschaffen würde. Jetzt waren vier lange Stunden zu füllen. In der Via Independenza ging ich so langsam, als würde das nutzen die Zeit voranzutreiben. Eine halbe Stunde saß ich auf den Stufen vor der Chiesa San Petronio. Danach auf einen Sprung im Buchladen Feltrinelli unter den zwei Türmen Asinela und Garisenda.

In der Abteilung Fiktion suchte ich Lagioia "Alles wieder zurück nach Hause bringen". Nur mal sehen ob es vorrätig war. Es war.

Um sieben schlenderte ich unter den Arkaden über die Via Santo Stefano, zwei Margheritas in der Pizzeria Regina Marguerita, und Schlag Acht war ich vor dem Eingang zu Nr. 138. Ein kleines, altes Palazzo mit drei bis vier Stockwerken. An den Klingelschilder standen nur Nachnamen. Den von Ada kannte ich nicht.

Bin unten, schrieb ich ihr.

Komm hoch, zweiter Stock, dann öffnete sie.

Im Treppenhaus kamen mir zwei Typen mit einem Heizkessel entgegen. In einem düsteren Winkel am Treppenabsatz des zweiten Stockwerks, befand sich eine Pflanze mit rundlichen Blättern. Die Eingangstür stand offen. Eine weißer Kater mit einer Art Trichter um den Hals schoss zwischen meine Beine. Auf ihrer ansonsten löchrigen Haut waren Blutkrusten auf löcheriger Haut; man konnte Knochen und Knorpel sehen. Im Flur einzelne Schuhe. Vom Fußboden türmten zerschlissene Bücherhaufen. Freie Rohre zogen an der Decke entlang.

"Bin in der Küche." Ein Fenster auf der linken Seite öffnete zu einem kleinem Innenhof. Am Fensterglas waren blonde Haarlocken mit Tesafilm befestigt. Etwas weiter vom Fenster auf einer grifflosen Tür hing ein Blatt mit der Aufschrift: "Das kälteste Badezimmer Europas". Noch zwei drei Schritte weiter die Küche. Von der Decke hing eine lose Glühbirne. Ada saß am Küchentisch darunter.

"Da bin ich." sagte ich. "Hallo."

"Ein Bier?"

Sie stand auf, wühlte geräuschvoll in der Schublade um einen Flaschenöffner herauszuholen. Sie nahm zwei Peroni aus dem Kühlschrank und brachte noch eine Schere.

"Wie gehts Dir" fragte ich und ging die Pizza Kartons entsorgen.

"So und so, einige Unebenheiten..."

Nachdem sie sich das erste Stück abgeschnitten hatte, gab sie mir die Schere.

"Gestern Abend ging ich mit einem Typ aus. Am Ende landeten wir im Bett. Und so, pff nachts vielleicht gegen drei? Bin ich darüber aufgewacht, dass meine Hüfte nass war. Ist das Haus unter Wasser, dachte ich. Tatsächlich war er es. Er hat sich im Schlaf eingenässt."

Ich spürte kalte Luft durch die Küche ziehen. Die Fenster waren jedoch geschlossen.

"Und seht ihr euch wieder?"

"Valerio, ernsthaft? Nein."

Ich grub meine Zähne in das spitze Ende der Pizza. Peronis geöffnet, angestoßen, Glas gegen Glas, Meines gegen Ihres. Ein Lächeln, dann wurde weiter gegessen. Blick gesenkt, wenig Worte. Sie war in Parma im Arbeitseinsatz, es ging dabei um die Bewerbung für eine Stelle als Künstler°in eine Residenz, eine Woche, dann gab sie auf... .

"Vielleicht will ich gar nicht mehr auf Künstlerin machen."

"Warum?".

"Ich warte darauf, dass sich mein Herz ändert."

Sie hielt den Kopf mit einer Hand, mit der anderen eine gerade angezündete Zigarette. Rauchschwaden zogen durch die Küche. Ada ließ den Rand ihrer Pizza zurück. Ich nicht.

"Die Heizung ist doch an?" fragte ich sie.

"Es gibt keine Heizkörper, hast du es nicht gemerkt?"

"Ich schaute mich um: es gab tatsächlich keine."

"Ok für dich hier zu schlafen? sagte sie. "Wir schauen einen Film. Ich such uns einen aus."

Danach stand sie auf und drückte die Zigarette unter dem Waschbecken aus. Ich faltete die Pizza Kartons zusammen. Sie muss das Geräusch erhascht haben, den sie krächzte einen Augenblick später aus dem Flur: "Nein! Lass alles wie es ist, bitte!"

In Adas Zimmer war kein Schrank, Kleider in einem offenen Garde-
robenständer aufgehängt oder auf einem Reiskoffer gestapelt.
Ein Beistelltisch aus Holz mit Fächern und einer Nachttischlampe.
Auf dem Beistelltisch Bücher, Platten, ein Notizbuch, Bleistifte, der Lap
Top, Zigarettenpapier und Filter. Sah gar nicht nach dem Schlafzim-
mer einer Siebenunddreißigjährigen aus.
Sie öffnete den Mac und wählte "Eva gegen Eva" aus dem Angebot
von RaiPlay. Ich trug Jeans und Sweatshirt. Sollte ich auch darin schlafen. Der Vorspann erschien in Schwarz Weiß. Ada wickelte sich in die
Decken ein und fuchtelte mit den Beinen als würde sie etwas aus dem
Bett stoßen wollen. Ich lag auf der Decke Schuhe an, Arme über Kreuz.
"Anfang". Im Vorspann erschien der Name Betty Davies. Da fiel mir
ein, dass ich den Nachnamen von Ada immer noch nicht kannte. Sie
war als Ada Flixbus in meinem Handy gespeichert; wer weiß wie sie
mich abgespeichert hatte. Die Decken rochen nach Zigaretten, oder
vielleicht nach Ada. Ich fragte mich, ob mir Ada gefällt, oder möchte
ich ihr nur gefallen? Vielleicht nehme ich die Person, die sie Wirklich
ist gar nicht war. Der Film lief vor meinen Augen, ohne, dass ich ihm
folgte. Bald schlief ich ein.
Alles düster. Adas Hand strich über meine Brust und Hals. Sie
kuschelte sich an mich. Ich spürte ihren Atem, drehte mich zu ihr und
wir küssten uns. Sie zog sich aus und dann legte sie sich auf mich.
"Hör auf zu zittern." sagte sie. Meine Hände glitten über ihren
Rücken, ihren Rundungen. Flanken. Brüste. Ein zwei Minuten und ich
war fast dabei zu kommen. Ich versuchte meinen Eifer zu bremsen,
worauf sie den Rhythmus beschleunigte und zu stöhnen anfing. Ich
ging im Kopf die Aufstellung von Cesena 2009/2010 durch um es hin-
auszuzögern: Antonioli im Tor, Von Bergen, Nagatomo Verteidigung,
Luis Jiménez Spielmacher und der Dreizack Giaccherini, Schelotto e
Bogdani. Einen Augenblick später spürte ich eine feuchte Zunge an
meinem Fuss. Ich trat zu und traf ihn: den Kater. Er miaute lautstark.
"Albert" rief Ada, und stieg von mir herunter. Aus der Stockfinster-
nis leuchteten zwei grüne Augen vom Fußende des Bettes. Ada machte
die Nachttischlampe an und stand auf. Sie ging in die Hocke, nackt,
nahm ihn auf die Arme und gab ihm einen Kuss aufs Näschen. Die
Katze, in den Trichter geklemmt, schnappte nach Luft.
"Du Eifersuchtsbolzen"
Sie war dabei ihn ins Bett zu bringen, aber er schlüpfte aus ihren
Armen und machte sich aus dem Staub. Ada schloss die Tür hinter
ihm. Ich dachte, sie hätte es für mich getan.

"Also?" fragte sie mich.

"Was?"

"Bist du müde?"

"Du?"

"Ja, lass uns schlafen" und sie schaltete das Licht aus. Sie hatte sich an mich geklammert, wieder. In Fünf Minuten war sie schon im Tiefschlaf. Ich hörte ihr Atmen, die Tätigkeit eines acht Jahre älteren Körper als meiner. Wie das Geräusch eines bewährten Zahnrad Systems. Aber, ich konnte nicht mehr einschlafen, schloss die Augen und gleich öffneten sie sich wieder, wie von selbst. Zuerst auf dem Rücken mit verschränkten Armen.

Kein Schlaf? Geduld, zumindest war ich für Adas Schlaf eine Hilfe. Wie spät ist es geworden? Der Blick zum Fenster: bewölkter Himmel. Ich wollte aufstehen, das Fenster aufreißen und die Wolken auf das Bett landen lassen. Aber ohne Heizung war das keine gute Idee. Ada war wach. Ließ einen Finger auf meiner rechten Augenbraue gleiten. Die Decken unter ihr zusammengeknüllt, glichen Pappmaché.

Sie sagte: "Du hast mich die ganze Nacht nicht in den Arm genommen."

"Hat dich der von gestern, der eingenässt hat in den Arm genommen?"

"Vollidiot"

Hände im Gesicht rieb sie sich mit den Fäusten die Augen.

"Vollidiot..." Wiederholte sie.

Ich hatte das Gefühl, dass ich mich jetzt von einer Bürde befreien könnte. Ihr sagen, dass ich bei Unipol Sai gekündigt hatte, dass ich nicht mehr bei der Versicherung war, dass ich einfach so nach Bologna gekommen bin, ohne jeden Sinn und Zweck, nur einer einzigen Vorahnung folgend: Sie.

"Ich geh Duschen." verkündete sie, angelte ihre Schlüpfer vom Fußboden, verließ das Zimmer und ließ die Tür offen.

Auf der Kommode unter einem Notizbuch lag "Die Unterirdischen" von Jack Kerouac. Schwarzes Ledereinband. Gelbliche Buchseiten, grob weder Streifen, noch kariert. Alles mit Bleistift in Blockschrift geschrieben. Jedes Wort erklang in mir mit Adas Stimme, in ihrer Art Pausen zwischen den Wörter einzuschieben.

Es war das Tagebuch über die Reise nach Palermo. Ein gewisser Paolo kam auf den Plan. Es stand geschrieben, dass sie Liebe gemacht hatten, und dass Ada eine kleine Gitarre aus seinen im Badezimmer aufgelesenen Haaren bauen wollte. Ich übersprang den Rest und öffnete die letzte Seite: Paulo fragte sie, ob es ihr gut ginge, Ada erwiderte, dass sie ihre Baustellen hätte. Es war mehr als das: sie war deprimiert, weil sich die Episode Palermo dem Ende neigte. Nachdem ich das Tagebuch auf seinen Platz zurücklegte, zog ich das mit weißen Haaren durchwirkte Sweatshirt an. Eins ist sicher, dachte ich, ob Paolo, oder, der Bettnässer, sie kannten beide den Kater. Ada kam aus dem Badezimmer in einem Fliederfarbenen Bademantel. Sie zitterte mit breitem Lächeln, schien in bester Laune:

"Hast du dich nicht aus dem Staub gemacht? Bist du noch hier?"

TAT TVAM ASI
PETER ROSENTHAL

Du musst Fuchs und Hase sein,
Schwarz und weiß können

Es ist mir, als sei das Schreiben wie eine Erektion in der Mitte des Lebens dazugekommen, Erektion eines Organs, das in der Kindheit angelegt war und das sich irgendwann zu Wort gemeldet hatte. Es sind nicht Geschichten, die diesen Zyklus aus Werden und Vergehen von „Es war einmal" und „Wenn sie nicht gestorben sind, dann leben sie noch Heute" in Gang gesetzt haben. Es hatte ja auch Einiges gedauert, bis der Impuls der Kindheit im Erwachsenenalter nach Erfüllung suchte. Die Verwirklichung dieser Idee zögerte ich immer weiter in die Zukunft hinaus, um den Augenblick der Lust in eine Ferne zu legen, welche mit jeder Kapriole in noch weitere Ferne rückte. Dieser Impuls zu schreiben, kam mir durch einen Nebensatz eines Gastes meiner Eltern, aus dem zwei Dinge hervorgingen: das Eine, dass wir (ich) Jude(n) war(en) und das Andere, dass es (einen) Menschen gab, der (die) uns millionenfach ermordet hatte(n).

Nicht ganz zu Recht entstand an der Wurzel dieses neuen Organs, welches sich in dem Alter von Fünf /Sechs zu Wort gemeldet hatte - Wenn ich groß bin, werde ich mal ein Buch schreiben, um zu zeigen wie schlecht diese(r) Mensch(en) war(en) - das Gefühl in der Gemeinschaft mit meinen Eltern ein „Überlebender" zu sein. Das Ziel war - so glaube ich heute - durch und in der Sprache aus einem sozialen und auch religiösen Gefängnis, wie auch einem politischen (das Rumänien des damaligen Diktators Ceausescu) auszubrechen. Ich glaube, dass der Fünfjährige in mir mehr verstanden hatte als der Erwachsene im Laufe von Jahrzehnten: der Weg in die Freiheit geht durch die Sprache. Das Eine ist aus einem Gefängnis auszubrechen, wie meine Familie und ich aus Rumänien, das Andere ist sich von den inneren allgemeinen Fesseln zu befreien, welche die Einen zu Insassen und die Anderen zu Wärtern macht.

Deswegen werde ich weder eine Autobiografie noch ein Tagebuch oder einen Roman, geschweige denn einen Kriminalroman verfassen, sondern nach einer eigenen Form suchen. Bevor ich es vergesse: zunächst galt es die passende Sprache zu finden, in der ich meinem in der Kindheit ins Auge genommenem Ziel näher Kommen würde. Das Deutsche war - das ahnte ich damals nicht - aber um so klarer wurde es mir bald nicht nur die richtige, sondern die einzige Sprache, in der ein solches Unterfangen einen Sinn hatte, denn mein Gegner war Hitler und ich musste in der Sprache des Feindes reüssieren, dessen „Mein Kampf" auf Großes angelegt war.

Ich als Waffe

Animula vagula, blandula,
Hospes comesque corporis,
Quae nunc abibis in loca
Palidula, rigida, nudula,
Nec, ut soles, dabis iocos.

Marguerite Yourcenar schickte diese Verse des Kaisers Hadrian einer fiktiven Autobiografie voraus, Echoraum einer Stimme, deren Klang mich während einer Auslandsfamulatur in der Chirurgischen Abteilung des Blue Hill Memorial Hospital in Mount Desert erreichte. Tagsüber hielt ich Haken im Operationssaal. Der Geruch von Desinfektionsmittel und die vielfältigen Waschrituale gaben mir ein Gefühl von Sicherheit und Bedeutung. Am Abend las ich aus der Lebensgeschichte des Kaisers. Obwohl er zu seinem Nachfolger Marc (Aurel) spricht, fühlte ich mich von Beginn an selbst angesprochen, nicht zuletzt auch deswegen, weil schon im ersten Satz die Rede von einem Arzt war. Und Arzt wollte ich damals werden.

„Mein Lieber Marc,
Bin heute Morgen zu meinem Arzt Hermogenes hinunterspaziert, der gerade von einer langen Asienreise zurückgekehrt ist."
So verdächtig banal klingt dieser Romananfang; ein kleiner Spaziergang zum Arzt, als wäre es der Bäcker, aber nein es ist nicht der Bäcker und auch nicht der Koch, sondern der Arzt und das aus einem sehr wichtigen Grund, weil das Schreiben einer Autobiografie ein Schreiben

an die Nachwelt ist, der Welt nach dem endgültigen Punkt. Zwischen dem lieben Marc und dem Kaiser befindet sich vorerst aber nur ein Komma und der Dritte im Bunde, der Reisende und Rückkehrer, Hermogenes ist vorerst der Garant, dass es bei dem Komma bleibt, aber der letzte Punkt kommt, das ist von Anfang an sicher.

Istvan Örkeny

„Als ich geboren wurde, war ich von so auffallender Schönheit, dass mich der Chefarzt auf den Arm nahm, mich von Zimmer zu Zimmer trug und in der ganzen Klinik herumzeigte. Man sagt, ich hätte sogar gelächelt, was den anderen Müttern neidische Seufzer entlockt haben soll.

Das geschah kurz vor Ausbruch des ersten Weltkrieges, 1912, und ich glaube, es ist mein einziger uneingeschränkter Erfolg geblieben. Denn von da an war mein Leben eine einzige Dekadenz.

Nicht nur, dass ich viel von meiner Schönheit, meinen Zähnen und meinen Haaren einbüßte, ich zog auch der Außenwelt gegenüber den Kürzeren. Ich konnte weder meinen Willen durchsetzen noch mein Talent nutzen. Zwar wusste ich, dass ich Schriftsteller werden wollte, aber mein Vater war Apotheker und bestand darauf, dass auch ich Apotheker würde. Und selbst das reichte ihm nicht! Er wünschte, dass ich es zu mehr brächte als er, und schickte mich, als ich dann Apotheker war, auch noch zur Universität, damit ich Chemieingenieur würde. Ich durfte also noch einmal viereinhalb Jahre warten, bis ich mich endlich mit ganzer Seele dem Schreiben widmen konnte.

Aber wie lange? Kaum hatte ich einmal tief durchgeatmet, brach der Krieg aus. Ungarn erklärte der Sowjetunion den Krieg, ich wurde an die Front geschickt, wo unsere Armee bald geschlagen war und ich von den Russen gefangen genommen wurde. In der Gefangenschaft verbrachte ich weitere viereinhalb Jahre, aber nach Hause zurückgekehrt, erwarteten mich neue Schwierigkeiten, die meine schriftstellerische Laufbahn nicht gerade förderten.

Allein schon daraus kann jeder sehen, dass ich das wenige, das mir unter solchen Umständen in die Welt zu setzen gelang – einige Romane, fünf, sechs Erzählbände, zwei Theaterstücke -, sozusagen heimlich schrieb, in den wenigen freien Stunden, die ich der Geschichte abtrotzen konnte.

Vielleicht ist das der Grund dafür, dass ich mich stets um Wortkargheit, Kürze und Genauigkeit bemühte, immer auf der Suche nach dem Wesentlichen, oft hastig und bei jedem Klingeln zusammenzuckend, denn weder vom Postboten noch von anderen Besuchern konnte ich mir Gutes erhoffen.

Das ist auch die Erklärung dafür, dass ich vielleicht schon als Neugeborener Vollkommenheit erreicht habe, immer blasser wurde, nur noch kriechend und stolpernd vorwärts kam, und obzwar ich in meiner Arbeit immer mehr Meisterschaft erlangte, mich selbst und die in mir verborgene Erfüllung stets als unerreichbar empfand."

Aus LEBENSMINUTEN von Istvan Örkeny

Ich glaube nicht, dass ich in einer dieser Kliniken in Ceausescus Rumänien eine so gute Figur abgegeben hatte wie Örkeny in Ungarn, und auch nicht, dass es mit mir bergauf ging, insbesondere nicht nachdem meine Eltern das Land verlassen hatten. Auch wenn ich zwei Jahre später aus Rumänien nach einem missglückten Anschlag der Securitate auf mein Leben, in den Westen ausreisen durfte. In der BRD war der Postmann kein Securitate Spitzel, von dem man nichts Gutes zu erwarten hatte, sondern brachte Ottopakete gefüllt mit Milka Schokolade und Tennisklamotten. Ich musste auch nicht „kriechen" oder „stolpern" gleich einem Käfer vor der Obrigkeit, sondern mich lediglich in dem bundesrepublikanischen Wohlstand einrichten und mich dem Willen meiner Eltern beugen, Arzt zu werden um zumindest, was das angeht, der Tradition und dem Ehrgeiz meiner jüdischen Emigrantenfamilie die Treue zu erweisen. Auch das Schreiben entsprang ja mehr einer kindlichen Pose als einer reifen Wahl. Das klingt jetzt etwas abwertend, aber es schützt mich etwas vor der sang- und klanglosen Selbstgewissheit derer, die über Hunderte von Seiten ihren Weg vom Mutismus zum Federkiel wie eine Chopinsonate zu zelebrieren wissen, um den aufmerksamen Leser mit einer Art Frage zu hinterlassen, wie etwa: who the Fred is fuck?

Fred Placepart

Fred Placepart lernte ich als „Writer in Residence" in Mount Desert erstmals kennen und bin ihm viele Jahre später auf der Terrasse vom Alcazar im belgischen Viertel wieder begegnet. Wir sprachen übers Schreiben.

Das Sinken braucht eine Anker. Aber wie sieht es mit dem Sich-Erheben aus? Ist das Schreiben über sich selbst ein Versinken in die eigene Vergangenheit oder ist es ein Sich-Erheben aus der Selben, sozusagen aus dem Orkus der Zeit in die VIP-Lounge des Ich, des schreibenden Ichs. Darüber haben Placepart und ich uns ausgetauscht, zwar ohne greifbares Ergebnis, aber mit dem Gefühl ganz nah dran zu sein und der ungebrochenen Hoffnung, dass wir bei einem erneuten Treffen zu guter Letzt zu einer Entscheidung kommen.

Adam Zagajewski:

„Wenn ich früher das dritte Konzert hörte,
war mir nicht klar, dass für Kenner
diese Musik zu konservativ ist (ich wusste damals nicht,
dass es in der Kunst außer Hass, fanatischen
Streit gibt, Verurteilungen wie in der Zeit der Religionskriege),

ich hörte ein Versprechen der Dinge, die kommen würden,
die Ankündigung eines schwierigen Glücks, der Liebe, eine Skizze
der Landschaften, die ich noch kennenlernen sollte,
eine Ahnung von Fegefeuer und Paradies, von Wanderung,
und schließlich vielleicht auch von etwas wie Verzeihung.

Wenn ich jetzt höre wie Martha Argerich das Konzert d-Moll
interpretiert, bewundere ich ihr meisterhaftes Spiel,
ihre Leidenschaft, Inspiration, und zugleich versucht der Junge,
der ich einmal war, zu verstehen, nicht ohne Mühe,
was sich erfüllt hat und was erloschen ist. Was lebt."

Mir sind diese fremden Verse als Schlüssel zu meinen eigenen, viele Jahre zuvor verfassten Zeilen förmlich vor die Füße gefallen.

Rachmaninov

An den Feiertagen fehlte in Arad das merkantile Entzugssyndrom westlicher Städte. Ob die Geschäfte geöffnet waren oder geschlossen, einen großen Unterschied machte das nicht. Besonders reizvolle Waren gab es ohnehin so gut wie keine, und wenn, dann besorgte man sie sich auf dem Schwarzmarkt. Dort gab es in der Tat auch kein Wochenende. An solchen Tagen war man für einige Stunden von den kargen Bemühungen des Systems, zumindest den Eindruck von Normalität zu bewahren, befreit. Während der Woche konnte der Einzelne an Normalität erst teilhaben, wenn er jegliches Selbstempfinden schon verloren hatte. So ist es mir nie gegangen. Ich fühlte immer, dass ich etwas Besonderes erlebe, und spätestens nachdem meine Eltern weg waren, fühlte ich mich sogar wie auserwählt. Der Alltag mit seinem Morast der „Normalität" einer sozialistischen Kleinstadt und die in mir wachsende Aufbruchsstimmung klafften auseinander. Dazwischen: Leere. Zu dieser Zeit zog es mich regelmäßig in die Philharmonie, denn ich war auf Erlebnisse aus, die man mit anderen teilte, gerne auch mit den Freunden meiner Eltern, mit denen ich dort rechnen konnte; vielleicht fühlte ich mich in ihrem Kreis meinen Eltern etwas näher. Als Sohn von Republikflüchtlingen vom Bildrand mehr in die Bildmitte gerückt, hatte ich zu befürchten, dass man sich nicht gern mit mir sehen ließ. Das war aber nicht wirklich so und ich wusste, dass unter uns, beziehungsweise für uns Juden, in diesem System zumindest zu jener Zeit andere ungeschriebene Gesetze galten, die auch den Securitate-Spitzel klar waren. Sie wussten genau, dass mich die Freunde meiner Eltern nicht links liegen lassen konnten: Man durfte also mit mir sprechen. Ja, das war mir damals gar nicht klar, welche Macht diese Art der Zugehörigkeit, das Jude sein, auch dort hatte, wo fast nichts Menschliches mehr etwas galt. Es war nicht selbstverständlich, aber es wäre auch dort in aller Öffentlichkeit mit mir gesprochen worden, nur hätte das Sprechen eine andere Qualität gehabt. Nun könnte man sagen, Sprechen ist Sprechen, so wie Musik Musik ist, aber wie hätte dieses Sprechen mit einem Dreizehnjährigen und einem Erwachsenen an einem schönen Sonntagvormittag aussehen sollen? Worüber hätte man also geredet so mitten in der Maskerade eines Konzertvormittags? „Geht's deinen Eltern denn gut in Westdeutschland? Hast du bald deine Ausreiseerlaubnis?" Oder etwa „Hast du Angst, dass man dich nicht rauslässt?" Über all das war nicht zu reden und der Niederschlag der Unwahrheit, der Gewalt, der Lüge und Unmenschlichkeit lag schwer auf diesen Zusammenkünften. Ich suchte nach Bedeutung, nach Wärme, nach Zugehörigkeit und kam mir nur vor wie ein Zuschauer. Besondere Angst hatte ich keine, also keine besondere, denn die Angst war Normalität. Es war eine alltägliche Angst, mit der man traurig, belustigt und sich sogar glücklich vorkommen konnte. In Wahrheit war ich isoliert und abgeschnitten von der Welt. Im Konzertsaal aber war das anders. Auch wenn ich in erster Linie für die Pause kam, um Erfrischungen zu genießen und mich unters Publikum zu mischen, kommt es mir vor, als hätte ein anderer in mir doch Ohren für das gehabt, was dort geboten wurde. Vorne spielte die Musik und in mir wurde es still. Ich fühlte mich merkwürdigerweise weniger bedroht von der Wirklichkeit. Ich hörte unter der Kuppel des „Palatul Philharmoniei" eine scheinbar andere Musik als jene, die dort inszeniert wurde, etwas, was zwar aus der Musik erwuchs und sich von keiner Inszenierung und auch von keiner Virtuosität austreiben ließ, aber in Wahrheit nur mit mir selbst zu tun hatte: Es war Hoffnung. Und so bestätigte die Musik meine kühn gefasste Gewissheit, dass ich doch sicherlich bald ausreisen dürfte. „Concerto", „Con", gemeinsam, zusammen, also nicht alleine und isoliert und „certo" sicher, gewiss: Ich werde ausreisen, ich werde überleben, ich werde leben, und ich werde der sein, der diese Musik in Wahrheit hört. Deswegen war ich so häufig dort und wechselte die Wassermusik des Marosch-Ufers mit der Stille im Konzertsaal. In der Pause schlich ich herum mit meiner Limonade, als Dreizehnjähriger alleine unter Erwachsenen und sehr wenigen Gleichaltrigen, die sich neben ihren Eltern langweilten. Durch die lukenartigen Fenster meinte ich den Marosch fließen zu hören, ich sah die Badenden, die Tischtennisspieler, die Langoschverkäufer, und meinte sie durch die geschlossenen Fenster und mitten in einer Symphonie zu hören, so wie ich sie jetzt in der Erinnerung höre, sie alle, die mir damals in jener Welt, die ich hoffentlich bald verlassen sollte, bereits als Erinnerung vorkamen. Ich ging sehr behutsam mit ihr um, mit dieser real existierenden Welt, in der ich schon fast ein Phantom war und mir so vorkam, als ob ich mir bei allem, was ich tat, selbst zuschauen würde. Immer wieder spazierte ich wie wesenlos am Marosch-Ufer entlang, in einem lange dauernden Abschied voller Hoffnung, Wehmut und Ungewissheit, lauter Gefühle, die einem Dreizehnjährigen eher fremd sind und die auch ein Erwachsener nur zögerlich und verhalten ausspricht. Am meisten fehlt mir die braungrüne Herbststille vom Maroschufer, dessen Gewässer das nächtliche Firmament meiner Erinnerung durchqueren. Die ganze Stadt schien manchmal in einen Topf Wasserfarbe getaucht. Außer in den Sommermonaten, in denen das Grün, Gelb und Rot der Bäume, Wiesen, des Heus und der Früchte gut in Ölfarbe gewirkt hätten, spielte sich dort alles in dem flüchtigeren Ton von Wasserfarben ab.

Allein spazierte ich zurück zur Philharmonie, wieder und immer wieder, um mich ihrer zu vergewissern, um sie noch ein letztes Mal in eine zukünftige Erinnerung abzulegen, und dann viele Jahre später, bei der Rückkehr, um zu erfahren, was aus dieser Erinnerung geworden ist. Durch das Wiedersehen verlor sie den Nimbus des Fernen und dadurch auch etwas von ihrem Reiz in meiner Phantasie. Die damalige Welt existierte nur noch als Kulisse. Das Land war nach Ereignissen, die man Revolution nannte, mehr oder weniger frei. Doch wie soll man das Verschwinden von Phantasmen nennen, die durch eine üble Laune des Schicksals wirklich geworden sind und die in Folge einer günstigeren Position der Sterne verschwanden? Die Philharmonie schwieg, eine verlassene, echolose Stille der Rückkehr, die Leere enttäuschter Illusionen. Die Englein, die in makellosem Weiß an den Wänden des Konzertsaals über das Geschehen wachten, schwiegen, ihre Harfen und Trompeten blieben stumm. Aber hinter der schattenhaften Erscheinung des Gebäudes loderten die Geister der Vergangenheit, der vielen Abwesenden, mit ihren Geschichten, mit ihrem Ehrgeiz, mit ihren Sehnsüchten, alle, die irgendwann einmal in diesem Konzertsaal gesessen hatten: Laci, Kopek, Dudas, Rene Schaffer, Robert Schwalie, die Nass, die Naschitz. Die Liste jener, die gegangen sind, ist lang, und als sollte die Absurdität dieser Liste noch unterstrichen werden, gab es auch solche, die geblieben sind: fast eine „Dysharmonie" (soll das frz Wort hier Stehen?) in dem langen Reigen der Gegangenen. Rado Agi, meine Französischlehrerin mit dem nierenkranken Ehemann, dem Anwalt und Fußballfan von UTA Arad. Wie beim Mensch ärgere Dich nicht, wenn das Spiel zu Ende ist und eine Figur alleine im Häuschen übrig bleibt, ohne zu wissen, warum, so erging es wohl Agi. Als hätte sie zu lange dem letzten Ton der Aufführung gelauscht, bis es keinen Sinn mehr machte, in die Pause zu gehen, denn schon begann der zweite Teil der Aufführung, das traurige Finale, die Auflösung, voller zerbrochener Träume, Armut und Unglück – und Alleinsein. Ivan und Agi fehlte es an Kraft zu verschwinden. Sie blieben zurück. Ivan, unheilbar krank, verstarb einige Jahre vor der „Revolution", bei seinem Beruf als Anwalt fast ein Glücksfall: Er musste das Fach nicht noch einmal von A bis Z lernen, um unter den neuen Gesetzen der „Freiheit" arbeiten zu dürfen. Agi und Ivan saßen Sonntag für Sonntag im Konzertsaal, und sie kamen nicht nur für die Musik, sondern um sich von den Alltagsmühen zu erholen. Sein blasses, fahles Gesicht und die ungesunde Herzkrankheitsröte – facies mitralis – in ihrem braven Gesicht. Ein Paar, harmonisch oder dissonant, schwer zu entscheiden, eher zusammengewachsen wie die zwei Hälften einer Münze, so saßen sie da in der Philharmonie, nebeneinander und alleine, vertraut und fremd, jeder mit seiner eigenen Krankheit, still, aber lebendig, mit der Würde jener, die glauben, dass sie nichts mehr zu verlieren haben. Häufig saßen wir in Agis Wohnung, als wir aus dem Konzert kamen. Sie kramte der Form halber Vanillewaffeln hervor. Sie hießen „Doina". Ich nahm davon bereitwillig – es schmeckte nicht besonders, aber es gab halt nichts anderes als diese „Doina", deren Geschmack von ihrem Namen etwas aufgewertet wurde: Doina ist ein rumänisches Wiegenlied. Ein sehr schönes Volkslied, es hatte die Süße, die der Waffel fehlte: „Doina, doiniţa". Wir besprachen das Konzert, und ich hatte, insbesondere seit meine Eltern gegangen waren, die Rolle des Hofnarren, ich durfte zu allem etwas sagen, und ich wurde gehört, ich war schließlich jemand, ich reiste ja bald in den Westen. Agi hatte einige Bücher, auch größere Kunstkataloge, eines von Fantin Latour, daran kann ich mich erinnern und an ihren Petit-Larousse, eine kleine Enzyklopädie in französischer Sprache. Wir sprachen über das Konzert und übertrafen uns in Bonmots, die wir gerade erst in dem dünnen Programmheft gelesen hatten und die wir jetzt völlig ungeniert zum Besten gaben. Es kam darauf an, dass man sich gemeinsam in der großen Welt befand, in der Welt der Bildung, also der Fantin Latours. Allein die Kenntnis von so einem nicht gar so bekannten Künstler wies den Kenner aus. Was sagte mir damals schon ein Gruppenbild betagter Männer in einem Kunstkatalog einer rumänischen Französischlehrerin? Waren das Baudelaire, Apollinaire, oder Manet vor dem Selbstporträt Delacroix'? Dennoch blieb das Bild im Bild und das Selbstporträt Fantin Latours mitten in der erlauchten Gesellschaft der Künstler in meiner Erinnerung: „Hommage an Delacroix", so heißt das Bild, das eine Gruppe Männer, Künstler, vor dem Selbstbildnis von Delacroix darstellt. Der einzig Lebendige schien in dieser merkwürdigen Gruppe der Tote. Die Freunde sitzen drum herum, ein bisschen wie bestellt und nicht abgeholt: Sie lebten ja noch. Was mir derzeit nicht auffallen konnte, war, dass es in der Komposition weniger auf die Gestalten, die berühmten Männer der Zeitgeschichte ankam als auf die Räume um sie herum, die scheinbar leblose Umgebung, in der ihre Bedeutung weiter reichen sollte als in der unmittelbaren Wirklichkeit. Diese Bilder hatten ein Zeitgefühl, das auf vexierende Weise etwas vorwegnahm, was außerhalb des Bildes stattfand, den Tod und die Vergänglichkeit der Figuren, aber auch die Dauer der Komposition. Ich hielt es zunächst mit den Namen und der Berühmtheit. Ivan erkrankte während der Zeit, als meine Eltern noch in Arad waren. Ich besuchte ihn im Krankenhaus mit meinem Vater. Das schuldete ich ihm, hatten wir doch zusammen den großen Sieg von UTA im Europapokal über Feyenoord Rotterdam im Stadion verfolgt und waren danach dem holländischen Mannschaftsbus „Happel, Happel hahaha" skandierend hinterher gezogen, weil Ernst Happel vorher verkündet hatte, unsere Fußballmannschaft UTA vom Platz zu fegen. Während des Krankenhausbesuches bei Ivan gelang mir sozusagen im Auswärtsspiel ein seltenes Eigentor, fast als Fallrückzieher, denn außer uns befand sich am Bett des Kranken auch ein harmlos aussehender Onkel, dem ich vollmundig und ungefragt verkündete, dass ich genau wüsste, warum rumänische Mannschaften ohne Fans in den Westen reisten.

„Warum denn, mein Junge?" fragte der Mann.

„Natürlich weil niemand mehr zurückkommen würde", antwortete der junge Fußballfan.

Mein Vater hatte derweil Schweißperlen auf der Stirn, und Ivan wurde noch blasser, er hüstelte hilflos, und ich fragte mich, warum ihm mein Vater nicht half, er war ja schließlich auch Arzt.

Der kleine Mann nickte freundlich und ging bald seines Weges. Er war, wie mir nachher eröffnet wurde, ein Mitglied der Securitate – ob es ihn noch wohl gibt?

Als Agi, Ivan und ich an dem Biedermeier-Tisch in deren Wohnzimmer saßen, spürte ich nicht, wie die gemeinsame Zeit einen eigenen Rhythmus bekam, einer geheimen Melodie gehorchte, welche später die Erinnerung an meine Kindheit werden sollte.

Agi sagte: „Dieser Rachmaninov ist etwas Besonderes."

Ich wagte nicht zu widersprechen, denn sie schien am gleichen Tag noch erwachsene Gäste empfangen zu wollen, so dass meine Stunden bei ihr ohnehin gezählt waren.'

Ich kann nicht sagen, wieso das dritte Konzert von Rachmaninov in mir etwas tief Verborgenes anspricht, aber ich fühle, dass das Geheimnis der Schönheit eines Werkes schwer zu entziffern ist, sowohl die Schönheit als auch das Geheimnis, welche in Diktaturen als Erste auf der Strecke bleiben. Mit ihnen schwindet die freie Meinung und schließlich der Mensch in seiner Eigenart sich selbst und seine Umgebung wahrzunehmen und zum Ausdruck zu bringen. Inwieweit wir über unser Leben in Freiheit oder als Gefangene zu berichten wissen, wird aber leider schon dadurch begrenzt, dass wir über zwei wesentliche Kapitel unseres Daseins in Wirklichkeit keine Kenntnis haben: über die Geburt und den Tod.

Der Hollywoodproduzent Samuel Goldwyn, geboren in Polen als Schmuel Gelbfisz, behauptete: „Ich glaube nicht, dass jemand seine

Autobiografie schreiben sollte, bevor er gestorben ist". Das muss einer wissen, der zumindest in der Wirklichkeit zwei Namen hatte: Goldwyn und Gelbfisz.

TAT TVAM ASI
PETER ROSENTHAL
Traduzione di Luca Tosi

Dovete essere una volpe e una lepre,
conoscere il bianco e il nero.

Per me la scrittura è arrivata come un'erezione nel bel mezzo della vita, l'erezione di un organo depositato nell'infanzia che, a un certo punto, ha parlato. Non sono le storie che mettono in moto il ciclo del divenire e del tramontare, del "C'era una volta" e del "Se non sono morti, vivono ancora oggi". C'è voluto del tempo prima che questo impulso infantile trovasse una realizzazione nell'età adulta. Ho procrastinato capricciosamente l'idea sempre più in là, per allontanare il momento della lussuria. L'impulso a scrivere mi è sorto da una frase ascoltata da un ospite dei miei genitori, il quale sollevò due questioni: la prima, che noi (io) eravamo (ero) ebrei (ebreo), e l'altra, che alcuni (uno) ci hanno (ha) assassinato un milione di volte.

Non del tutto a ragione, alla radice di questo nuovo organo, che si era annunciato all'età di cinque/sei anni – "quando sarò grande, scriverò un libro per dimostrare quant'era cattiva quella gente" – c'era la sensazione di essere un "sopravvissuto", così come lo erano i miei genitori. L'obiettivo era – o almeno penso tutt'ora – uscire, attraverso e nel linguaggio, da una prigione sociale e religiosa, oltre che politica (la Romania dell'allora dittatore Ceausescu). Credo che il bambino di cinque anni che è in me abbia capito più dell'adulto, nel corso dei decenni: la via della libertà passa attraverso il linguaggio. Una cosa è uscire da una prigione, come abbiamo fatto io e la mia famiglia andandocene dalla Romania, l'altra è liberarsi dalle catene che rendono lo schiavo, schiavo, e il padrone, padrone.

Pertanto, non intendo scrivere un'autobiografia, né un diario né un romanzo, tantomeno un giallo, ma cercare una forma tutta mia. Importante: la prima cosa che devo fare è trovare la lingua con cui avvicinarmi all'obiettivo. Il tedesco – da piccolo non ne avevo idea, ma poi tutto si è fatto chiaro – non solo è la scelta giusta, ma l'unica possibile per un'impresa del genere, perché il mio nemico è Hitler e devo vincerlo con la lingua con cui ha scritto il "Mein Kampf".

Io come arma

Animula vagula, blandula,
Hospes comesque corporis,
Quae nunc abibis in loca
Palidula, rigida, nudula,
Nec, ut soles, dabis iocos.

Marguerite Yourcenar ha inserito questi versi, scritti dall'imperatore Adriano, in un'autobiografia fittizia, camera d'eco di una voce che mi riporta a uno stage che ho fatto nel reparto di chirurgia del Blue Hill Memorial Hospital di Mount Desert. Per tutto il giorno ero in sala operatoria. L'odore del disinfettante e i molteplici rituali di lavaggio mi davano un senso di sicurezza e importanza. Di sera leggevo la storia della vita dell'imperatore. Anche se il narratore parlava al successore Marco (Aurelio), fin dall'inizio mi sono sentito interpellato, anche perché la primissima frase riguarda un medico. E io, ai tempi, volevo diventare medico.

"Mio caro Marc,
stamattina sono andato dal mio medico Ermogene, che è appena tornato da un lungo viaggio in Asia." L'incipit del libro può sembrare banale: una passeggiatina dal medico, come se si trattasse del fornaio. Ma l'imperatore non va dal fornaio, bensì proprio dal suo medico, e il motivo per cui ci va è significativo: scrivere un'autobiografia è scrivere per i posteri, si lasciano tracce al mondo dopo la morte, dopo il punto finale. Per il momento, però, solo una virgola divide l'imperatore e Marc; il viaggiatore Ermogene è il garante di questa virgola, ma il punto finale arriverà in ogni caso.

Da "Novelle da un minuto" di Istvan Örkeny

"Quando sono nato, ero così bello che il primario mi prese in braccio, mi portò da una stanza all'altra e mi fece visitare tutta la clinica. Dicono che ho persino sorriso, suscitando i sospiri d'invidia delle altre madri.

È successo poco prima dello scoppio della Prima Guerra Mondiale, nel 1912, e credo che sia il mio unico successo. Perché da quel momento in poi la mia vita è stata all'insegna del fallimento. Non solo ho perso gran parte della mia bellezza, dei miei denti e dei miei capelli, ma ho anche perso il contatto col mondo esterno. Non potevo né imporre la mia volontà né usare il mio talento. Sapevo di voler fare lo scrittore, ma mio padre era farmacista e insisteva perché lo diventassi anch'io. Ma anche questo non gli bastava! Voleva che facessi più di lui e, diventato farmacista, mi mandò all'università per diventare ingegnere chimico. Così dovetti aspettare altri quattro anni e mezzo prima di potermi finalmente dedicare alla scrittura.

Ma per quanto? Non feci in tempo a tirare il fiato che scoppiò il pandemonio. L'Ungheria dichiarò guerra all'Unione Sovietica e fui inviato al fronte, dove il nostro esercito fu presto sconfitto e io fui fatto prigioniero dai russi. Trascorsi quattro anni e mezzo così, e quando tornai a casa mi trovai davanti a nuove difficoltà, che non favorirono certo la mia carriera di scrittore.

In tali circostanze, il poco che sono riuscito a scrivere – qualche romanzo, cinque o sei raccolte di racconti, due opere teatrali – l'ho scritto, per così dire, di nascosto, cioè nelle rare ore libere che riuscivo a strappare alla storia.

Forse per questo tendo a essere conciso. Brevità e precisione, sempre alla ricerca dell'essenziale. Spesso lavoravo frettolosamente, trasalendo a ogni suono che distoglieva la mia attenzione. Non potevo aspettarmi buone nuove né dal postino, né da chiunque altro arrivasse a farmi visita.

Ciò spiega anche il fatto che, per quanto io potessi aver raggiunto una perfezione da neonato, in seguito sia diventato sempre più pallido: riuscivo a procedere solo strisciando e incespicando. Nonostante avessi acquisito padronanza nel mio lavoro, ho sempre percepito me stesso, e la realizzazione nascosta in me, come irraggiungibili".

Come Örkeny in Ungheria, non credo d'aver fatto gran belle figure nella clinica dove lavoravo, come non credo d'aver goduto di buona reputazione, soprattutto dopo che i miei genitori lasciarono la Romania di Ceausescu. Nonostante questo, due anni più tardi mi fu permesso di partire per l'Occidente; ciò avvenne dopo un attentato alla mia vita, fallito, da parte della Securitate.

Nella RFT il postino non era più un pericoloso informatore della Securitate; portava pacchi Ot-top pieni di cioccolato Milka e vestiti sportivi. Non dovevo "strisciare" come uno scarafaggio al cospetto delle autorità, ma semplicemente ambientarmi nella prosperità della Repubblica Federale e flettermi alla volontà dei miei genitori: volevano che diventassi medico, almeno per fedeltà alla tradizione e all'ambizione di una famiglia di emigranti ebrei. Anche la scrittura era più una posa infantile che una scelta matura.

Detto così suona denigratorio, però mi proteggo dalla spavalderia, malcelata, che hanno quelli che rompono il silenzio scrivendo migliaia di pagine come se si trattasse di una sonata di Chopin, e di lasciare il lettore forte, attento, con una domanda tipo: c'è qualquadra che non cosa?

Fred Placepart

Ho incontrato Fred Placepart per la prima volta in residenza a Mount Desert, dove scriveva, e molti anni dopo l'ho rivisto sulla terrazza dell'Alcazar, nel quartiere belga. Abbiamo parlato di scrittura.
Chi vuole affondare ha bisogno di un'ancora, ma che dire della risalita? Scrivere di sé è un affondare nel proprio passato e un emergere dallo stesso, dalla caverna del tempo alla sala VIP dell'io, l'io che scrive. Placepart e io ne abbiamo discusso, senza ottenere ad alcun risultato tangibile, ma con la sensazione di averlo sfiorato e la speranza, condivisa, di arrivare in fondo quando ci saremmo rivisti.

Adam Zagajewski

"Un tempo, quando ascoltavo il terzo concerto,
non mi rendevo conto che per gli intenditori
si tratta di una musica troppo conservatrice (non sapevo allora,
che nell'arte al di là dell'arte ci sono anche odii, fanatiche dispute
dispute, condanne degne dell'epoca delle guerre religiose),

udivo in quelle note la promessa di cose ancora a venire,
il preannuncio di una difficile felicità, dell'amore, lo schizzo di
    paesaggi che un giorno sarei venuto a conoscere,
il presagio del purgatorio, del paradiso, del peregrinare
e infine, forse anche di qualcosa che somiglia al perdono.

Adesso, quando ascolto Martha Argerich suonare il Concerto in re minore, ne ammiro la maestria, la passione, l'ispirazione, e insieme il fanciullo che un tempo fui cerca di capire, a fatica, cosa si è realizzato e cose invece estinto. Cosa è vivo."

Questi versi stranieri sono una chiave dei miei. Mi hanno costretto a confrontarmi con le parole, messe in fila molti anni prima.

Rachmaninov

Nei giorni di festa, ad Arad si avvertiva la sindrome di astinenza da città occidentale.
Che i negozi fossero aperti o chiusi non faceva molta differenza. Non circolavano quasi mai merci particolarmente allettanti; quando circolavano, provenivano dal mercato nero. Non c'era nemmeno il fine settimana: al sabato e alla domenica ci si liberava, solamente, per qualche ora, dagli scarsi sforzi del sistema per mantenere almeno un'impressione di normalità.
Vivere una specie di normalità durante la settimana, come singolo individuo, era possibile solo dopo aver perso ogni percezione di sé. Ma a me non è mai successo. Ho sempre avuto l'impressione di vivere un'esperienza speciale e, più tardi, dopo la partenza dei miei genitori, persino di esser stato scelto. La vita quotidiana, con il suo pantano di "normalità" di una piccola città socialista, entrava in conflitto con lo spirito ottimista che cresceva in me. In mezzo: il vuoto.
A quel tempo ero attratto dalla sala della filarmonica; cercavo esperienze da condividere, anche con gli amici dei miei genitori, su di loro potevo contare; stare in questa cerchia mi faceva sentire più vicino a loro. Essendo figlio di rifugiati temevo che la gente non volesse farsi vedere con me. Ma in realtà non era così. Tra noi ebrei vigevano leggi non scritte, almeno all'epoca, leggi chiare anche alle spie della Securitate: sapevano che gli amici dei miei genitori non potevano ignorarmi, quindi li lasciavano interagire con me. All'epoca non mi rendevo conto del potere che garantisce questo tipo di appartenenza: l'essere ebreo; continuava a esistere nonostante nulla di umano avesse più valore. Non era detto che mi parlassero davanti a tutti, ma se anche lo avessero fatto, parlarsi avrebbe assunto un altro valore. Ora, uno potrebbe dire che non c'è nulla di strano a scambiarsi due parole, così come la musica, in fin dei conti, è solo musica. Però, che effetto avrebbe fatto

veder conversare, da fuori, un tredicenne e un uomo adulto, sotto il sole della domenica mattina? Di cosa avrebbero parlato? Di un argomento che può venir fuori in una festa in maschera, o magari durante un concerto mattutino? "Come se la passano i tuoi genitori in Germania ovest? Pensi che avrai il permesso di uscita anche tu?", oppure: "Hai paura che non ti lasciano andar via?".

Era impossibile parlare di tutto questo e gli effetti delle falsità, della violenza, della menzogna e della disumanità gravavano su questi incontri. Cercavo un senso, un calore, un'appartenenza sincera, ma mi sentivo solo e spettatore. Non ero impaurito per qualcosa in particolare, la paura era la normalità. Una paura quotidiana con cui ci si poteva sentire tristi, divertiti o persino felici.

Nei fatti ero isolato, tagliato fuori dal mondo. Ma nella sala della filarmonica no. Anche se ci andavo più che altro per per godermi il rinfresco e mischiarmi al pubblico nell'intervallo, avevo la sensazione di possedere orecchie diverse. La musica suonava e il silenzio calava in me. Stranamente, mi sentivo meno minacciato dalla realtà. Sotto la cupola della Palatul Philharmoniei percepivo una musica diversa da quella messa in scena: qualcosa nasceva da quella musica e non poteva esser scacciato dall'esecuzione o dai virtuosismi, perché aveva a che fare con me e basta. Era la speranza.

E così la musica confermò la mia certezza, arditamente concepita, che presto sarei stato sicuramente in grado di viaggiare. "Concerto", "con", insieme; non più solo e isolato; e "certo", certezza: partirò, sopravvivrò, vivrò, sarò io a far suonare un'armonia. Per questo andavo lì così spesso, e nel silenzio della sala durante il concerto sentivo lo sciabordio dell'acqua che lambiva le rive del Mures. Durante l'intervallo mi aggiravo guardingo con la mia limonata, come un tredicenne fra tanti adulti e qualche sparuto coetaneo, annoiato accanto ai genitori. Mi pareva di sentire il fiume Mures scorrere attraverso le finestre a lucernario, insieme a voci di persone che erano già ricordi, appartenenti a un mondo che speravo di lasciare quanto prima. Ero attentissimo a questo mondo, lo abitavo a mo' di fantasma, osservandomi in tutto ciò che facevo.

Camminavo spesso lungo le rive del Mures come se non esistessi, in un lungo addio gonfio di speranza, malinconia e incertezza, sentimenti piuttosto estranei a un tredicenne e che anche un adulto esprime solo con esitazione, cautela. Ciò che mi manca di più è quella quiete autunnale, verde-marrone, del fiume: le sue acque attraversano ancora il firmamento notturno della mia memoria. L'intera città appariva immersa nel tono effimero di un acquerello; tranne che per i mesi estivi, quando i verdi, i gialli e i rossi degli alberi, dei prati, del fieno e della frutta funzionavano meglio con i colori a olio.

Me ne ritornavo alla Filarmonica, da solo. Ci andavo in continuazione, in realtà. Era come se volessi essere sicuro di catturarne un'ultima immagine, per serbarne un ricordo da spolverare anni dopo, al mio ritorno. Ma appena la rivedevo perdeva quell'aura e parte del suo fascino. Il mondo di allora esisteva in me solo come sfondo. Il Paese era più o meno libero dopo gli eventi chiamati "Rivoluzione". Come definire i fantasmi che lo popolavano? Quei fantasmi avevano preso vita a causa di un colpo di sfortuna e, allo stesso modo, erano stati spazzati via da un colpo contrario, di fortuna.

La Philharmonie era silenziosa, un silenzio di ritorno, senza echi: il silenzio di una presenza terza.

Vuoto di illusioni deluse. Gli angeli, nel bianco immacolato delle pareti della sala da concerto vegliavano taciturni, le loro arpe e trombe erano mute. Dietro l'aspetto ombroso dell'edificio brillavano i fantasmi del passato, dei tanti assenti, insomma, di tutti quelli che si erano seduti lì, con le loro storie, ambizioni, con i loro desideri: Laci, Kopek, Dudas, Rene Schaffer, Robert Schwalie, i Nass, i Naschitz.

L'elenco di coloro che se ne sono andati è lungo e, come a sottolinearne la moltitudine, c'è anche chi è rimasto: quasi una "disarmonia" (ci starebbe, qui, una parola francese?) nella lista. Fra questi Rado Agi, la mia insegnante di francese, e il marito, avvocato e tifoso dell'UTA Arad, squadra di calcio rumena.

Non ti arrabbiare, come fanno alcuni, quando la partita finisce e capita che un pezzo resti spaiato nella scatola senza un perché: così è successo ad Agi. Come se avesse ascoltato troppo a lungo l'ultima nota dell'esibizione, fino a quando non aveva più senso la pausa, perché stava già iniziando la seconda parte, il triste finale, la dissoluzione, piena di sogni infranti, povertà e infelicità – e solitudine. Ivan e Agi non hanno avuto la forza di andarsene. Sono rimasti indietro. Ivan, malato terminale, morì qualche anno prima della "Rivoluzione", quasi un colpo di fortuna per la sua professione di avvocato: così non dovette imparare daccapo la materia per lavorare con le nuove leggi in termini di "libertà".

Agi e Ivan sedevano nella sala da concerto ogni domenica, e non solo per la musica, ma per rifocillarsi dal tran tran quotidiano. Il viso pallido, malinconico di lui, e il rossore della malsana malattia cardiaca – stenosi mitralica – sul volto educato di lei. Una coppia; armonica o dissonante? Difficile da dire. Una coppia cresciuta insieme, come le due facce di una moneta. Stavano seduti nella sala della filarmonica vicini e soli allo stesso tempo, familiari ed estranei, ognuno con la propria malattia, silenziosi ma vivi, con la dignità di chi pensa di non aver più nulla da perdere.

Spesso andavamo all'appartamento di Agi tornando dal concerto. Lei tirava fuori le cialde alla vaniglia per ospitalità, le "Doina". Ne ho mangiate parecchie: non il massimo come sapore, ma erano ineguagliabili al di là del gusto. Le esaltava il nome: Doina, infatti, è una ninna nanna rumena. Una canzone popolare molto bella, che aveva il quid che mancava al wafer: "Doina, doiniţa". Discutevamo del concerto, e io avevo il ruolo del giullare di corte: visto che i miei genitori se ne erano andati mi era concesso di esprimermi su ogni argomento, e venivo ascoltato; dopotutto ero qualcuno, sarei andato presto in Occidente. Agi possedeva vari libri, cataloghi d'arte enormi, un libro di Fantin Latour, lo ricordo bene, e il Petit-Larousse, una piccola enciclopedia in francese. Parlavamo del concerto e facevamo a gara a chi sparava la battuta più arguta; prendevamo spunto da cose lette negli opuscoli teatrali, ma poi le riadattavamo. In questo gioco davamo il meglio di noi. Ciò che contava era stare insieme nel grande mondo, nel mondo dell'educazione, delle fantasie di Latour: la conoscenza di un artista così poco conosciuto identificava il conoscitore.

Cosa mi suscitava, allora, una foto di gruppo di anziani presa da un catalogo d'arte di un insegnante di francese? Erano forse Baudelaire, Apollinaire o Manet davanti all'autoritratto di Delacroix? No, tuttavia, il quadro nel quadro e l'autoritratto di Fantin Latour in mezzo all'illustre compagnia di artisti mi sono rimasti impressi: "Omaggio a Delacroix" è il titolo dell'opera; ritrae un gruppo di artisti davanti all'autoritratto di Delacroix.

L'unico vivo di questa combriccola sembra esser il morto. Gli amici siedono intorno a lui, come se, una volta messi lì, non sapessero bene cosa fare: eppure erano vivi. Quel che non riuscivo a carpire, in quel momento, era che la composizione non riguardava tanto le figure – uomini famosi della storia contemporanea –, quanto lo spazio che li circondava, l'ambiente apparentemente impagliato in cui il significato della loro presenza doveva rimbombare.

L'immagine aveva un senso del tempo che anticipava fastidiosamente qualcosa che avveniva al di fuori del quadro: la morte e la caducità delle figure, ma anche la durata della composizione. All'inizio mi limitai ai nomi e alle celebrità.

Ivan si ammalò mentre i miei genitori erano ancora ad Arad. Andai a trovarlo in ospedale con mio padre. Glielo dovevo; avevamo assistito insieme, allo stadio, alla stratosferica vittoria dell'UTA sul Feyenoord Rotterdam in Europa League, poi avevamo seguito il pullman della squadra olandese cantando "Happel, Happel hahaha": questo perché Ernst Happel aveva annunciato in anticipo, boriosamente, che avrebbe spazzato via dal campo la nostra squadra.

Da Ivana, durante la visita in ospedale, e quindi in trasferta, segnai una rovesciata, diciamo; oltre a noi, al capezzale del malato c'era uno zio dall'aspetto innocuo, al quale rivelai con tutto il cuore che conoscevo l'esatto motivo del perché le squadre rumene andavano a giocare in Occidente senza tifosi.

"Perché, ragazzo mio?" mi chiese l'uomo.

"Ovvio, perché nessuno tornerebbe indietro" risposi.

Nel frattempo, mio padre collezionava perle di sudore sulla fronte e Ivan si era fatto ancora più pallido a forza di tossire. Mi chiedevo come mai mio padre non lo aiutasse, d'altronde era un medico. Lo zio annuì in modo amichevole e se ne andò. Mi è stato detto, in seguito, che era un membro della Securitate – sarà ancora vivo?

Mentre Agi, Ivan e io sedevamo al tavolo Biedermeier del loro salotto, non m'accorgevo che il tempo trascorso insieme prendeva un ritmo tutto suo, obbedendo a una melodia misteriosa che sarebbe poi diventata la memoria della mia infanzia.

Agi disse: "Questo Rachmaninov è qualcosa di speciale".

Non osai oppormi, sembrava volesse avere ospiti "adulti" quella sera, e le mie ore con lei, comunque, erano contate.

Non saprei dire come mai il Terzo Concerto di Rachmaninov fa appello a qualcosa di profondamente nascosto in me, ma il segreto della bellezza di un'opera è difficile da decifrare; sia la bellezza che il segreto, i primi a cadere nel dimenticatoio nelle dittature. Con esse scompare la libera opinione e infine l'essere umano, nel suo modo di percepire ed esprimere sé stesso e ciò che lo circonda. La misura in cui sappiamo raccontare la nostra vita, in libertà o come prigionieri, è purtroppo già limitata dal fatto che non conosciamo due capitoli essenziali della nostra esistenza: la nascita e la morte.

Il produttore hollywoodiano Samuel Goldwyn, nato in Polonia come Schmuel Gelbfisz, ha dichiarato: "Credo che nessuno debba scrivere la propria autobiografia, se non dopo la propria morte".

Beh, se lo dice uno che in vita ha avuto due nomi... Sicuramente se ne intende.

TANDEM
BERNHARD HECKLER
PAOLO CASELLA

Kommentar von Bernhard Heckler

Paolo Casella findet in seiner Kurzgeschichte Febbre d'Estate einen Ton der Trauer, der melancholischen Zuversicht und der Abgründigkeit. Sein jugendlicher Erzähler versucht, sich mit fiebrigem Pathos gegen einen übermächtigen Verlustschmerz zu stemmen, und mit jeder Seite wird klarer, dass er auf eine Tragödie zusteuert, die noch größer ist als die vorangegangene, die dem Text zugrunde liegt.

Die innere Konsequenz, mit der Paolo Casella seine Geschichte zu Ende bringt, ist beeindruckend, und das überraschende Ende lässt einen den Text nochmal ganz anders lesen. Plötzlich versteht man die Dringlichkeit des jugendlichen Erzählers nochmal ganz anders, und am Schluss wird man Zeuge der größten Geste der Romantik, zu der ein Mensch fähig ist, eine Geste, für die man jung sein muss.

Es war mir eine Freude, diese moderne Romeo&Julia-Geschichte zu übersetzen. Die Sprache, die Paolo Casella seinem Protagonisten gibt, ist sehr kraftvoll, kein einziges Sprachbild ist abgegriffen, die Natur spielt eine tragende Rolle, sie wird zum Raum für die überwältigenden Gefühle eines jungen Mannes, der eine metaphysische Verbundenheit mit der Welt spürt, und sie zulässt, um der erschütternde Leere etwas entgegenzusetzen, die der Verlust eines geliebten Menschen hinterlassen hat.

Commento di Paolo Casella

Ho avuto il privilegio di tradurre in Italiano il racconto "Ein fliehendes Pferd", una vera gemma di narrativa breve che fin dalla prima pagina diverte e incuriosisce il lettore vestendolo dei panni di Franz, un protagonista umanamente ricco di difetti e desideri. La simpatia nei suoi confronti è costruita in maniera brillante dal punto di vista narratologico. La prima pagina persuade il lettore a tifare per lui, e in qualche modo a comprenderlo e perdonarlo quando i suoi difetti umani lo portano a prendere una decisione inequivocabilmente sbagliata. Bernhard Heckler è stato incredibilmente bravo a seminare indizi che fanno intuire al lettore lo svolgimento della trama, e poi ribaltare le sue aspettative con continui colpi di scena. Il finale è stupefacente, ed eleva questa particolare vicenda a emblema di un conflitto interiore nel quale in misura maggiore o minore ogni essere umano può rispecchiarsi. Col senno maturato da questo capovolgimento finale, il racconto si presta a una seconda lettura in cui le vicende del protagonista vengono inquadrate in una luce diversa e più drammatica. Il racconto è sempre lo stesso; è il lettore che è cambiato, e rivive questo conflitto permeato da un senso di solitudine tuttavia mitigato dalla consapevolezza che noi tutti possiamo esserne afflitti, e perfino nella solitudine egli non è solo.

FEBBRE D'ESTATE
PAOLO CASELLA

24 giugno 1989

Mi sento inquieto, ultimamente. La penombra del fondale mi dona conforto, mi manca piacevolmente il respiro. Tiepidi fasci di luce m'investono e proiettano una rete dorata che oscilla tra gli scogli e le conchiglie. Una stella marina si cela in un cespuglio di posidonia. Mi manca piacevolmente il respiro.

Un guizzo di vita mi raccoglie e mi tira verso l'alto. La luce non fluttua più, m'investe il color fiordaliso del cielo. La salsedine m'invade la gola, le onde mi cullano. I gabbiani stridono e volano in stormi, una vela ricalca la linea dell'orizzonte. Ancora una volta la vita mi è rimasta aggrappata come un paguro alla conchiglia.

Sai, Bianca, è una sensazione paradossale quella che sto esplorando. Non mi sento del tutto vivo; mi ricordo chi sono solo in quegli istanti in cui la vita mi sta abbandonando, quando mi manca piacevolmente il respiro e non so se saprò giungere in superficie prima di annegare. Dicono che quando hai quindici anni i dì e le notti durano settimane e il tempo è una risorsa inesauribile, eppure io mi sento come un fanciullo che gioca per la prima volta sulla spiaggia. Il tempo mi sfugge come una manciata di sabbia dagli spiragli tra le dita; mi ritrovo quando tramonta il sole che il giorno è volato e non so dove si sia perduto. Ecco: quando mi rifugio nel mio nido in fondo al mare, il tempo rallenta e aspetta che lo raggiunga. Mi sembra quasi di riafferrarlo, io che in questi pomeriggi di giugno sono indeciso come la bassa marea che disegna una riga di sale sugli scogli.

Chissà se ti ricordi. È tra questi scogli che quel giorno naufragammo con la barca a remi. Non so quanto impiegammo a toccare la riva: ancora non sapevamo misurare il tempo, ma avevamo già scoperto che nulla poteva legarci come il sapore struggente dell'avventura. Giungemmo su una spiaggia minuscola, una lingua di sabbia su nostra misura a delimitare il mare dal bosco. La costa s'impennava tra le ginestre, le cicale cantavano, il profumo del rosmarino sovrastava a sprazzi quello della salsedine. Riprendemmo fiato seduti in riva al mare, incantati dai delfini che saltavano davanti al tramonto come zampilli su un rilievo di bronzo.

Sai, quando cerco un posto per annegare torno sempre alla nostra caletta senza nome. Potrei raggiungere spiagge da sogno come la Molara o la Resima, o perfino Baia Infreschi; eppure scelgo sempre la stessa, minuscola caletta dove ho una delle memorie più felici.

Pensandoci bene, non ho memorie felici di cui tu non faccia parte. Ti ricordi, Bianca? Le nostre avventure erano interminabili, i pomeriggi si dilatavano e il sole non tramontava mai, il mondo era nostro e sembrava di vivere in un sogno; prima che giungesse la malattia.

8 luglio 1989

Le tende color miele dell'ospedale chiudono la vista sul mare e filtrano la luce del tardo pomeriggio. La voce insicura di Lucio Battisti si spande dallo stereo. Lo squillo dell'elettrocardiogramma ne scandisce il ritmo, ma fatica a tenere il tempo.

Hai la pelle pallida come la luna, la mano un po' più fredda di ieri. Mentre leggo le poesie di Leopardi che tanto ami, quasi mi sembra che arricci gli angoli della bocca.

«Dottore, ce la farà?» La voce mi esce tremula, acuta.

Il primario sospira e mi sfiora la spalla.

«No, ragazzo. A meno che non si verifichi un miracolo, Bianca non si sveglierà».

«Non può fare proprio nulla?»

Scrolla le spalle. Impotenza e rammarico negli occhi paterni.

«Mi hai già posto questa domanda. Trovare il donatore per un trapianto di cuore è quasi impossibile. Bianca è in graduatoria per la donazione, ma si trova troppo in basso». Si aggiusta gli occhiali, sospira ancora. «La vita sa essere terribilmente amara. Tu torna quando vuoi a leggerle il suo libro. Ormai possiamo solo rendere più dolce il suo riposo».

Trascino i piedi sotto il porticato all'ingresso e sperdo lo sguardo al confine tra cielo e mare. Sai, ogni pomeriggio che passo accanto al tuo letto imparo qualcosa. Oggi ho capito questo: delle tante facce della natura umana, la fragilità è quella più caduca, quindi la più preziosa.

Per la via di casa mi scorre di fianco una ringhiera familiare, che circonda uno dei luoghi dove si snodano le nostre prime memorie. Ti ricordi la vecchia scuola elementare, con l'aiuola di gerani e l'albero di limoni in fondo al cortile? Era lì che giocavamo insieme per la prima volta, quando non desideravamo altro che i nostri genitori tardassero all'uscita per poter correre fino al limone e arrampicarci un minuto sui rami. Quando poi tornavamo a casa con le ginocchia sbucciate e gli occhi contenti, ci sentivamo arricchiti di qualcosa che non potevamo comprendere, e forse tutt'ora non ne siamo in grado. L'amicizia, direbbe la maestra Margherita; l'amore, oserebbe il professor Proietti. Saranno davvero due cose distinte? E chissà come – tra una corsa al limone e un'avventura per mare – ci siamo ritrovati una mattina nell'edificio di fronte ad affrontare due anni di ginnasio. Ricordi come ti stringevo la mano sotto il banco per farla smettere di tremare, quando la professoressa di lettere si guardava attorno come una vecchia volpe e ti traeva in inganno con le sue domande astute? Mi piace pensare che fossimo sempre gli stessi, io e te, anche se non correvamo più nel cortile e non ci arrampicavamo più sul limone, ma attendevamo la ricreazione e passeggiavamo nei corridoi deserti, e ci rubavamo un bacio o due nascosti dai distributori di bibite.

Non so dove troverò il coraggio di affrontare da solo il liceo. E se per abitudine ti cerco accanto a me, trovo solo un abisso di cui non vedo il fondo.

22 luglio 1989

Tutto è iniziato con una febbre d'estate dopo un tuffo dalla scogliera in fondo al porto. Il tempo di un gelato sul lungomare e la tua fronte già scottava, poi nella notte ti sei addormentata per sempre. Come potevo sapere che quel pomeriggio ti vedevo ridere per l'ultima volta?

Sai, non so perché non ti ho mai detto che ti amo. Forse perché non avevamo bisogno di stipulare un contratto; l'essenziale ce lo leggevamo in fondo agli occhi ogni volta che incrociavamo lo sguardo. Le parole servono a consolare le coscienze tormentate dal dubbio, quelle che fuggono il silenzio come un presagio di sventura.

Come vorrei, Bianca, che tutti conoscessero la pienezza dei nostri silenzi. Trascorrevamo pomeriggi a bearci del sole che ci splendeva sul viso, inspirando il profumo del mare che invadeva il bosco, e mai sentivamo il bisogno di rompere quel prezioso silenzio. Le nostre ore erano permeate da una tacita, limpida serenità.

È solo quando ti sei addormentata per sempre che ho compreso perché tante anime ne provano angoscia. Quando mi ha sfiorato un silenzio diverso: vacuo, funesto, ineluttabile come un baratro d'ombra.

Quando ricerco il silenzio placido dei miei ricordi, ripercorro i nostri passi sul monte Bulgheria, la leonessa assopita che veglia sul Cilento. Il riflesso del sole sul mare era la sola lancetta che scandiva le nostre ore. Tra i fiori di zafferano e la lavanda selvatica, tu correvi a cogliere i soffioni e mi apparivi fragile e indomita come una primula di Palinuro sbocciata dalla roccia.

Il sentiero si arrampica ai faraglioni, dove la pioggia e il vento hanno scolpito il massiccio con pazienza secolare, e si sporge come un balcone sul golfo di Policastro. Il mare si staglia prorompente che puoi sfiorarlo tendendo la mano. Se socchiudi gli occhi, il Cristo di Maratea emerge all'orizzonte.

Tra le tante cose che abbiamo imparato insieme, abbiamo scoperto che la montagna sa offrire una nuova prospettiva sul mondo. Quando sei più vicino al cielo che alla terra, nulla contano i dilemmi umani. Cosa siamo, in fondo, se non un misero istante nell'infinità del tempo? Verranno altre civiltà – forse altri mondi – quando l'umanità si sarà estinta da un'era. Cos'è allora la morte, quando la nostra vita appare come uno sbuffo di vento in un deserto? Che diritto abbiamo di soffrire, quando siamo una perturbazione impercettibile di qualcosa che forse nemmeno esiste del tutto?

E proprio quando ci si sente inghiottire dall'immensità del tempo, la più grande consolazione è il più piccolo nido che si possa concepire, come un sacco a pelo rattoppato da cui esplorare le sfumature della Via Lattea. Ti ricordi, Bianca? Ogni notte di san Lorenzo scalavamo il monte Bulgheria, ci stendevamo nella radura al limitare del bosco e cercavamo le stelle cadenti, ed esprimevamo fino all'alba lo stesso desiderio. Triste destino, non averlo visto avverato.

Mentre, sopra di noi, Perseo dava vita al Pegaso alato e traeva in salvo Andromeda, tu chiudevi gli occhi e ti adagiavi sul mio petto. È per questo che bramo tanto il mare: le onde s'infrangono sulle spiagge del nostro golfo e si ritraggono come un respiro perpetuo; nella nostalgica melodia che effondono ritrovo una parte di te che si addormenta sul mio cuore.

6 agosto 1989

Hai il corpo di donna, il volto di bambina. Sei l'euforbia che riveste le nostre scogliere, con le gemme verdi che tendono appena al giallo e pare sempre sul punto di sbocciare e poi non sboccia mai; invece è già fiorita e nessuno se n'è accorto, e sotto i fiori sta già appassendo.

Mentre dormi sul tuo letto sei incantevole e imperturbabile come una bambola di porcellana, ma non riesco a scacciare un pensiero che nel profondo mi turba più di tutti. Come posso sapere se, sotto la porcellana che riveste il tuo viso, ogni fibra del tuo corpo non implora di porre fine a questo limbo?

Quando pensieri affilati mi trafiggono la mente, se non riesco a scacciarli mi resta la speranza di coprirli con altri più nitidi; e nulla è nitido come le memorie di noi due che crescevamo insieme. Così mi rifugio in soffitta e mi lascio naufragare negli album di ricordi che i nostri genitori hanno custodito.

Sono posti speciali, le soffitte che custodiscono ricordi. L'aria è permeata dall'odore del legno antico, i raggi di sole filtrano a fasci palpabili e mi sento sereno come nel mio nido in fondo al mare, come se potessi riafferrare il tempo che è volato.

La memoria più preziosa è quel giorno di settembre in cui ci avventurammo alla grotta dell'Acqua, dove nascosti dalle stalagmiti giganti chiudesti gli occhi e posasti le labbra sulle mie. Mai come quel giorno ho amato quella striscia di paradiso che è la costa della Masseta, dove l'erica e il mirto discendono dalla collina degli ulivi fin sul dorso degli scogli, e protendono le fronde al largo come a voler sfiorare le barche dei pescatori. Mi chiedo se in autunno mi guarderai percorrere i nostri sentieri serenamente seduta sulle panchine che dalla collina si sporgono sul mare. D'altronde, se esiste un *dopo* non posso immaginarlo diverso dal pianoro di Ciolandrea.

Quando m'immergo nelle memorie felici, ne divento avido come un tasso del miele. Tra sedie a dondolo e scaffali impolverati, la soffitta nasconde scatole e cartelle senza fine. Molte appartenevano ai nonni: i loro ricordi m'invadono gli occhi mentre cerco album di fotografie e i disegni che hai realizzato per me coi tuoi acquerelli. Quanto amo la tua Venere di Botticelli, che come te affiora tra il vento e le onde e pare si possa dissolvere come spuma in riva al mare.

Mentre il sole tinge d'ambra l'orizzonte, m'imbatto in una piccola scatola, la più antica di tutte, che giace rinforzata dal fil di ferro. Sono sicuro di non averla mai aperta. Sciolgo l'occlusione e mi trovo tra le mani qualcosa che mi lascia senza fiato: un vecchio revolver arrugginito.

Il nonno non era forse ufficiale di marina? Allora risale alla seconda guerra mondiale. Sono rimasti due colpi in canna, chissà se funziona ancora.

Nascondo il revolver nello zaino di scuola e corro giù per la discesa che porta al mare. Le onde della marea che si alza s'infrangono sulla riva, un gabbiano riposa sugli scogli all'ultima luce del giorno.

Rimuovo la sicura e punto il revolver verso il mare. Un'esplosione mi assorda, dalla canna s'innalza un velo di fumo e polvere che odora di bruciato. Il gabbiano è volato via, il proiettile è scomparso tra le onde. Che idea bizzarra: quando le mie stesse ossa saranno cenere, tutto ciò che avrò lasciato al mondo sarà questo proiettile che viaggerà per mare in balia delle correnti.

Dunque, è avanzato un ultimo colpo. Che sia questo il segno che aspettavo? Forse ora posso liberarti dal tuo tormento.

19 agosto 1989

L'estate sta per terminare, ma quest'anno non ho collezionato nessun ricordo. Dev'essere la sorte di chi si lascia annegare nel passato.

Le palme ondeggiano sospinte dal grecale e si affacciano sul porto gremito di barche e garzoni che legano funi alle bitte. Le luci del sabato sera mi circondano sul lungomare di Scario mentre il tempo continua a sfuggirmi dagli spiragli tra le dita. Attorno a me scorrono volti abbronzati e sorridenti, e vuoti. Corrono verso il molo, affollano i lidi e le discoteche. Sai, non provo pietà per le persone sole, ma per quelle avide di divertimenti, perché penso a quale intollerabile vuoto si sforzino di colmare. Non potrò mai dirtelo, ma mostrandomi un'alternativa a questa sconclusionata frenesia mi hai salvato la vita. Come vorrei, adesso, poter salvare la tua.

Volto le spalle alle barche e mi allontano dal porto. Lancio uno sguardo alla scuola elementare e al nostro ginnasio, e m'immergo nel sottopassaggio della stazione. Stasera trovo conforto nella panchina di legno sotto la pensilina del binario morto, di fronte alle rotaie arrugginite che percorrevamo fino alla galleria mentre aspettavamo il treno per le nostre gite.

Sai, non avevo mai colto il fascino delle piccole stazioni, quelle dove gli altoparlanti funzionano a metà e c'è sempre un anziano che getta il pane ai pesci rossi. Sarà che mi manca scoprire cose nuove insieme, e in momenti come questo mi basterebbe condividere con te qualcosa di semplice, qualcosa di antico. Cosa ne saprà mai la gente avida di distrazioni, della compiutezza che dona condividere la semplicità di un attimo? Una lacrima s'infrange sulla banchina.

È davvero questa la vita, Bianca? Vedere morire tutte le persone che ami, a meno che tu non muoia per primo? Mi chiedo perché ne parlino tutti come un dono – addirittura un miracolo – quando appena sotto la superficie si cela questa condanna. Non posso tollerare che tu stia soffrendo, ma come posso portarti via la cosa più preziosa che hai? Mentre ci penso, l'abisso non cessa di chiamarmi.

Ma ormai ho preso una decisione. Non so dove troverò il coraggio, ma devo, in qualche modo, dirti addio per sempre.

3 settembre 1989

Mancano pochi giorni all'inizio della scuola. Il cuore mi vibra sempre più forte mentre nascondo il revolver nello zaino e m'incammino lungo la via. La brezza di settembre mi sfiora il viso e mi accarezza le braccia. Il mare tuona e biancheggia sulla scogliera, il marciapiedi s'insinua sotto il porticato dell'ospedale. Quest'estate l'ho percorso tante volte che potrei ritrovare le mie orme nel cemento.

L'odore dei camici e dell'antisettico m'investe fin dalla sala d'aspetto; nel corridoio incrocio lo sguardo paterno del primario. Lui non sa cosa sta per succedere. Sarà una doccia ghiacciata, quando lo scoprirà.

La porta della camera cigola, la socchiudo lentamente. Bianca, sono di nuovo accanto a te. Lo sai che avrei dato tutto, per un'altra avventura insieme. Chissà se nei tuoi sogni sei riuscita a viverla almeno tu, per tutti e due.

Le tende color miele, così sbiadite che potrebbero svanire, lasciano filtrare un raggio di luce palpabile come nella soffitta e nel mio nido in fondo al mare, dove il tempo cessa di sfuggirmi e non devo più affannarmi di tenere il passo. Che strano, comincia a mancarmi piacevolmente il respiro.

Sai, il pensiero della morte mi ha angosciato per tutta l'estate, eppure ora che l'ho abbracciato non mi spaventa più. Mi appare perfino soave, come se la fine di questo limbo fosse la cosa più dolce che possa desiderare.

Accarezzo il grilletto, la canna del revolver mi solletica i capelli. Stringo in tasca la lettera su cui ho battuto a macchina la mia ultima volontà.

Ti ricordi? Ti ho promesso che il mio cuore avrebbe battuto solo per te. Quando il trapianto sarà ultimato, accadrà davvero. Mia amata Bianca, ti auguro tutta la felicità che io ho perduto. L'estate è finita, ma la tua vita può ricominciare.

Per Antonio Racana,
che mi ha donato un'amicizia preziosa
senza mai violare la mia solitudine.

SOMMERFIEBER
PAOLO CASELLA
Aus dem Italienischen von Bernhard Heckler

24. Juni 1989

Ich fühle mich unruhig in letzter Zeit. Die Dunkelheit des Meeresgrunds gibt mir Trost und ich ringe angenehm nach Luft. Warme Lichtstrahlen umhüllen mich und spannen ein goldenes Netz zwischen die Felsen und Muscheln. Ein Seestern versteckt sich in einem Posidonia-Busch. Ich ringe angenehm nach Luft.

Lebensflimmern erfasst mich und zieht mich nach oben. Das Licht flattert nicht mehr, da ist nur die überwältigende Kornblumenfarbe des Himmels. Salzwasser dringt in meinen Hals und die Wellen wiegen mich. Die Möwen kreischen und fliegen in Schwärmen, das Segel eines Fischerboots zeichnet die Horizontlinie nach. Wieder einmal klammert sich das Leben an mich wie ein Einsiedlerkrebs an seine Schale.

Weißt du, Bianca, ich erkunde ein sonderbares Gefühl. Ich fühle mich nicht ganz lebendig; nur in den Momenten, in denen das Leben mich verlässt, wenn ich angenehm nach Luft ringe und nicht weiß, ob ich es schaffen werde, an die Oberfläche zu gelangen, bevor ich ertrinke, nur in diesen Momenten erinnere ich mich daran, wer ich bin. Man sagt, wenn man Fünfzehn ist, dauern die Tage und Nächte wochenlang und die Zeit ist eine unerschöpfliche Ressource, aber ich fühle mich wie ein Kind, das zum ersten Mal am Strand spielt. Die Zeit rinnt mir durch die Finger wie Sand, ich erwache aus meiner Selbstvergessenheit, wenn die Sonne untergeht und der Tag vorbei ist, und ich frage mich, wo er geblieben ist. Es ist so: Wenn ich mich in mein Nest auf dem Meeresgrund zurückziehe, verlangsamt sich die Zeit und wartet darauf, dass ich sie einhole. Ich habe fast das Gefühl, dass ich sie einhole, ich, der ich an diesen Juninachmittagen so unentschlossen bin wie die Ebbe, die eine Salzlinie auf die Felsen zeichnet.

Ich weiß nicht, ob du dich erinnerst. Hier zwischen diesen Felsen haben wir an dem Tag im Ruderboot Schiffbruch erlitten. Ich weiß nicht, wie lange wir gebraucht haben, um ans Ufer zu gelangen: Wir konnten die Zeit noch nicht messen, aber wir hatten bereits entdeckt, dass nichts uns so verbinden konnte wie der bittersüße Geschmack des Abenteuers. Wir kamen an einem winzigen Strand an, einer Sandzunge, die das Meer vom Wald trennte. Die Küste stieg zwischen Ginsterbüschen steil an, die Zikaden sangen, der Duft von Rosmarin überlagerte gelegentlich den des Salzwassers. Wir hielten den Atem an, als wir am Ufer saßen, und ließen uns von den Delfinen verzaubern, die wie in ein Bronzerelief gemeißelt in den Sonnenuntergang sprangen.

Weißt du, wenn ich einen Ort zum Ertrinken suche, kehre ich immer zu unserer namenlosen Bucht zurück. Ich könnte an Traumstrände wie Molara oder Resima oder sogar Baia Infreschi gehen, aber ich wähle immer dieselbe winzige Bucht, an die ich die schönsten Erinnerungen habe.

Wenn ich es mir recht überlege, habe ich keine glücklichen Erinnerungen, in denen du nicht vorkommst. Erinnerst du dich, Bianca? Unsere Abenteuer waren endlos, die Nachmittage kippten nie in den Abend, die Sonne ging nie unter, die Welt gehörte uns und es fühlte sich an, als ob wir in einem Traum lebten; bevor die Krankheit kam.

8. Juli 1989

Die honigfarbenen Vorhänge des Krankenhauses versperren den Blick auf das Meer und legen einen Filter über das Licht des späten Nachmittags. Aus der Stereoanlage dringt die unsichere Stimme von Lucio Battisti. Das Elektrokardiogramm schreibt den Rhythmus, hat aber Mühe, den Takt zu halten.

Deine Haut ist blass wie der Mond, deine Hand ein bisschen kälter als gestern. Während ich dir die Gedichte von Leopardi vorlese, die du so liebst, scheinst du fast die Mundwinkel zu verziehen.

"Doktor, wird sie es schaffen?" Meine Stimme zittert, ist hoch.

Der Chefarzt seufzt und berührt meine Schulter.

"Nein, Junge. Wenn kein Wunder geschieht, wird Bianca nicht mehr aufwachen."

"Können Sie denn überhaupt nichts tun?"

Er zuckt mit den Schultern. Ohnmacht und Bedauern in seinen väterlichen Augen.

"Diese Frage haben Sie mir bereits gestellt. Es ist fast unmöglich, einen Spender für eine Herztransplantation zu finden. Bianca steht auf der Spenderliste, aber sie ist zu weit unten." Er rückt seine Brille zurecht und seufzt erneut. "Das Leben kann schrecklich bitter sein. Komm wieder, wann immer du ihr vorlesen willst. Wir können jetzt nichts mehr tun, als ihr den Schlaf zu versüßen."

Ich schiebe meine Füße dorthin, wo die Veranda am Eingang einen Schatten wirft, und mein Blick sucht die Grenze zwischen Himmel und Meer. Weißt du, jeden Nachmittag, an dem ich an deinem Bett vorbeikomme, lerne ich etwas. Heute ist mir klar geworden: Von den vielen Gesichtern der menschlichen Natur ist die Zerbrechlichkeit das vergänglichste, also das kostbarste.

Mein Heimweg führt mich an einem vertrauten Geländer vorbei, das den Ort unserer frühesten Erinnerungen umgibt. Erinnerst du dich an die alte Grundschule mit dem Geranienbeet und dem Zitronenbaum am Ende des Hofes? Dort haben wir das erste Mal zusammen gespielt, und wir wünschten uns nichts mehr als eine Verspätung unserer Eltern beim Abholen, um noch einmal bis zur Zitrone zu rennen und eine Minute lang auf ihren Ästen zu klettern. Wenn wir dann mit aufgeschlagenen Knien und glücklichen Augen nach Hause zurückkehrten, fühlten wir uns bereichert von etwas, das wir nicht begreifen konnten, vielleicht bis heute nicht begreifen können. Freundschaft, würde Lehrerin Margherita sagen; Liebe, würde Professor Proietti erwidern. Sind das wirklich zwei verschiedene Dinge? Weißt du noch, wie wir uns eines Morgens - zwischen einem Rennen zur Zitrone und einem Abenteuer am Meer - vor dem Gebäude wiederfanden, das später unser Gymnasium sein würde? Weißt du noch, wie ich deine Hand unter dem Pult gedrückt habe, damit sie nicht zittert, wenn die Literaturlehrerin sich im Klassenraum umgesehen hat wie ein alter Fuchs, mit dem Ziel, dich mit ihren Fragen in die Irre zu führen? Ich stelle mir gerne vor, dass wir immer dieselben waren, du und ich, auch wenn wir nicht mehr auf dem Hof rannten und auf den Zitronenbaum kletterten, sondern auf die Pause warteten und durch die verlassenen Gänge schlenderten und uns beim Getränkeautomaten heimlich küssten.

Ich weiß nicht, woher ich den Mut nehmen soll, mich allein dem Gymnasium zu stellen. Und wenn ich aus Gewohnheit nach dir an meiner Seite suche, finde ich nur einen Abgrund, dessen Boden ich nicht sehen kann.

Alles begann mit einem Sommerfieber nach einem Sprung von der Klippe am Ende des Hafens. Als wir uns an der Promenade ein Eis holten, brannte deine Stirn vor Hitze, und in der Nacht bist du für immer eingeschlafen. Wie hätte ich wissen können, dass ich dich an diesem Nachmittag zum letzten Mal lachen sah?

Weißt du, ich weiß nicht, warum ich dir nie gesagt habe, dass ich dich liebe. Vielleicht, weil wir keinen Vertrag brauchten; das Wesentliche konnten wir jedes Mal in unseren Augen lesen, wenn sich unsere Blicke trafen. Worte dienen dazu, das von Zweifeln geplagte Gewissen zu trösten, das vor der Stille flieht wie vor der Ahnung eines Unglücks.

Wie sehr wünschte ich mir, Bianca, dass jeder den Reichtum unserer Stille kennen würde. Wir verbrachten die Nachmittage in der Sonne, die auf unsere Gesichter schien, atmeten den Duft des Meeres ein, der den Wald erfüllte, und wir hatten nie das Bedürfnis, diese kostbare Stille zu unterbrechen. Unsere Stunden waren von einer stillen, klaren Gelassenheit durchdrungen.

Erst als du für immer eingeschlafen bist, habe ich verstanden, warum so viele Seelen Qualen empfinden. Als mich eine andere Stille berührte: leer, unheilvoll, düster, unentrinnbar, wie der Abgrund des Schattens.

Wenn ich die friedvolle Stille meiner Erinnerungen suche, gehe ich erneut unsere Schritte auf dem Berg Bulgheria, der schlafenden Löwin, die über das Cilento wacht. Das Spiegelbild der Sonne auf dem Meer war der einzige Zeiger, der unsere Stunden markierte. Zwischen Safranblüten und wildem Lavendel bist du gerannt, um Löwenzahn zu pflücken, und du erschienst mir so zerbrechlich und ungezähmt wie eine Palinuro-Primel, die aus dem Felsen wächst.

Der Weg führt hinauf zu den Klippen, wo Regen und Wind das Steinmassiv mit jahrhundertelanger Geduld geformt haben, es ragt wie ein Balkon über den Golf von Policastro. Das Meer ist so groß, dass man es mit der Hand berühren kann. Wenn man die Augen zusammenkneift, erscheint der Christus von Maratea am Horizont.

Zu den vielen Dingen, die wir gemeinsam gelernt haben, gehörte die Entdeckung, dass der Berg eine neue Perspektive auf die Welt bietet. Wenn du dem Himmel näher bist als der Erde, zählt das menschliche Dilemma nicht mehr. Was sind wir schon außer einem Augenblick in der Unendlichkeit der Zeit? Andere Zivilisationen werden entstehen - vielleicht andere Welten -, wenn das Zeitalter der Menschen vorüber ist. Was ist dann der Tod, wenn unser Leben wie ein Windhauch in der Wüste erscheint? Welches Recht haben wir zu leiden, wenn wir eine unmerklicher Hauch von etwas sind, das vielleicht gar nicht existiert? Und gerade wenn man sich von der Unermesslichkeit der Zeit verschluckt fühlt, ist der größte Trost das kleinste Nest, das man sich vorstellen kann, wie ein geflickter Schlafsack, aus dem man die Erhebungen der Milchstraße erkunden kann. Erinnerst du dich, Bianca? In jeder Sankt-Lorenz-Nacht kletterten wir den Bulgheria-Berg hinauf, legten uns auf die Lichtung am Waldrand und hielten nach Sternschnuppen Ausschau, und teilten bis zum Morgengrauen denselben Wunsch. Es ist ein trauriges Schicksal, dass er nicht in Erfüllung gegangen ist.

Während über uns Perseus das geflügelte Pferd Pegasus zum Leben erweckte und Andromeda rettete, hast du deine Augen geschlossen und dich an meine Brust gelegt. Deshalb sehne ich mich so sehr nach dem Meer .Die Wellen brechen an den Stränden unserer Bucht und ziehen sich zurück wie ein ewiger Atem; in ihrer nostalgischen Melodie finde ich den Teil von dir, der auf meinem Herzen eingeschlafen ist.

6. August 1989

Du hast den Körper einer Frau und das Gesicht eines Kindes. Du bist die Wolfsmilch, die unsere Felsen bedeckt, mit grünen Knospen, die fast gelb sind und immer kurz vor der Blüte zu stehen scheinen und dann nie blühen; Stattdessen ist sie unbemerkt schon verblüht, und unter den Blüten welkt sie bereits.

Während du in deinem Bett schläfst, bist du bezaubernd und unerschütterlich wie eine Porzellanpuppe, aber ich kann einen Gedanken nicht vertreiben, der mich tief in meinem Inneren mehr als alles andere beunruhigt. Wie kann ich wissen, ob unter dem Porzellan, das dein Gesicht bedeckt, nicht jede Faser deines Körpers darum bettelt, dass dieser Schwebezustand ein Ende hat?

Wenn scharfe Gedanken meinen Geist durchbohren, wenn ich sie nicht vertreiben kann, bleibt mir der Versuch, sie mit klaren Gedanken zu überdecken; und nichts ist so klar wie die Erinnerungen an unser gemeinsames Aufwachsen. Also ziehe ich mich auf den Dachboden zurück und lasse mich durch die Erinnerungen treiben, die unsere Eltern aufbewahrt haben.

Dachböden, die Erinnerungen bergen, sind besondere Orte. Die Luft ist erfüllt von dem Geruch von altem Holz, Sonnenstrahlen dringen in dickflüssigen Bündeln hindurch und ich fühle mich so ruhig wie in meinem Nest auf dem Meeresgrund, als könnte ich die Zeit, die vergangen ist, wieder einfangen.

Die wertvollste Erinnerung ist der Tag im September, an dem wir uns in die Wasserhöhle gewagt haben. Du hast dich hinter riesigen Stalagmiten versteckt, die Augen geschlossen und deine Lippen auf meine gelegt. Nie habe ich diesen Streifen Paradies, die Küste von Masseta mehr geliebt als an diesem Tag. Diesen Ort, an dem Heidekraut und Myrte von den Olivenhügeln bis zu den Felsrücken hinabsteigen und ihre Zweige weit ins Meer hinausstrecken, als wollten sie die Fischerboote berühren. Ich frage mich, ob du im Herbst auf den Bänken sitzen und mich auf unseren Wegen entlanggehen sehen wirst, von dem Hügeln zum Meer. Wenn es ein *Danach* gibt, kann ich es mir nicht anders vorstellen als auf der Hochebene von Ciolandrea.

Wenn ich in glückliche Erinnerungen eintauche, werde ich so gierig nach ihnen wie ein Dachs nach Honig. Zwischen Schaukelstühlen und verstaubten Regalen verbergen sich auf dem Dachboden endlose Kisten und Aktenordner. Viele gehörten meinen Großeltern: Meine Augen bleiben an ihren Erinnerungen haften, während ich nach Fotoalben und deinen Zeichnungen suche, nach deinen Aquarellen. Wie sehr ich deine Botticelli-Venus liebe, die wie du zwischen Wind und Wellen auftaucht und sich aufzulösen scheint wie Schaum am Meeresufer.

Während die Sonne den Horizont in Amber taucht, stoße ich auf eine kleine Schachtel, die älteste von allen, mit Draht verstärkt. Ich bin sicher, dass ich sie noch nie geöffnet habe. Ich löse den Verschluss und halte etwas in meinen Händen, das mich sprachlos macht: einen rostigen alten Revolver.

War mein Großvater nicht Offizier der Marine? Dann stammt der Revolver aus dem Zweiten Weltkrieg. Es sind noch zwei Kugeln im Lauf, wer weiß, ob er noch funktioniert.

Ich verstecke den Revolver in meiner Schultasche und renne den Abhang hinunter zum Meer. Die Wellen der steigenden Flut brechen am Ufer, eine Möwe ruht sich im letzten Licht des Tages auf den Felsen aus.

Ich löse die Sicherung und richte den Revolver auf das Meer. Die Explosion macht mich taub, aus dem Lauf steigt ein Schleier aus Rauch und Staub auf, es riecht verbrannt. Die Möwe ist weggeflogen, die

Kugel zwischen den Wellen verschwunden. Was für ein bizarrer Gedanke: Wenn meine eigenen Knochen zu Asche geworden sind, wird alles, was ich der Welt hinterlassen habe, diese Kugel sein, die auf den Meeresströmungen treibt, die durch das Meer fliegt und den Strömungen ausgeliefert ist.

Ein letzter Schuss ist noch übrig. Ist das das Zeichen, auf das ich gewartet habe? Vielleicht kann ich dich jetzt von deiner Qual befreien.

19. August 1989

Der Sommer neigt sich dem Ende zu, aber ich habe dieses Jahr keine Erinnerungen gesammelt. Das Los derer, die im Vergangenen versinken.

Die Palmen schwanken im Mistral und flankieren den Hafen voller Boote und Matrosen, die Seile an Pollern befestigen. Die Lichter der Samstagnacht erhellen die Uferpromenade von Scario, während die Zeit mir weiter durch die Finger rinnt. Um mich herum strömen gebräunte, lächelnde, leere Gesichter. Sie rennen zum Pier, sie drängen sich an die Strände und in die Diskotheken. Weißt du, mein Mitleid gilt nicht den einsamen Menschen, sondern denen, die nach Unterhaltung gieren, denn ich denke an die unerträgliche Leere, die sie zu füllen versuchen. Ich werde dir nie sagen können, dass du mir das Leben gerettet hast, als du mir einen Ausweg aus diesem Wahnsinn gezeigt hast. Wie gerne würde ich jetzt dein Leben retten.

Ich wende mich von den Booten ab und entferne mich vom Hafen. Ich werfe einen Blick auf die Grundschule und unsere Turnhalle und tauche in die Unterführung des Bahnhofs ein. Heute Abend finde ich Trost auf der Holzbank unter dem Vordach des toten Gleises, vor den rostigen Schienen, auf denen wir früher zum Tunnel liefen, während wir auf den Zug für unsere Ausflüge warteten.

Weißt du, ich habe den Charme kleiner Bahnhöfe nie verstanden, die, in denen die Lautsprecher nur halb funktionieren und in denen immer ein alter Mann den Goldfischen Brot zuwirft. In solchen Momenten fehlt mir das Gemeinsame am Entdecken neuer Dinge, allein kann ich das nicht. Was werden die Menschen, die verzweifelt nach Ablenkung suchen, jemals davon wissen, wie vollkommen es sich anfühlt, einen einfachen Augenblick zu teilen? Eine Träne bricht auf der Bahnsteigkante.

Ist es wirklich das, was das Leben ausmacht, Bianca? Alle Menschen sterben zu sehen, die man liebt, es sei denn, man stirbt zuerst? Ich frage mich, warum alle über das Leben als Geschenk sprechen - sogar als ein Wunder -, wenn unter seiner Oberfläche diese Verurteilung lauert. Ich ertrage es nicht, dass du leidest, aber wie kann ich dir das Kostbarste nehmen, was du hast? Wenn ich darüber nachdenke, hört der Abgrund nicht auf, nach mir zu rufen.

Aber ich habe jetzt eine Entscheidung getroffen. Ich weiß nicht, woher ich den Mut nehmen werde, aber ich muss dir irgendwie für immer Lebewohl sagen.

3. September 1989

Es sind nur noch ein paar Tage bis zum Schulbeginn. Mein Herz schlägt immer stärker, während ich den Revolver in meinem Rucksack verstecke und die Straße hinuntergehe. Der Septemberwind streift mein Gesicht und meine Arme. Das Meer donnert und bricht an der Klippe, der Gehweg schlängelt sich unter dem Vordach des Krankenhauses entlang. Ich bin ihn in diesem Sommer schon so oft gegangen, dass ich meine Fußabdrücke im Beton wiederfinden könnte.

Aus dem Wartezimmer weht mir der Geruch von Kitteln und Desinfektionsmittel entgegen, auf dem Gang begegne ich dem Chefarzt mit seinem väterlichen Blick. Er hat keine Ahnung, was gleich passieren wird. Wenn er es erfährt, wird ihn ein eiskalter Schauer erfassen.

Die Tür des Zimmers quietscht, ich öffne sie langsam. Bianca, ich bin wieder bei dir. Du weißt, ich hätte alles gegeben für nur ein einziges weiteres gemeinsames Abenteuer. Wer weiß, vielleicht hast du es in deinen Träumen für uns beide erlebt.

Die honigfarbenen Vorhänge, so verblasst, beinahe verschwunden, lassen einen Lichtstrahl durch, wie auf dem Dachboden und in meinem Nest auf dem Meeresgrund, wo die Zeit aufhört, sich mir zu entziehen, und ich nicht mehr darum kämpfen muss, Schritt zu halten. Wie seltsam, ich ringe angenehm nach Luft.

Weißt du, der Gedanke an den Tod hat mich den ganzen Sommer gequält, aber jetzt, da ich ihn angenommen habe, macht er mir keine Angst mehr. Er hat etwas Zartes, als wäre das Ende dieses Schwebezustands das Süßeste, das ich mir wünschen könnte.

Mein Finger liegt auf dem Abzug, der Lauf des Revolvers kitzelt mein Haar. Ich umklammere den Brief in meiner Tasche, auf dem ich meinen letzten Willen getippt habe.

Erinnerst Du Dich? Ich habe dir versprochen, dass mein Herz nur für dich schlagen wird. Wenn die Transplantation abgeschlossen ist, wird es wirklich so sein. Meine geliebte Bianca, ich wünsche dir all das Glück, das ich verloren habe. Der Sommer ist vorbei, aber dein Leben kann von neuem beginnen.

Für Antonio Racana,
für seine wertvolle Freundschaft
die nie meine Einsamkeit verletzt hat.

EIN FLIEHENDES PFERD
BERNHARD HECKLER

Er öffnet den Geldbeutel. Das sieht nicht gut aus.

„Du … kann ich das vielleicht anschreiben lassen?"

„Ach Franz. Heute ist doch erst der Sechste", sagt Alice.

Erst der Sechste, kann das wirklich wahr sein? Die Tage bis zum nächsten Ersten breiten sich in Franzens Inneren aus wie eine Packeiswüste. Erst der Sechste, und schon geht's wieder ums Überleben.

„Die Scheißkiste hat gesponnen", strengt er eine Erklärung an. „Das Mistvieh wollte nicht." Sein Finger zeigt anklagend in Richtung des Einarmigen Banditen in der Ecke.

„Franz, ich mag dich, aber *du* musst was ändern", sagt Alice. „Irgendwas musst du machen." Kurz streift ihre vom Spülwasser nasse Hand seine raue Wange. Die wunderbare halbe Sekunde, in der ihre Handfläche auf Franzens verbrauchtem Gesicht verweilt, wird ihn durch den Tag, vielleicht sogar durch die ganze Woche bringen.

„Ich zahl", verspricht Franz. „Morgen zahl ich. Was macht es aus?"

„Zwanzig geradeaus", sagt Alice.

Was für ein Kleckerbetrag. Dass er nicht mal das begleichen kann. Aber Franz lebt schon so lange von der Hand in den Mund, dass er die Scham für ein Menschenleben schon fast aufgebraucht hat, er muss damit haushalten, und so gestattet er sich nur ein leises Gefühl der Beklemmung, nicht mehr als zwei Sekunden.

„Morgen zahl ich", schwört er.

„Jetzt geh erstmal heim, schlaf dich aus und rasier dich", sagt Alice. „Schau auf dich".

Franz schaut Alice an und denkt: Schau du auf mich. Bitte schau du auf mich.

„Servus", sagt er und geht die dreihundert Meter heim, nach fast dreißig Stunden vor der Kiste. Es ist windig und kalt, vom Schlachthof weht der Geruch von Todesangst nach Westen.

Franzens Wohnhaus in der Ehrengutstraße 1 ragt grau wie eine Plombe neben den schönen Hausfassaden in den Himmel und wertet die ganze Straße ab. Mit Jacke und Schuhen legt Franz sich auf seine Sechzig-mal-Hundertachtzig-Matratze und fällt in einen dumpfen, zähflüssigen Schlaf.

Keine zwei Stunden später wacht er vom rostigen Scheppern seiner Türklingel auf. Es frisst sich wie ein altes Sägeblatt durch sein Trommelfell.

„Scheißdreckhimmelherrgott", flucht er und schleppt sich zur Tür.

„Ja servus Franzi, du schaust aber nicht gut aus, hast du's vergessen?"

„Oberländer, es ist nicht mal zehn Uhr in der Früh, bist du wahnsinnig", sagt Franz mit schnarrender Stimme. „Außerdem schaust *du* auch nicht gut aus, furchtbar schaust du aus."

In der Tat, Oberländer macht nicht den Eindruck, als würde er es noch sehr lang machen. Er ist außer Atem vom Treppensteigen und röchelt wie ein falsch betanktes Auto. Franz schaut sich seinen verbleibenden sozialen Kontakt aus roten, trockenen Augen an. Strähnige, dünne Haare, dürr wie ein Gespenst, bemitleidenswert mitgenommene Kauleiste. Dass so einer dermaßen fröhlich sein kann, Respekt.

„Es ist Samstag, Amigo", sagt Oberländer, die Stimme vibriert vor Tatendrang. Weil bei Franz der Groschen nicht fällt, schiebt er hinterher: „Heut ist Riem, Mensch! Das Pferderennen! Alles auf Tornado, verstehst! Dann hat das Elend ein Ende!"

„Ich muss mich erst rasieren", sagt Franz.

„Lass den Schmarrn, wir sind jetzt schon zu spät."

„Bevor ich mich nicht rasiert hab, geh ich keinen Meter vor die Tür."

„Himmel zefix, dann mach halt."

Fünf Minuten später brennt das Pitralon-After-Shave in den Schnitten an Franzens Hals, aber er fühlt sich ausreichend frisch, um eine längere Busfahrt anzutreten.

Als er beim Fahrkartenautomaten ein bisschen im Münzgeldfach herumgesucht hat, rückt er raus mit der Sprache.

„Du, Oberländer, ich hab grad nix."

„Wie, du hast nix. Was willst denn dann nachher setzen?!", fragt Oberländer entgeistert. „Heut ist doch erst der Sechste, des gibt's noch net, dass du schon wieder blank bist!"

„Ich wurd überfallen", sagt Franz.

„So ein Schmarrn, des glaubst doch selber nicht."

„Vom Einarmigen Banditen."

„Ah mei, Franz. Schlimm ist des mit dir. Aber pass auf. Zufällig bin ich gerade *liquide*."

Jetzt wirft sich der Hawaiihemd-Wichtel Oberländer in seine Geschäftsmann-Pose. Er schiebt die knochige Brust raus und redet merklich hochdeutscher.

„Ich bin flüssig genug, um dir eine beträchtliche Summe zu leihen. Zinsen würde ich im einstelligen Bereich festlegen, das ist mehr als fair."

Die beträchtliche Summe beläuft sich auf zweihundert Mark. Die Währung heißt seit zwanzig Jahren Euro, aber Franz und Oberländer sagen immer noch Mark.

Über der Pferderennbahn in Riem hängt roter Staub in der Luft. Die grotesk klein gewachsenen Jockeys prügeln mit ihren dünnen, kurzen Ärmchen auf die Flanken der Pferde ein und zerren mit den Zügeln in ihren speicheltriefenden Mäulern.

„Siehst des? Schmerz und Angst", sagt Oberländer. „Die machen die Viecher so narrisch, dass da nix funktioniert. Aber ich kenn den Jockey vom Tornado, der ist anders, des ist ein Pferdeflüsterer. Und deswegen gibt's heute einen Reibach. Heute Reibach, morgen Maybach, verstehst!" Oberländer grinst bis über beide Ohren wegen seiner gelungenen Sentenz, aber Franz ist kein Autokenner, weiß dementsprechend nicht, was ein Maybach ist und reagiert nur mit einem verlegenen Hüsteln. Oberländer winkt enttäuscht ab und nuschelt etwas in der Richtung „dabrauchstkeineFeindemehr", bevor er sagt: „Auf geht's, ab zum Schalter, jetzt gilt's!"

Franz hält die Zweihundert geliehenen Mark in der Hand und hat die Stimme von Alice im Ohr: Du musst was ändern. Er schaut sich um: Abgehalfterte Gestalten starren auf die Rennstrecke und die Monitore, es riecht nach Pferdekot, nirgends auch nur ein Hauch vom Glamour vergangener Dekaden, als ein Pferderennen noch ein Freizeitvergnügen für die oberen Zehntausend war. Hier sind nur die Getriebenen: die Pferde und die Spieler. Sieht so eine Veränderung aus? Aber Franz hatte in den vergangenen Wochen so viel Pech, dass jetzt das Glück folgen *muss*. Wenn es ein ehernes Spielergesetz gibt, dann dieses. Er gibt dem unablässig in einen Spucknapf rotzenden Croupier am Wettschalter die Geldsumme, die ihn sonst bis in den März bringen würde, und bekreuzigt sich. Er bekommt einen lila Wettschein. Oberländer setzt unfassbare tausend Mark auf Tornado.

Die beiden Glücksritter stellen sich ganz nach vorne an den Zaun vor der Aschenbahn. Gleich geht es los. Die Pferde tänzeln nervös in den Boxen. Franz betet, Oberländer murmelt Sachen wie auf geht's, komm jetzt, auf ein Neues Fortuna. Dann nimmt er Blickkontakt mit dem Jockey von Tornado auf.

„Gernot, läufts?" ruft er. Der Angesprochene, ein 1,50 Meter großer Zwetschgenmann mit Pferdeschindergesicht, reckt seinen Daumen nach oben und macht danach eine Wirbelsturm-Geste.

„Tornado, verstehst?", sagt Oberländer. Er wirkt so siegesgewiss, dass auch Franzens schwitzende Hände ein wenig antrocknen.

Ein elektrisches Sirren liegt in der Luft. Tornado scharrt mit dem Vorderhuf, ein Bolide von einem Rennpferd, die Venen, die das Blut in seine prallen Muskeln pumpen, sind fingerdick.

„Der Gernot hat ein Geheimrezept", flüstert Oberländer. „Oralturinabol".

„Oralwas?", fragt Franz.

„Das haben sie in der DDR den Gewichthebern gespritzt, kann man aber auch Tieren geben. Das Viech ist durchgeladen mit Testosteron, das kann nur gewinnen."

Dann knallt der Startschuss durch die Luft.

Wie ein aufgeputschter Folterknecht drischt der Jockey Gernot auf die Flanke von Tornado ein. Das Tier gibt einen fast menschlichen Schrei von sich und rast dann los, als wäre es vom Teufel besessen. Ein unfassbarer Anblick, die Hufe bohren sich wie Presslufthammer in die Aschenbahn, um Tornado herum bildet sich eine rote Wolke.

Es ist nicht mal knapp.

Heiser und von Hustern unterbrochen jubelt Oberländer, bis seine Stimme bricht: „Jaaaaaaaaa!!"

Franz, in sich gekehrt im Moment des Triumphs, schaut in den Himmel und sieht, wie die Sonne an mehreren Stellen gleichzeitig durch die Wolkendecke bricht.

Wie Habichtklauen bohren sich Oberländers dünne Finger in Franzens Schultern.

„Zwanzigerquote! Zwanzigerquote!!"

Viertausend Mark. Franz kann es nicht fassen. Das Blatt hat sich gewendet. Der Drecksack Oberländer kriegt sogar zwanzigtausend Mark.

„Komm, wir nehmen ein Taxi", krächzt Oberländer, der vor lauter Jubeln keine Stimme mehr hat. „Gibt's hier irgendwo Schampus?" Gibt es nicht, es gibt nur Fanta und Kaugummi in einem Automaten.

„Auf geht's ins süße Leben", sagt Oberländer kaugummikauend, während er Franz die Tür aufhält. „Nie mehr Busfahren!" Franz fühlt sich viel weniger euphorisch, als er sich gern fühlen würde. Sein Blick wandert hinüber zu seinem Spielkumpanen, der unablässig auf den Fahrer einredet, ihm einen Hundertmarkschein nach vorne schiebt und sagt: „Dafür aber extra schön um die Kurven fahren!"

Franz kommt es vor, als würde er seinem eigenen Zerrbild gegenüber sitzen. Ihm wird leicht übel. Nach ein paar Minuten Fahrt lässt Oberländer von dem mittlerweile völlig entnervten Fahrer ab und krächzt halblaut Richtung Franz: „Dem Herrn Kameltreiber sind hundert Euro wohl nicht genug für ein bisschen Konversation."

„Wie haben Sie mich genannt?", fragt der Fahrer mit schneidender Stimme.

„Des war nicht an dich gerichtet", versetzt Oberländer, der die unangenehme Eigenschaft hat, alle immer zu duzen. Dann wieder halblaut zu Franz: „Der meint, wir sind hier in Bagdad."

Mit quietschenden Reifen hält das Taxi, der Fahrer steigt aus, dabei offenbart sich seine beeindruckende Körpergröße und Statur, er macht die hintere Tür auf, packt den völlig verdutzten Oberländer am Arm und schleudert ihn aus dem Auto. Franz steigt freiwillig aus.

Oberländer rappelt sich auf und steht schon fast wieder, als ein mächtiger Hieb des Fahrers ihn wieder auf den Asphalt schickt. „Gib mir nochmal hundert", sagt der Fahrer. Oberländer friemelt zwei Scheine aus der Hosentasche, aus seiner Nase tropft Blut. Leise jammernd gibt er dem Fahrer das Geld, der steckt es sein, bedankt sich und fährt davon. Gleich neben den beiden Gestrandeten ist eine Bushaltestelle. So schnell geht's.

„Hör mal", sagt Oberländer, „pass auf. Das Geld..."

„Willst du jetzt deine vierhundert Mark plus Zinsen", fragt Franz.

„Na, na, hör mal zu. Du hast viertausend. Wenn du mir vertraust, hast du übermorgen zwölftausend."

Franz runzelt die Stirn. Er würde am liebsten gehen, aber wohin? Die beiden Neureichen sind immer noch nicht im Stadtgebiet, sie sitzen an einer Vorstadtbushaltestelle, umgeben von Maisfeldern, es bleibt nichts übrig außer Stirn runzeln und ertragen.

Oberländer legt los. Er redet sich in Rage und benutzt wie ein Zufallsgenerator willkürliche Fachbegriffe, niedrige Leitzinsen, billiges Geld, Yahoo, eBay, Nasdaq, priceline.com, Dotcom-Blase, das alles aus dem Mund von einem, der zu seinen Euros immer noch Mark sagt.

Oberländers Tonfall wird eindringlicher, ein beunruhigender Schatten legt sich über seine Züge, aus der Nase tropft immer noch Blut.

„Überleg doch mal!", ruft Oberländer. „Autofahren ohne Fahrzeugbesitz, Unterkunft ohne Immobilienbesitz, Raumpflege ohne Putzeimer, Mahlzeiten ohne Küchenmobiliar!" Seine Stimme überschlägt sich: „Flugreisen ohne Wartung und Betrieb von Flugapparaten, Ei des Columbus von Plattformgeschäften! *Verstehst*?!?"

„Kann ja alles sein, Oberländer, aber ich glaub, ich behalt lieber mein Geld", sagt Franz. „Die Vierhundertvierzig geb ich dir von mir aus, aber ansonsten würd ich mich zurückhalten, ich versteh von den ganzen Sachen nichts."

„Du musst nix verstehen, sondern du sollst mir vertrauen", insistiert Oberländer, „oder hast du vor heute Früh schon mal was vom Rennpferd Tornado gehört?"

Bevor Franz reagieren kann, plärrt Oberländer: „Eben!! Du hast null Gründe, mir nicht zu vertrauen, aber viertausend, um genau das zu tun!"

Von ihm geht jetzt etwas unterschwellig Manisches aus, das Franz Sorgen macht.

„Ich schlaf mal drüber und wir reden morgen, ja?", behilft er sich.

„Wenn ich dich eine Nacht mit dem Geld allein lass, ist morgen nix mehr übrig", meckert Oberländer. „Des weißt du genau wie ich!"

„Nein, Oberländer, da liegst du falsch", sagt Franz feierlich, „ich änder mich."

Die beiden neuerdings Vermögenden sitzen nun schon seit einer halben Stunde an der Bushaltestelle beim Maisfeld, ohne dass irgendjemand vorbeigekommen wäre, kein Bus, kein Auto, nichts und niemand.

Oberländer redet noch weiter auf Franz ein, bis der zur ultima ratio greift und sich wortlos wegdreht. Oberländer verstummt. Franz verharrt und schaut in die andere Richtung. Eine kurze Zeit ist es ganz still. Dann spürt Franz, wie sich ein Gegenstand gegen seine Wirbelsäule drückt.

„Das wollte ich nicht, Franz", sagt Oberländer. „Ich hab gehofft, du gibst es mir freiwillig."

„Was hast du…" fängt Franz an, aber Oberländer schneidet ihm das Wort ab.

„Nicht umdrehen, oder ich schieß dir ins Rückenmark. Gib mir einfach das Geld."

Franz beginnt zu zittern und holt sein Bündel aus der Jackentasche. Er gibt es nach hinten, ohne sich umzudrehen. Oberländers Hand greift nach den Scheinen, der Druck des Pistolenlaufs in Franzens Rücken erhöht sich.

„Lass mir nur zwanzig Mark", sagt Franz leise. Oberländers Hand schiebt einen einzelnen Schein nach vorne.

„Tut mir leid", sagt Oberländer. „Ich hab sehr akute Probleme. Bleib umgedreht, sonst schieß ich."

Franz sitzt wie versteinert da und starrt weiter in das Maisfeld. Er hört sich entfernende Schritte. Als er nichts mehr hört, wagt er es, sich umzudrehen. Die Straße ist leer, Oberländer nicht mehr zu sehen. Franz steht auf und geht zu Fuß Richtung Stadt. Die Besiedelung wird langsam dichter, erste Hochhäuser türmen sich in den aschgrauen Himmel, er geht und geht, drei Stunden lang, bis er wieder zuhause ankommt. Er legt sich hin und fällt in einen Zustand der vollkommenen Bewusstlosigkeit, und die geheimen Areale des Gehirns, die nur aktiv werden, wenn der Körper schläft, feilen die schärfsten Kanten der schlechten Erinnerungen ab. Als Franz sieben Stunden später wieder aufwacht – es ist mitten in der Nacht – kommen ihm die Erlebnisse des Tages bereits weit entfernt vor. Sie haben die Gestalt eines Traums angenommen. Einzig der zusammengeknüllte Zwanzig-Mark-Schein in Franzens Hosentasche verweist auf die Realität des Erlebten.

Weil er nicht mehr einschlafen kann und das Zenetti Pils Stüberl 24 Stunden am Tag geöffnet ist, beschließt Franz, noch einen Spaziergang zu machen und seine Schulden zu begleichen.

Die Luft im Stüberl beißt in den Augen. Schwaden von Zigarettenrauch wabern träge im Licht der Deckenlampe. Es ist fast leer bis auf eine Gestalt, die in der Ecke vor dem Automaten kauert. Franz glaubt nicht, wen er da sieht.

„Dass du die Frechheit hast, hier aufzukreuzen."

Oberländer dreht sein gelbes Gesicht zu Franz und präsentiert seine Kauleiste beim Versuch eines entschuldigenden Lächelns.

„Es gibt Momente im Leben", sagt er brüchig, „da musst du was machen, für was du dich schämst. Du kriegst es wieder, Franz, so wahr mir Gott helfe."

Alice kommt aus der Küche.

„Franz, mit wem redest du denn da?"

„Der ist ok, Alice, der ist kein Böser", sagt Franz beschwichtigend. Er weiß, welche Wirkung Oberländer auf andere haben kann.

Alice schaut mit sorgenvollem Blick in dessen Richtung zum Automaten.

„Franz, vielleicht gehst du lieber heim."

Franz greift in seine Hosentasche und holt den Geldschein heraus.

„Schau her, Alice, ich habs dir versprochen."

„Du hast das Herz am rechten Fleck, Franz", sagt Alice. „Und jetzt geh heim und schlaf dich aus."

„Schlafen kannst, wennst tot bist", meckert Oberländer aus der Ecke. Franz dreht sich mit einem Seufzen zu ihm.

Oberländer holt seinen Geldbeutel raus und winkt mit einem Fünfzig-Mark-Schein. „Anzahlung, Franzi. Bleib nur auf eine Runde. Die Susi ist in Geberlaune."

Das ist Oberländers Ding, den Kisten Frauennamen geben.

Mit einem schicksalsergebenen Lächeln setzt Franz sich auf den freien Hocker und Oberländer legt feierlich die Hand auf Susis Einen Arm. „Auf dass der liebe Gott ein bisschen was gut macht", sagt er. „Los geht die wilde Fahrt". Und dann drückt er.

Es läuft schlecht. Nach sieben erfolglosen Runden ist Oberländer nicht mehr ansprechbar und stiert auf die Kiste. Immer wieder schiebt er Geld nach.

„Kruzifix, Dreck, elender!" In seinen trüben Augen spiegelt sich der Automat. Auf der Suche nach einem Schuldigen wandern seine Pupillen mit einem Zittern hinüber zu Franz.

„Du Drecksau, verpiss dich", flucht er. „Nix bringst du mir, außer Pech und Ärger. Hau ab hier!"

Franz erwidert nichts, es bringt nichts. Mit traurigen Augen beobachtet er den rasenden Zerfall seines Kumpanen, der wie ein trauriger, alter Ziegenbock auf dem Hocker kauert und voller Hass und Ohnmacht den Feind vor sich taxiert, der ihm das Geld und die Würde raubt. Er schiebt seinen buchstäblich letzten Pfennig in den Geldschlitz. „Wenn's jetzt nicht klappt, bring ich mich um", sagt er. Wieder drückt er den Hebel runter. Eine Zitrone erscheint auf dem Bildschirm. Zwei Zitronen. Die wirklich erst zuletzt sterbende Hoffnung huscht zusammen mit dem ersten Tageslicht über Oberländers gelbes Gesicht. Dann erscheint ein rotes Kreuz. Dazu die spöttische, abfallende Tonfolge des Automaten, wenn er die Oberhand behalten und einen weiteren, traurigen Glücksritter zermalmt hat. Oberländer jault wie ein sterbendes Tier. Er steht auf und reißt den Automaten um. Der wuchtige Apparat schlägt schwer und blechern auf den Boden. Glas birst. Alice schreit auf. Franz geht wie in Trance vor die Tür. Ihm ist schwindelig.

Er beugt sich hinunter zu dem sterbenden Spatz und berührt sanft seinen weichen, sich hektisch bewegenden Kopf. In der Hocke versagen Franzens Beine den Dienst und er klappt auf der Straße zusammen. Er rappelt sich auf und taumelt, schleppt sich, kriecht Richtung Bushaltestelle auf der anderen Seite. Mit der buchstäblich allerletzten Kraft zieht er sich auf die Bank. Alles wird wunderbar ruhig.

Und da, am Rande seines Sichtfelds, taucht ein Engel auf und beugt sich über ihn.

„Kannst mich verstehen?", fragt der Engel, der die Gestalt von Alice anzunehmen beginnt.

Franz nickt.

„Weißt du noch, wie du heißt?"

Franz murmelt seinen Namen.

„Ich versteh dich nicht. Bleib bei mir. Sag mir deinen Namen."

In der Ferne ertönt bereits das Martinshorn des gerufenen Krankenwagens.

„Oberländer. Mein Name ist Franz Oberländer."

Dann wandert sein sich verengender Blick nach oben in den Himmel und ein leises, einsames Glück streift ihn, als er sieht, wie die Morgensonne den Schlachthof in mattes Gold taucht.

UN CAVALLO INARRESTABILE
BERNHARD HECKLER
Traduzione in modo creativo di Paolo Casella

Franz apre il portafogli, ma ciò che vede non promette nulla di buono.

"Puoi farmi credito?"

"Oh Franz. Siamo solo al sei del mese" dice Alice.

Solo al sei, sul serio? Al prossimo stipendio mancano ancora tanti giorni da lasciarlo desolato. Solo il sei, e già si ricomincia a sopravvivere.

"La fottuta macchina..." cerca di spiegare. "Stavolta mi ha fregato". Indica con aria accusatoria la slot machine nell'angolo.

"Franz, tu mi piaci, ma hai bisogno di cambiare" dice Alice. "Devi cambiare qualcosa."

La sua mano, bagnata dall'acqua dei piatti, gli sfiora la guancia ruvida. La frazione di secondo in cui il suo palmo si posa sul viso sfinito di Franz gli farà superare la giornata, forse l'intera settimana.

"Pagherò" – promette Franz – "pagherò domani. A quanto ammonta?"

"Giusto venti" dice Alice.

Che cifra ridicola. Per la quale però non può pagare. Tanto Franz è così abituato a vivere alla giornata che ha esaurito la vergogna di una vita intera. Si concede solo una lieve sensazione di angoscia, non più di due secondi.

"Pagherò domani" promette.

"Adesso vai a casa, fatti una bella dormita e fatti la barba" dice Alice. "Guardati".

Franz guarda Alice e pensa: guardami *tu*. Per favore, guardami.

"Ci vediamo presto" dice, e percorre i trecento metri fino a casa, dopo quasi trenta ore davanti alla macchinetta.

Un vento freddo diffonde l'aria putrida a ovest del mattatoio. La casa di Franz in via Ehrengut torreggia grigia come un sigillo nel cielo accanto alle belle facciate delle case. Svaluta l'intera strada. Con indosso la giacca e le scarpe, Franz si sdraia sul materasso e cade all'istante in un sonno profondo.

Meno di due ore dopo si sveglia al suono arrugginito del suo campanello. Gli rode il timpano come una vecchia motosega.

"Maledizione" impreca e si trascina verso la porta.

"Sì, ciao Franz. Non hai un bell'aspetto, non dirmi che ti sei dimenticato".

"Oberländer, non sono nemmeno le dieci del mattino. Sei fuori di testa" dice Franz con voce roca. "E poi neanche tu hai un bell'aspetto. Anzi, hai un aspetto orribile".

In effetti, Oberländer non dà l'impressione di avere ancora molto da vivere. È senza fiato per aver salito le scale e ansima come un'auto in panne. Franz squadra il suo unico contatto sociale. Occhi rossi e asciutti, capelli unti e sottili, magro come un fantasma, gengive pietosamente ammaccate. Chissà come fa qualcuno conciato così ad essere così felice.

"È sabato, amigo" dice Oberländer con la voce carica di entusiasmo. Franz non sembra contagiato dal suo entusiasmo, perciò ripete: "È sabato, amico! La corsa dei cavalli. Lo sai, tutto su Tornado! È ora di dare un taglio alla miseria".

"Prima devo farmi la barba" dice Franz.

"Sciocchezze, è già troppo tardi".

"Se prima non mi faccio la barba, non esco da quella porta".

"Diamine che fissazione. Datti una mossa, allora".

Cinque minuti dopo, il dopobarba Pitralon pizzica i tagli sul collo di Franz, ma lui si è rinfrescato abbastanza da affrontare quel lungo viaggio in autobus. Una volta dentro la biglietteria automatica, si morde la lingua.

"Oberländer, in questo momento non ho un soldo".

"Come sarebbe, non ho un soldo? E cosa vorresti puntare su Tornado?" chiede Oberländer sbalordito. "Siamo solo al sei del mese, non puoi essere già di nuovo al verde!"

"Sono stato derubato" dice Franz.

"Cazzate".

"Dalla slot machine".

"Ti va male, Franz. Però dammi retta. In questo momento si dà il caso che io disponga di una certa *liquidità*".

Ora Oberländer, uno gnomo con la camicia hawaiana, assume la posa di un uomo d'affari. Spinge in fuori il petto ossuto e si mette a parlare come un banchiere.

"Ho abbastanza liquidità da poterti prestare una somma considerevole. Per te potrei anche abbassare i tassi di interesse".

La somma considerevole ammonta a duecento marchi. La moneta si chiama euro da vent'anni, ma Franz e Oberländer la chiamano ancora marco.

Polvere rossa aleggia sull'ippodromo di Riem. I fantini grottescamente piccoli percuotono i fianchi dei cavalli con le braccia corte e magre e strattonano le redini nelle loro bocche salivanti.

"Vedi quello? È un regime del terrore" dice Oberländer. "Fanno impazzire le creature così tanto che non funziona niente. Ma conosco il fantino di Tornado. Lui è diverso, è uno che sussurra ai cavalli. Ed è per questo che domani guiderai una Porsche. Andiamo al banco, è il momento".

Franz tiene in mano i duecento marchi che ha preso in prestito e sente la voce di Alice: *Devi cambiare qualcosa.* Si guarda intorno: figure sfinite fissano l'ippodromo e i monitor, c'è odore di sterco di cavallo; non è rimasto niente del decoro degli anni passati, quando le corse di cavalli erano ancora un passatempo per pochi ricchi. Non è il cambiamento che intende Alice. Ma nelle scorse settimane ha avuto così tanta sfiga che la fortuna deve arrivare per forza. Quella somma di denaro, che basterebbe ad arrivare ad aprile, la dà al croupier del banco scommesse e si fa il segno della croce. Riceve una schedina viola. Oberländer punta l'incredibile cifra di mille marchi su Tornado.

I due soldati di ventura vanno al recinto che racchiude la pista. Sta per iniziare. I cavalli strepitano nervosi nei box. Franz prega, Oberländer mormora cose come andiamo, dai, brindiamo alla fortuna. Poi guarda negli occhi il fantino di Tornado.

"Gernot, tutto pronto?" lo chiama.

Il destinatario, un ometto alto un metro e mezzo con una faccia piatta come una smerigliatrice per cavalli, alza il pollice e poi fa un gesto vorticoso.

"Tornado, hai capito?" grida Oberländer.

Sembra così sicuro della vittoria che anche le mani sudate di Franz cominciano ad asciugarsi un po'.

C'è un ronzio elettrico nell'aria. Tornado scalpita lo zoccolo anteriore, un bolide di cavallo da corsa, le vene spesse come dita che pompano il sangue ai muscoli.

"Gernot ha una ricetta segreta" sussurra Oberländer. "Turinabol orale".

"Cosa – orale?" chiede Franz.

"Lo iniettavano ai campioni di sollevamento pesi della Germania Est, ma puoi darlo anche agli animali. La bestia è così carica di testosterone che non può perdere".

Poi il colpo d'inizio rimbomba nell'aria.

Il fantino Gernot colpisce il fianco di Tornado come un torturatore. L'animale emette un urlo quasi umano e carica come se fosse posseduto dal diavolo. Uno spettacolo incredibile, gli zoccoli scavano nella terra come martelli pneumatici, una nuvola rossa si forma attorno a Tornado.

Non gli sta dietro nessuno. Rauco e interrotto dalla tosse, Oberländer esulta finché la sua voce non si spezza: "Evvaiiii!!"

Franz, estasiato nel momento del trionfo, alza gli occhi al cielo e vede il sole che penetra in più punti la coltre di nubi.

Le dita sottili di Oberländer affondano come artigli nelle spalle di Franz. "Ventimila! Ventimila!"

Quattromila marchi. Franz non riesce a crederci. La fortuna ha girato. Quel bastardo dell'Oberländer si è beccato ventimila marchi.

"Dai, prendiamo un taxi" gracchia Oberländer, che ha perso la voce a forza di gridare. "C'è dello spumante da queste parti?"

Non c'è. Solo una macchinetta con della Fanta e gomme da masticare.

***

"Ci aspetta la bella vita" dice Oberländer masticando una gomma, mentre tiene la porta del taxi aperta per Franz. "Niente più viaggi in autobus!"

Franz si sente meno euforico di quanto vorrebbe Oberländer. Il suo sguardo si sposta sul suo compagno di giochi, che parla ininterrottamente all'autista e gli sventola davanti una banconota da cento euro dicendo: "Tu però prendi le curve più morbide che puoi".

Sembra di essere seduto di fronte alla sua caricatura. Basta un niente a dargli alla testa.

Dopo pochi minuti di guida, Oberländer lascia andare il conducente ormai inesorabilmente innervosito e gracchia a voce bassa in direzione di Franz: "Il cammelliere non pensa che cento marchi siano abbastanza per una piccola conversazione".

"Come mi ha chiamato?" chiede l'autista con voce adirata.

"Non sto parlando con te" taglia Oberländer, che ha il brutto vizio di dare sempre del tu a tutti. Poi di nuovo a mezza voce a Franz: "È convinto di essere a Baghdad".

Il taxi si ferma con cigolii di pneumatici, l'autista scende rivelando la statura di un armadio con i piedi, apre la portiera posteriore, afferra per un braccio Oberländer e lo scaraventa fuori dall'auto. Franz esce di sua spontanea volontà.

Oberländer si sta rimettendo in piedi quando un pugno del conducente lo rispedisce sull'asfalto.

"Dammi quei cento" ordina il conducente.

Oberländer armeggia con la banconota, gli cola sangue dal naso. Gemendo sommessamente porge i soldi all'autista, che se li mette in tasca, lo ringrazia e se ne va. C'è una fermata dell'autobus proprio accanto a loro.

"Ascolta" – dice Oberländer – "I soldi…"

"Vuoi i tuoi quattrocento marchi più gli interessi adesso?" chiede Franz.

"Ascoltami bene. Ne hai quattromila. Se ti fidi di me, domani ne avrai diecimila".

Franz aggrotta la fronte. Andrebbe volentieri via, ma dove? I due nuovi ricchi sono ancora fuori città, seduti alla fermata di un autobus suburbano circondati da campi di grano, niente da fare se non accigliarsi e sopportare.

Oberländer inizia. Si esalta subito e spara parole a caso come tassi di interesse bassi, denaro a buon mercato, Yahoo, eBay, Nasdaq, priceline.com. Il tono di Oberländer si fa più incalzante, un'ombra inquietante gli deforma i lineamenti, il sangue gli cola ancora dal naso.

"Pensaci!" sbotta. "Potrai andare dove vorrai senza avere una macchina, vivere in albergo, mai più pulire, mai più cucinare!"

"Tutto è possibile, Oberländer, ma io preferisco tenermi i soldi" – dice Franz – "ti restituisco i quattrocentoquaranta e mi tengo il resto. Non capisco niente di tutta questa roba".

"Non devi capire niente, devi fidarti di me!" insiste Oberländer. "Avevi mai sentito di Tornado prima di stamattina?"

Prima che Franz possa rispondere, Oberländer grida: "Esatto! Hai zero motivi per non fidarti di me, e duemila per farlo!"

Ora in lui c'è qualcosa di maniacale che preoccupa Franz.

"Ci dormo sopra e ne parliamo domani, okay?" ribatte.

"Se ti lascio solo con i soldi per una notte, domani non ci sarà più niente" si lamenta Oberländer. "Lo sai meglio di me!"

"No, Oberländer, ti sbagli" dice solennemente Franz. "Sto cambiando".

I due sono rimasti seduti alla fermata dell'autobus circondata da campi di grano per mezz'ora senza che sia arrivato nessuno, nessun autobus, nessuna macchina, niente e nessuno. Oberländer continua a cercare di convincere Franz finché quest'ultimo non ne può più e gli volta le spalle senza proferire parola. Oberländer tace. Franz persevera a non volgergli lo sguardo. Per un po' c'è silenzio. Poi Franz sente qualcosa che preme contro la spina dorsale.

"Non volevo questo, Franz" dice Oberländer. "Speravo che accettassi volontariamente".

"Che ti prende—" fa Franz, ma Oberländer lo interrompe.

"Non voltarti o ti sparo alla colonna vertebrale. Dammi solo i soldi".

Franz comincia a tremare e tira fuori il suo fagotto dalla tasca della giacca. Lo porge all'indietro senza voltarsi. La mano di Oberländer afferra le banconote, la canna della pistola preme più forte sulla schiena di Franz.

"Lasciami solo venti marchi" mormora Franz. La mano di Oberländer spinge in avanti un'unica banconota.

"Mi dispiace" dice Oberländer. "Ho problemi, lo so. Problemi gravi. Non ti girare o sparo".

Franz resta lì pietrificato e continua a fissare il campo di grano. Sente i passi che si allontanano. Quando non sente più niente, osa voltarsi. La strada è deserta. Oberländer non si vede più.

***

Franz si alza e si avvia verso il paese. L'agglomerato diventa man mano più denso, i primi grattacieli si accumulano nel cielo grigio cenere, cammina e cammina per tre ore finché non giunge a casa. Si sdraia e cade in uno stato di completa incoscienza, e le zone segrete del cervello che si attivano solo quando il corpo dorme smussano gli spigoli più taglienti dei brutti ricordi.

Quando Franz si sveglia sette ore dopo – è notte fonda – il trascorso della giornata sembra già lontano. Ha assunto le sembianze di un sogno. L'unica prova di ciò che è accaduto è quella banconota da venti marchi spiegazzata nella tasca dei pantaloni.

Poiché Franz non riesce più ad addormentarsi e la Zenetti Pils Stüberl è aperta 24 ore su 24, decide di fare una passeggiata e saldare i suoi debiti.

L'aria all'interno del locale pizzica gli occhi. Il fumo di sigaretta si gonfia pigramente nella luce del soffitto. È quasi vuoto tranne che per una figura accovacciata davanti alla slot machine.

Franz non crede ai suoi occhi. "Che faccia, a ripresentarti qui". Oberländer gira la sua faccia gialla verso Franz e tenta un sorriso di scuse. "Ci sono dei momenti nella vita" – farfuglia – "in cui devi fare qualcosa di cui ti vergogni. Riavrai indietro i soldi, Franz. Su, dammi una mano".

Alice esce dalla cucina. "Franz, con chi stai parlando?"

"Credimi, Alice, non è un cattivo ragazzo" dice Franz in tono rassicurante. Sa quale effetto può avere Oberländer sugli altri.

Alice guarda preoccupata verso la macchina. "Franz, forse è meglio se vai a casa".

Franz si fruga in tasca ed estrae la banconota. "Guarda, Alice. Te l'avevo promesso".

"Il tuo cuore è nel posto giusto, Franz" dice Alice. "Ora vai a casa e fatti una bella dormita".

"Potrai dormire quando sarai morto" biascica Oberländer nell'angolo.

Franz si volta verso di lui con un sospiro. Oberländer tira fuori il portafogli e agita una banconota da cinquanta marchi. "Resta solo per un giro. Susi è dell'umore giusto".

È un vizio di Oberländer, quello di dare nomi di donna alle slot machine. Con un sorriso rassegnato alla sorte, Franz si siede sullo sgabello vuoto e Oberländer posa solennemente la mano sul braccio di Susi.

"Che Dio ce la mandi buona" dice. Poi spinge.

Non sta andando bene. Dopo sette round falliti, Oberländer fissa la macchina con lo sguardo perso. Estrae soldi ancora e ancora.

"Stupida, lurida, dannata!" La macchina si riflette nei suoi occhi spenti. Alla ricerca di un colpevole, i suoi occhi guardano Franz con un fremito. "Bastardo, vattene al diavolo!" impreca. "Non mi porti altro che guai. Vai fuori di qui!"

Franz non risponde, sarebbe inutile. Con occhi tristi osserva la furiosa decadenza del suo compagno, che si accovaccia sullo sgabello come un vecchio caprone e fissa colmo di odio e impotenza il nemico di fronte a lui, che lo sta derubando del suo denaro e della sua dignità.

Infila la sua ultima moneta nella fessura. "Se non funziona adesso, mi uccido" dice. Abbassa di nuovo la leva.

Sullo schermo appare un limone. Due limoni. La speranza aleggia sul viso giallo di Oberländer insieme alle prime luci del giorno. Poi appare una croce. La sequenza beffarda della macchina ha mietuto un altro, triste soldato di ventura.

Oberländer ulula come un animale al macello. Si alza e rovescia la macchina. L'enorme attrezzo colpisce il suolo con un frastuono metallico. Vetri infranti. Alice urla.

Franz esce dalla porta come in trance. È stordito. Si china sull'animale morente di fianco a lui e gli tocca dolcemente la testa. Nel piegarsi, le gambe di Franz cedono e lui crolla per terra. Arranca in piedi, si trascina, striscia verso l'altro lato della strada. Con le ultime forze si lascia crollare sulla panchina. Tutto diventa meravigliosamente silenzioso.

E lì, ai margini del suo campo visivo, appare un angelo che si china su di lui.

"Mi senti?" chiede l'angelo, che comincia ad assumere le sembianze di Alice.

Franz annuisce.

"Ricordi il tuo nome?"

Franz borbotta il suo nome.

"Non ti capisco. Resta con me. Dimmi il tuo nome".

In lontananza si sente la sirena dell'ambulanza che lei ha chiamato.

"Oberländer. Mi chiamo Franz Oberländer".

Poi il suo sguardo socchiuso vaga verso il cielo e una tranquilla, solitaria felicità lo avvolge, mentre il sole del mattino inonda il mattatoio di oro opaco.

AUTORINNEN UND AUTOREN

Clara Leinemann, geb. 1994 in Köln, studierte am Literaturinstitut in Hildesheim und schreibt Prosa- und Dramentexte. Einladung zum 4+1 Festival für junge Dramatiker*innen, szenische Einrichtung am Schauspiel Hannover, verschiedene Engagements als Autorin in der freien Szene. Nominiert für den Berliner Kindertheaterpreis 2021, seitdem bei Felix Bloch Erben unter Vertrag. Ihre Prosatexte wurden in verschiedenen Anthologien und Literaturzeitschriften veröffentlicht, u.A. Die Poetin, Mosaik FreiText (2023).

Elena Pineschi wurde 1996 in Rolo (RE) geboren, einem kleinen Städtchen auf dem Land mit rund 4000 Einwohnern. Sie hat einen Abschluss in Physiotherapie und arbeitete dann mit behinderten Kindern und Erwachsenen.

Durch ihr Interesse am menschlichen Körper entwickelt sich mit der Zeit der Wunsch, über Schmerzen und alles, was nicht gesagt werden kann, zu erzählen. Schliesslich zog sie nach Turin, einer viel größeren Stadt mit vielen Kulturangeboten. Dort machte sie an der Scuola Holden einen Abschluss in Kreativem-Schreiben, Storytelling und dem Schreiben von Drehbüchern.

Heute arbeitet sie als Lektorin und schreibt selber. Sie versucht dabei, eine Brücke zwischen ihren wissenschaftlichen und kulturellen Interessen zu schlagen: Sie sucht nach den Worten, aber vertraut in ihren Geschichten vor allem auf Gesten, Körperhaltungen und Empfindungen.

AUTRICI E AUTORI

Clara Leinemann, nata a Colonia nel 1994, ha studiato all'Istituto di letteratura di Hildesheim e scrive prosa e teatro. Invito al Festival 4+1 per giovani drammaturghi, allestimento scenico allo Schauspiel Hannover, vari impegni come autrice nel settore della scena indipendente. Nominata per il Berliner Kindertheaterpreis 2021, e poi sotto contratto con Felix Bloch Erben. I suoi testi in prosa sono stati pubblicati in varie antologie e riviste letterarie, ad esempio Die Poetin, Mosaik FreiText (2023).

 **Elena Pineschi** nasce nel 1996 a Rolo (RE), un piccolo paese di campagna di circa 4.000 abitanti. Si laurea in Fisioterapia, per poi lavorare nel campo delle disabilità, sia infantili che adulte. Con il tempo il suo interesse per il corpo si evolve nel desiderio di raccontare il dolore e tutto quello che non si può dire.

Si trasferisce quindi a Torino, città molto più grande e culturale, e si laurea in Scrittura creativa, Storytelling e Sceneggiatura alla Scuola Holden.

Oggi collabora come editor-redattrice e scrive, cercando di colmare la distanza tra i suoi interessi scientifici e culturali: cerca le parole, ma affida le sue storie soprattutto a gesti, posture, sensazioni corporee.

Lena Schätte, 1993 geboren, veröffentlichte 2014 ihren ersten Roman Ruhrpottliebe im Marlon Verlag. In den Folgejahren arbeitete sie als Psychiatriekrankenschwester im Ruhrgebiet, bis sie 2020 ein Studium des literarischen Schreibens am deutschen Literaturinstitut Leipzig aufnahm. Zuletzt veröffentlichte sie die Kurzprosa Gebärmutter im Open Sewers Collective. Sommer 2022 nahm sie an der Grazer Romanwerkstatt für junge Literatur teil.

Zwischen Vorlesungen und Schreibkrisen arbeitet sie als Redaktionsmitglied am Anthologieprojekt Tippgemeinschaft. Aktuell schreibt sie an ihrem nächsten Buch, pendelt zwischen ihrem sauerländer Zuhause und ihrer leipziger Schreibstätte. In Zügen immerzu auf der Suche, nach diesem einen verlegten Notizbuch.

Giulia Orati, (1991), schloss ihr Studium der Wirtschaftswissenschaften an der La Sapienza in Rom ab und begann während ihres Studiums, verschiedene Drehbuchkurse zu besuchen. Danach machte sie nach einem zweijährigen Kurs an der Scuola Holden in Turin einen Abschluss im Bereich Serien/TV.

Seit 2020 schreibt sie Rezensionen für ein Online-Kulturmagazin und arbeitet weiterhin als Schriftstellerin. Sie hat mehrere Romane und eine Erzählung veröffentlicht und hat an der Produktion einiger Kurzfilme mitgewirkt. Von Zeit zu Zeit gewann sie einige Preise. Alles in dem andauernden und anstrengenden Rennen, um dann doch einmal die Umsatzsteuer-Identifikationsnummer zu erhalten.

Lena Schätte, nata nel 1993, ha pubblicato il suo primo romanzo Ruhrpottliebe nel 2014 con Marlon Verlag. Negli anni successivi ha lavorato come infermiera psichiatrica nel Ruhrgebiet fino a quando nel 2020 ha iniziato a studiare scrittura letteraria presso l'Istituto di letteratura tedesca di Lipsia. Più recentemente ha pubblicato la short-story Gebärmutter nell'Open Sewers Collective. Nell'estate del 2022 ha preso parte al laboratorio di romanzi di Graz per la letteratura giovane.

Tra conferenze e crisi di scrittura, lavora come redattrice al progetto antologico Tippgemeinschaft. Attualmente sta scrivendo il suo prossimo libro, facendo il pendolare tra la sua casa nel Sauerland e il suo luogo di scrittura a Lipsia. Sempre alla ricerca di quel taccuino smarrito.

Giulia Orati, nata nel 1991, si è laureata in Economia a La Sapienza di Roma e durante gli studi ha cominciato a frequentare diversi corsi di sceneggiatura, fino a, nel 2020, diplomarsi al corso biennale della Scuola Holden di Torino, nella sezione Serialità & TV. Dal 2020 scrive recensioni per una rivista culturale online e ha continuato a scrivere.

Ha pubblicato un paio di romanzi e un racconto e ha partecipato alla realizzazione di alcuni cortometraggi, vincendo qualche premio di tanto in tanto. Il tutto nella continua e faticosa corsa che porterà magari all'apertura della partita iva.

Peter Rosenthal, geboren 1960 in Rumänien, lebt seit 1973 in Köln, nachdem er aus der Ceauescudiktatur zu seinen Eltern nach Westdeutschland ausreisen durfte. Über diese Ausreise handelt seine Erzählung "In die Zeit fallen" (Schardt Verlag 2013). Seit 1993 ist er als Arzt für Innere Medizin in Köln Ehrenfeld niedergelassen. Publikationen als Schriftsteller unter anderem "Entlang der Venloer Straße" (Kiepenheuer & Witsch 2003), "33 Gedichte" (Tauland Verlag 2017). Herausgeber von "Venedig ist auch nicht viel größer als Ehrenfeld" (Verlag der Buchhandlung Walther König 2017). Der Gedichtband "Ehrenfeld Alphabet" erschien in der Parasitenpresse 2018.

Er ist Mitautor und Mitproduzent des experimentellen, mehrfach ausgezeichneten Kurzfilms "Tigersprung" über den von den Nazis ermordeten Ehrenfelder Radweltmeister Albert Richter tigersprung-der-film . Zuletzt Herausgeber von "Nachts nicht weit von wo" (Weissmann Verlag 2019). Seit 2019 ist er auch im Weissmann Verlag tätig. Letzte Publikationen "Impfnovelle" 2022 in der Parasitenpresse und als Herausgeber "Cluj-Der Traum ist unser geheimes Zuhause" im Weissmannverlag.

Luca Tosi wurde 1990 geboren und lebt jetzt in Bologna. Seine Erzählungen sind in verschiedenen Zeitschriften erschienen, darunter «Futura» im «Corriere della Sera» und «'tina», herausgegeben von Matteo B. Bianchi. Er hat Kurzgeschichten veröffentlicht in den Anthologien Matti di guerra (Morellini Editore), herausgegeben von Andrea Tarabbia, und Cuore di Pietra (Skinnerboox), herausgegeben von Federico Clavarino und Wu Ming 2. Ragazza senza prefazione (TerraRossa Edizioni) sein Debütroman ist beim Premio Campiello 2022 von der Jury der Literaten ausgewählt worden.

Peter Rosenthal, nato in Romania nel 1960, vive a Colonia dal 1973 dopo che gli fu permesso di emigrare dai suoi genitori nella Germania Ovest dalla dittatura di Ceauescu. Il suo racconto "In die Zeit fallen" (Schardt Verlag 2013) parla di questa emigrazione. Dal 1993 lavora come internista a Colonia-Ehrenfeld. Come scrittore ha pubblicato "Entlang der Venloer Straße" (Kiepenheuer & Witsch 2003), "33 Gedichte" e altri libri. È l'editore di "Venedig ist auch nicht viel größer als Ehrenfeld" (Verlag der Buchhandlung Walther König 2017). Il suo libro di poesie "Ehrenfeld Alphabet" è stato pubblicato da Parasite Press nel 2018.

È coautore e co-produttore del cortometraggio sperimentale pluripremiato "Tigersprung" sul campione mondiale di ciclismo di Ehrenfeld Albert Richter, che è stato assassinato dai nazisti tigersprung-der-film Più recentemente redattore di "Nachts nicht weit von wo" (Weissmann Verlag 2019). Dal 2019 lavora anche presso la casa editrice Weissmann. Le sue ultime pubblicazioni sono "Impfnovelle" su Parasitenpresse e come editore "Cluj-Der Traum ist unser geheimes Zuhause" su Weissmannverlag.

Luca Tosi è nato nel 1990 e attualmente vive a Bologna. I suoi racconti sono apparsi su diverse riviste, fra cui «Futura» del «Corriere della Sera» e «'tina»diretta da Matteo B. Bianchi. Ha scritto racconti per le antologie Matti di guerra (Morellini Editore), curata da Andrea Tarabbia, e Cuore di Pietra (Skinnerboox), curata da Federico Clavarino e Wu Ming 2. Ragazza senza prefazione (Terra-Rossa Edizioni) è il suo romanzo d'esordio, selezionato dalla Giuria dei Letterati del Premio Campiello 2022.

Bernhard Heckler, geboren 1991 in München, hat in Regensburg, Istanbul, Wien und München Politikwissenschaft und Journalismus studiert. Stipendiat der Bayerischen Akademie des Schreibens und der FAZIT-Stiftung. Ausbildung an der Deutschen Journalistenschule. Schreibt für die Süddeutsche Zeitung, die ZEIT und deren Magazine. Sein Romandebüt „Das Liebesleben der Pinguine" erschien 2021 bei Tropen. Er lebt in München und schreibt an seinem zweiten Roman.

Paolo Casella (1994) lebt in Sapri (Italien) und ist inspiriert vom Vorbild des Menschen in der Renaissance, der sich gleichermaßen der Wissenschaft, der Literatur und dem Sport widmet. Er hat einen Abschluss in Physik und ist Autor eines Theorems zur Quantenmechanik und arbeitet jetzt als Lehrer an einem Gymnasium.

Bernhard Heckler, nato a Monaco nel 1991, ha studiato scienze politiche e giornalismo a Ratisbona, Istanbul, Vienna e Monaco. Ha ottenuto una borsa di studio dalla Bayerischen Akademie des Schreibens e una dalla Fondazione FAZIT. Si è formato presso la Scuola Tedesca di Giornalismo. Scrive per la Süddeutsche Zeitung, ZEIT e le loro riviste. Il suo romanzo d'esordio „Das Liebesleben der Pinguine" è stato pubblicato da Tropen nel 2021. Vive a Monaco e sta scrivendo il suo secondo romanzo.

Paolo Casella (1994) vive a Sapri (Italia) e si ispira al modello dell'individuo rinascimentale dedicandosi in egual misura a scienza, letteratura e attività sportive. È laureato in Fisica ed è autore di un teorema di Meccanica Quantistica, ed esercita la professione di insegnante presso una scuola superiore.

Clemens Böckmann (1988) studierte in Kiel, Lissabon und Tel Aviv. 2018 machte er seinen Masterabschluss im Bereich Sprache und Gestalt bei Prof. Oswald Egger an der Muthesius Kunsthochschule in Kiel. Seitdem lebt und arbeitet er als Autor, Veranstalter und Herausgeber in Leipzig.

Zuletzt erschien: Rrtt (Yeongbin Lee und Clemens Böckmann). Stuttgart: Verlag für Handbücher 2021; Springer Innen (Alvaro Maderholz – Herausgeber Clemens Böckmann), Leipzig: Trottoir Noir 2021;

Giacomo Cavaliere (1995) wurde in Turin geboren. Er betreute Gruppen- und Einzelausstellungen zeitgenössischer Kunst als Kurator und Pressesprecher. Für Ausstellungen und Galerien schrieb er als Autor Kritiken und Rezensionen. Er war Mitglied der Redaktion für Zeitgeschichte von Frammenti-Rivista und hat darüber hinaus auch für andere Zeitschriften gearbeitet.

Einige seiner Erzählungen sind erschienen in: l'inquieto, Bomarscé, Malgrado le mosche, Sulla quarta corda, Waste, Narrandom, Neutopia, Il mondo o niente, Blam, Spaghetti Writers, Quaerere, Smezziamo und weiteren Zeitschriften. 2022 erhielt er den Preis der Jury des Premio „InchiostroNoir 2022" der Stadt Verona, organisiert von der Zeitschrift Inchiostro. Im selben Jahr gehörte er zu den Finalisten des Wettbewerbs „Mensa in Fabula" der Associazione Internazionale Mensa.

Clemens Böckmann (1988) ha studiato a Kiel, Lisbona e Tel Aviv. Nel 2018 si è laureato con un master in linguaggio e forma presso il professor Oswald Egger presso la Muthesius Kunsthochschule di Kiel. Da allora vive e lavora come autore, organizzatore ed editore a Lipsia.

Più recentemente ha pubblicato: Rrtt (Yeongbin Lee e Clemens Böckmann). Stoccarda: Verlag für Handbücher 2021; Springer Innen (Alvaro Maderholz – Editore Clemens Böckmann), Lipsia: Trottoir Noir 2021;

Giacomo Cavaliere (1995) nasce a Torino. Si è occupato di esposizioni collettive e personali d'arte contemporanea, sia in qualità di curatore e addetto stampa, che di autore di critiche e recensioni per spazi espositivi e gallerie. È stato membro della redazione storica di Frammenti-Rivista e si è occupato di editing per altre riviste. Alcuni racconti sono apparsi su l'inquieto, Bomarscé, Malgrado le mosche, Sulla quarta corda, Waste, Narrandom, Neutopia, Il mondo o niente, Blam, Spaghetti Writers, Quaerere, Smezziamo e altre.

Nel 2022 riceve il Premio della giuria del Premio "InchiostroNoir 2022" della Città di Verona, indetto dalla rivista Inchiostro. Nello stesso anno compare tra i finalisti del concorso "Mensa in Fabula" dell'Associazione Internazionale Mensa.

DIE HEIMANN-STIFTUNG

Im Jahr 2015 haben die Eheleute Archim und Gerda Heimann die «Heimann-Stiftung für Völkerverständigung» mit Sitz in Wiesloch gegründet.

Die Stiftung fördert die Völkerverständigung zwischen Deutschland und Italien.

Im Mittelpunkt der Stiftung stehen junge Menschen und deren kulturelle Förderung zu verantwortungsbereiten und weltoffenen Persönlichkeiten.

Wir leben in einer Zeit großer gesellschaftlicher Veränderungen, die das Zusammenleben der Menschen unterschiedlicher Kulturen berühren. Es wird immer wichtiger zu lernen, andere Völker nicht nur nach deren äußeren Merkmalen und dem Lebensstil zu beurteilen, sondern auch ihre Kultur, ihre Haltung, ihr Verhalten zu verstehen und anzuerkennen. Wenn sich die Nationen verstehen, können Konflikte vermieden und Versöhnung und Frieden geschaffen werden.

Um diese Zukunft zu gestalten ist es vor allen Dingen wichtig, dass die Jugend mit einer internationalen und interkulturellen Lebenserfahrung aufwächst.

LA FONDAZIONE HEIMANN

Nel 2015 la coppia Archim e Gerda Heimann ha istituito la «Fondazione Heimann per la comprensione fra i popoli» con sede a Wiesloch.

La fondazione promuove la comprensione fra la Germania e l'Italia.

Al centro dell'attenzione della fondazione ci sono i giovani ed il loro sviluppo culturale. Inoltre la fondazione promuove la formazione dei giovani affinché diventino persone cosmopolite e consapevoli delle proprie responsabilità.

Adesso viviamo in un'epoca con grandi cambiamenti sociali che influenzano la convivenza dei popoli. Diventa sempre più importante valutare gli altri popoli non solo in base alle caratteristiche esterne e allo stile di vita ma anche rispettare e comprendere la loro cultura, il loro atteggiamento e il loro comportamento. Se le nazioni si accettano i conflitti potrebbero essere evitati e la pace sarebbe mantenuta.

Per formare il nostro futuro assieme è soprattutto importante che già i giovani possano raccogliere esperienze di vita internazionali e interculturali.